廢柴么女勞碌命

1

雁中亭 著

風文創

1263

目錄

序文 …… 005
第一章 萬千寵愛 …… 007
第二章 欽點駙馬 …… 019
第三章 驚鴻一瞥 …… 031
第四章 選秀展開 …… 043
第五章 出爾反爾 …… 055
第六章 半路遭攔 …… 067
第七章 鬧劇一場 …… 079
第八章 聲名大噪 …… 091
第九章 餘波盪漾 …… 105
第十章 爭先恐後 …… 119
第十一章 舉止荒唐 …… 131
第十二章 問卷篩選 …… 143
第十三章 語出驚人 …… 155
第十四章 出手相救 …… 169
第十五章 急搶聖旨 …… 181
第十六章 各懷心思 …… 193
第十七章 試穿喜服 …… 205
第十八章 培養感情 …… 217
第十九章 不懷好意 …… 229
第二十章 反將一軍 …… 241
第二十一章 皇家親情 …… 253
第二十二章 大婚前夕 …… 265
第二十三章 宮內婚儀 …… 277
第二十四章 洞房花燭 …… 291
第二十五章 意外遭綁 …… 303

序文

雁中亭

這篇小說創作於我大學最後一年，是我在晉江文學城簽約的第一部作品，也是我第一次嘗試皇宮與朝廷紛爭的穿越題材，很幸運能被出版社選中出版。

高中鬧著玩似的寫過一篇女特務穿越古代的小說，之後很長一段時間沒碰過穿越類型的題材，回想起來，當時的文筆可說是爛得一塌糊塗，我現在都不敢再點開來看。

進入晉江文學城這個平臺之前，我其實開了幾個腦洞，因為我這個人寫文跟看文的類型不算固定，有什麼腦洞就寫什麼，結果當時幸運地被編輯簽下了。

為女主角取名時我上網搜過很多字，看到「瑾」這個字有美玉的意思，便決定採用。接受過現代教育的女主角穿越到封建王朝並逐漸成長，從她的思想、行為與邏輯發生的變化，到對手中權力取捨的這個過程，都擔得起「美玉」這個稱讚。

當然，女主角並不完美，穿越後所受的教導跟她過去的世界觀相悖，但因為她的地位尊貴，算是受益者，便得過且過了一段時間。一個人的力量無法改變群體乃至一個時代的觀念，她想做的事只有手握大權才能辦到，於是不得不投身於權力爭奪中。

她不那麼殺伐決斷，不僅慈悲，還有點小擺爛；她擁有高貴的身分，卻將自己放在普通百姓的位置上思考，所以會有掙扎與痛苦。然而，通往權力頂峰的路，終究要踩著他人的血肉，她無法在封建朝代做個絕對的好人，只能做自己。

寫這篇小說時，我正好經歷大學期間的第一份實習，天天免不了社交、進行溝通與彙報工作，占據了我很多時間，每晚回家後我都匆匆更新連載內容。實習時認識的幾個夥伴都是非常有趣的大學生，大家一起吃飯、聊天、分享工作上碰到的奇葩事，過得很充實。實習期結束，我一邊忙畢業論文、一邊打字，時不時在網上跟朋友聊兩句劇情，之後故事便漸漸推進到大結局了。

這篇小說前前後後寫了大概半年，很感謝當時追連載的讀者，也感謝那段時間聽我絮絮叨叨的朋友們，希望各位喜歡我的文字，喜愛故事裡的人物。

第一章　萬千寵愛

白色天花板下，燈光明暗交錯的手術室裡，一群身穿藍色手術服的醫護人員正有條不紊地進行一場與死神賽跑的手術。

「鑷子。」

「縫合線。」

「紗布。」

「擦汗。」

眾人之中，一道女聲不時響起，冷淡中帶著讓人心安的沈穩，關鍵時刻，所有人的心高懸著。

期間不斷有醫護人員撐不住走了出去，又有別人進來接替，唯獨主刀醫生依舊站在手術檯前。她的雙手穩定，語氣裡的沈著無疑是一劑定心針。

不知過了多久，趙瑾鬆了一口氣，停下手上的動作，宣布手術成功，身旁的同事情不自禁地發出歡呼——這場手術持續了將近十個小時，終於結束。

趙瑾口罩下的唇角不禁揚起，她緩緩走到角落，讓周圍的同事進行收尾工作。

沒人注意到，趙瑾站在手術室裡燈光明暗交界處，腳步虛浮，長時間飲食作息不規律以及過度集中精神的那十個小時，她的身體徹底透支了。

就連趙瑾自己也沒想過，自己的生命會這樣戛然而止。她才二十八歲，是醫學界冉冉升起的新星。

倒下的那一瞬間，她隱約聽見身後傳來同事的驚呼聲。

「趙醫師！」

原本有條不紊的手術室兵荒馬亂起來，然而，生死就是那麼一瞬間的事。

醫者不自醫。趙瑾失去意識前想起自己總囑咐患者作息要規律，自己卻成了負面教材。

她沒想到自己會醒不來，也沒想到自己會醒來。

武朝。

瓊堆玉砌的亭臺坐落在院中，滿園春色無人欣賞，此刻正淅淅瀝瀝下著雨，雨水順著琉璃瓦落下，濺在青玉石階上。

仁壽宮裡人來人往，宮人們不顧雨天進進出出，人人神情都相當緊繃。

這一切，是為了正在殿內分娩的太后，也是因為身穿繡有九條金龍黃袍的聖上，正在殿外親自盯著。

「已經一個時辰了，怎麼還沒生？」已屆而立之年的聖上趙臻臉上帶著焦急和不耐煩。

他親自在門口盯著，宮人們壓力倍增，聖上身旁的近侍李公公忙道：「稟聖上，女子生子狀況難料，太后娘娘萬福金安，定會母女平安。」

是的，母女平安。

當今聖上繼位不到一個月時，太后被診出滑脈，腹中乃先帝遺腹子。

聖上大喜。他雖順利繼位，但膝下無皇子，早些年生的皇子因為種種緣故沒能養大，如今只有兩個妃子育有公主，皇室人口凋零，正需要這種好消息。

雨幕中，一行人匆匆趕來，為首的是皇后蘇想容，身邊的大宮女兢兢業業地為她打著傘，跟在皇后身後的，是幾個宮的妃嬪。

「臣妾參見聖上。」

趙臻心不在焉，伸手扶了蘇想容，順便替她撥了一下被雨水打濕的髮尾，後面的妃嬪看著，眼中閃過欣羡。

皇后十六歲那年嫁給當時還是太子的聖上，十餘年過去，即便無所出，依舊獨得專寵。

「母后這裡有臣妾守著，聖上若忙，可先去批奏摺。」蘇想容柔聲道。

新皇登基未滿一年，外面不知多少雙眼睛盯著，聖上鬆懈不得。

就在此時，仁壽宮內傳出一陣嬰孩啼哭聲——

趙瑾有種奇怪的感覺，意識朦朧間，她覺得自己泡在什麼東西裡面，有種說不出的熟悉感，她有些難受，喘不過氣來，直到聽見一聲歡呼。「生了、生了！」

她的鼻腔瞬間通暢起來，還沒反應過來便有人將她抱起，拿沾了溫水的布擦拭著她的臉和身體，手法雖輕柔，卻稍微令她感到刺痛。
「公主殿下怎麼不哭啊？」憂慮的聲音響起，一群人的心提了起來。
公主殿下？
趙瑾還沒反應過來，腳底便傳來疼痛，一種下意識的生理反應隨之而來，她張大了嘴巴，嗷的一聲哭了。
她哭了，身邊的人卻全都笑了起來。
「太后娘娘，公主殿下哭了呢，您看看。」
有人將她抱到一個婦人面前，趙瑾勉強睜開眼，看到一張不算年輕但風韻猶存的臉，對方看她的目光裡帶著慈愛與複雜。
「娘娘，聖上就在門外，奴婢先將公主殿下抱給聖上瞧瞧。」
太后顧玉蓮，也就是趙瑾如今的親娘虛弱道：「也好，讓聖上給他的皇妹賜個名吧。」
說著，拚盡全力誕下女兒的太后昏睡過去，而襁褓中的嬰兒則想伸手摸她。
趙瑾費勁地抬了一下手，她看到自己那小小的手掌，很快便選擇放棄。
是的，趙瑾意識到，自己成了一個剛出生的嬰孩，而且，她應當是穿越了。
人生的玄妙就在於此，前一刻過勞猝死，後一瞬就穿到不知名的朝代，有了公主命。
沒等趙瑾理清思緒，門打開了。
「恭喜聖上，是位公主。」嬤嬤將孩子放到聖上懷中，垂著腦袋恭敬道：「太后娘娘說，希望聖上為公主殿下賜名。」

不管有沒有賜名，聖上抱著的這位，都是武朝堂堂的嫡長公主。有的人一出生，就注定尊貴無比。

趙瑾安靜地盯著頭頂上的人，對方看起來挺年輕的，身著黃袍、模樣英俊，但面容略顯蒼白，一看就是熬夜熬出來的，頗有趙瑾前世過勞死的徵兆。

盯著懷裡的嬰兒看了半晌，趙臻最後憋出一句。「剛出生的孩子，都是這般模樣嗎？」

嬤嬤一思索就知道聖上的意思，他這是嫌棄剛出生的孩子醜。當今聖上子嗣不豐，妃子誕下的孩子，也都是等滿月之後好看些了，才讓聖上過目。

「聖上，剛出生的孩子大多都這副模樣，公主殿下這已經是頂好看的了，往後會越來越漂亮的。」嬤嬤道。

「是嗎？」

趙臻半信半疑，懷裡這小團東西軟綿綿，像是沒骨頭似的。他不曾抱過剛出生的孩子，母后懷上時，他祈禱有個可以共商大事的弟弟，如今懷裡的孩子雖是妹妹，卻實在惹人憐愛。

思索片刻後，趙臻道：「朕的妹妹，自然是這世間難得的珍寶，就叫趙瑾吧。」

瑾，美玉之稱。

趙瑾心想：得，兜兜轉轉還是叫這個名。

蘇想容看著襁褓中的孩子，眼底不禁浮上羨慕。

太后雖不到五十歲，但在這個年紀產子，說一句老蚌生珠也不為過。太后剛有身孕時，皇后的母族也憂慮過這孩子會對其地位不利，後來太醫診斷出是公主，他們才稍稍放心。

然而，太后都能生了，現今正值壯年、恩寵不衰的皇后卻多年無所出，世人的苛責從不間斷，她這些年並不好過。

聖上不說話，皇后的母族卻非如此，甚至想將她庶出的妹妹送進宮裡來，皇后內心的煎熬，可想而知。

嫡長公主出生是件大事，皇宮上上下下洋溢著喜氣，此刻趙瑾躺在搖籃裡思考人生，她的親娘才從昏睡中醒來。

「娘娘醒了？快吃些東西。」太后身邊的劉嬤嬤端來了些吃食。

「公主睡著了？」顧玉蓮問道。

「沒有，公主殿下乖巧得很，知道娘娘您辛苦了，安安靜靜的。」

顧玉蓮虛弱一笑，目光落在女兒身上，輕聲道：「若是個兒子就好了……」

趙瑾豎起耳朵，封建王朝重男輕女的待遇這就落在她身上了？她是公主耶！好說歹說都是個嫡長公主啊！

劉嬤嬤立刻看了左右一眼，隨後才嘆氣道：「娘娘莫說這種話，若讓有心之人聽去，說不定編排成什麼樣。」

「哀家只是怕聖上在前朝孤立無援，若有個胞弟，便不同了……」

人人皆道聖上風光，可只有親生的母親能看見其背後的孤寂，趙瑾這孩子來得出乎意料，若聖上子嗣多，這是弟弟或是妹妹便不重要，可眼下一切都不好說。

趙瑾聽了半天，大概能理出些頭緒來。她如今的親娘，顯然原本想拿她這個小的當工具人，結果沒生出個兒子，算盤落空。

這種狀況，趙瑾其實不太在意。她前世生在一個中醫世家，那對不成熟的父母在她未記事前便雙雙出軌，一拍兩散，年幼的趙瑾只好跟著爺爺、奶奶生活。

爺爺當了一輩子的中醫，最後發現自己辛辛苦苦培養起來的大白菜選了西醫，氣得他血壓飆高，差點打斷趙瑾的雙腿。

讓趙瑾慶幸的是，還好是她先送走了兩老，不然，若讓他們白髮人送黑髮人，就真是不孝了。

如今平白撿來一世，是福是禍猶不知。目前看來，在封建朝代生得一個尊貴的身分，算是一種幸運吧。

趙瑾是個受寵的公主。她是天子的胞妹，從小吃穿不愁、奴僕成群，宮中的妃嬪還得巴結她這個公主。兩世為人，趙瑾第一次體會到封建朝代的等級森嚴程度，哪怕自己身為人上人也會心驚膽戰的那種。

當趙瑾還是嬰兒時，照看她的宮女因為她的臉上出現了一個蚊蟲叮咬的腫包而跪在地上求饒，那一刻，趙瑾的世界受到強烈的衝擊，她意識到自己在根深柢固的封建制度面前，是多麼的渺小。

即便那名宮女後來並未受到多嚴重的懲罰，但趙瑾已經開始思考自己如何適應這個新世界了，她要抱的大腿，自然是她那位武朝的君主皇兄。

自從比自己小三十歲的皇妹出生之後，趙臻就多了個甜蜜的包袱。他寵愛這個皇妹，趙瑾滿周歲後便有了封號——華爍。

這對皇室來說是不合規矩的，皇室公主大多是及笄後才封號，為此，聖上甚至被御史大夫說了一頓。

不過，君王之命豈能收回？因此御史大夫說了什麼並不重要；更何況，長兄如父，聖上寵愛自己的妹妹，合情合理。

趙瑾就這樣長成了一個粉妝玉琢的小團子，也成了她皇兄、皇嫂的開心果。

當趙瑾兩歲時，皇宮內仍然沒有新的皇子或公主出世，她是最小的孩子，同時也不是個安靜的大家閨秀，按照太后的精力，實在看顧不了她。

只不過，早在出生時，趙瑾就意識到自己這具身體有些弱，興許是在娘胎裡不足，趙瑾從小就容易生病，幾個月大時高燒不退，不僅嚇壞了宮人們，還有她的親娘和親哥。

古代這麼小的孩子最是容易夭折，那幾日，太醫們的心都落不到實處，「嫡長公主體弱」這個消息就這麼傳開了，此後伴隨趙瑾多年。

華爍公主深得聖寵這件事也是真的，自從會走路，趙瑾就邁著她的小短腿到親哥面前搗亂，聖上哥哥在批閱奏章，她跑過去抱著玉璽往外跑，一群宮人大驚失色，和聖上一起跟在公主身後追。

誰能想到這麼個小孩這般會跑？

趙瑾畢竟不是什麼阿貓阿狗，身為尊貴的公主，大夥兒都怕她磕著、碰著，這一路上，她的皇兄追得大汗淋漓，而抱著玉璽的趙瑾，跑累了就整個人一屁股癱坐在地上，隨後和喘著大氣的聖上大眼瞪小眼。

「瑾兒，快把玉璽還給皇兄。」趙臻勉強按捺著怒意。

目的達到了，趙瑾也不在意懷裡這個沈甸甸的東西，乖巧地遞給她哥。

趙臻原本想著這小傢伙再不將玉璽還回來，他就要動手教訓孩子了，結果除了剛剛瘋跑一場，玉璽就這樣順利地回到他手上。

周圍的宮人戰戰兢兢。聖意難測，誰知道聖上有什麼打算，擅闖御書房這氣撒不到他親生妹妹身上，可他們這些宮人卻看不好一個兩歲的孩子，只怕是逃不了處罰。

「哥哥，」公主從地上爬起來，自己為自己拍了拍身上的塵土，抬頭奶聲奶氣說了句。

「我下次再來。」

說完便慢悠悠地走了。

趙臻呆愣在原地。

偌大的皇宮裡，沒一個人敢用這種態度跟聖上說話的，但趙瑾相信自己的聖上哥哥不會對一個小孩怎麼樣，而且她來時大搖大擺，伺候她的宮女進不了聖上的御書房，自然無法苛責她們。

「聖上？」身旁的李公公喚了一聲。

「還不讓伺候瑾兒的宮女送她回仁壽宮？」

聖上一個眼神過來，李公公立刻垂頭說道：「奴才遵命。」

李公公心裡不禁一驚。連華燦公主闖下這等禍事，聖上都不加以懲罰，可見她在聖上心中的地位如何。

同樣是公主，女兒和妹妹還是有所區別的，華燦公主的生母，畢竟是當今太后，也就是聖上的親娘啊。

另一頭，趙瑾邁著自己的小短腿跑回宮，劉嬤嬤聽伺候聖上的宮女說她幹了什麼好事後，忍不住哎喲一聲。「公主殿下啊，您可真是……」

其實倒不是趙瑾故意這麼折騰她的皇兄，相反的，她是為了他好。

武朝的皇帝不好當，當今聖上登基之前也是如履薄冰，他雖是太子，地位也牢固，但不甘於現狀的兄弟可不少，這登基背後也有一番腥風血雨。

趙瑾雖然沒選中醫系，但多年打下的基礎仍在，望聞問切她精通。這個便宜大哥情況不對勁，虛是一回事，可三十多歲的人，身體不該如此。

既然如此，有事沒事拉著他運動一下比較好，免得一天到晚窩在宮裡，久了以後毛病更多。

聖上的虛弱不顯露於人前，太醫院的太醫也沒那個膽子將他的身體狀況往外說。皇室子嗣不多，興許不是後宮妃嬪的問題。

趙瑾身為公主、聖上的親妹子，這麼粗的大腿，自然要抱緊。於是華爍公主從小就喜歡端著自己的飯碗到她便宜大哥的桌前吃飯，還非常不客氣地點菜。

碰上皇后也在時，小姑娘就會睜著滴溜溜的大眼睛，奶聲奶氣地打招呼。「嫂嫂好！」這孩子不愛喊皇兄、皇嫂，就是喊哥和嫂，雖然不合規矩，但聽起來又莫名順耳。

「瑾兒來了，快過來坐。」蘇想容招呼著趙瑾，隨後又讓宮人多上了兩道菜。

這個時代的料理不夠多樣，也不夠精緻，不過趙瑾無論吃什麼都覺得香，等她再大一點，便會去御膳房探索一下，現在還是個小豆丁，行動不夠方便。

若是讓身旁的兄嫂知道她的想法，必然震撼。趙瑾雖是體弱了些，可上竄下跳的能耐不知是遺傳自誰。

趙臻看著腮幫子塞得鼓鼓的可愛妹妹，有些發愁。「朕小時候可不像她這麼鬧騰，這丫頭究竟是像了誰啊？」

蘇想容笑了一笑。「瑾兒聰穎可愛，眉眼間和聖上還有幾分相似，皇家難得有這麼活潑的孩子，何必拘著她？」

趙臻一聽也是，於是不拘著的後果就變成這個好妹妹動不動就往御書房裡跑，哪怕他派了專門的宮人陪她玩，也阻擋不了華爍公主的熱情。

華爍公主的糾纏並不討人厭，四、五歲時自己端著個托盤，上面是兩盅燉湯，門口的太監看著不知道該不該攔，於是進去請示。

聖上批閱奏章正乏味著，宮人說他妹妹來了，於是公主順利進門。

「哥哥，這個湯好喝！」

身為一國之君，趙臻什麼山珍海味沒吃過，哪裡在乎這一小盅湯，只是小姑娘一臉稀罕的表情實在討人喜歡，於是一大一小坐下來享用了燉湯。

「哥哥，陪我出去走走好不好？」

「瑾兒乖，皇兄讓李公公陪妳去玩。」

「御花園裡的桃花開了，哥哥不想看看嗎？」

趙瑾扯著趙臻的袖子，趙臻就這樣半推半就地被個小不點扯出去了。

跟在後面的李公公心想，聖上就是寵妹妹吧！這待遇，怕是那兩個親生的女兒都沒有。

第二章　欽點駙馬

春日的御花園，自然是百花齊放，不只是花，人也同樣嬌美異常。千秋亭裡，幾個妃嬪抱著暖爐欣賞春色，百無聊賴地話著家常。

當今聖上後宮並不充盈，登基那年朝臣以皇嗣為由建議選秀，連皇后的母族也蠢蠢欲動，最後聖上大手一揮，以先帝駕崩不久且國庫空虛的藉口擋了回去。

這一拖就拖到現在，華爍公主都會爬樹了。

幾個妃嬪沒想到會在這種時候碰見聖上，驚喜之餘不忘異口同聲地見禮。「臣妾參見聖上、見過華爍公主。」

這幾年裡，宮中不見新人，也不見新的皇子跟公主，聖上至今無子，只有兩個即將及笄的公主，倒不是沒有妃嬪懷上，只是孩子就是懷不住，連被鳥兒嚇一跳都能流產。

朝臣都快愁死了，不知第幾次勸聖上納妃，今年宮裡是進了些新人，但皇后那個貌美的庶妹早就過了進宮的最好年紀，且許了人家，其他女眷又都不在適齡範圍，皇后的母族就算有氣，也撒不到皇后這裡來，畢竟是他們沈不住氣。

趙瑾對她這便宜哥哥的後宮如何不關心，封建朝代的聖上，自己都未必記得住後宮裡每個妃嬪，對於廣納後宮這件事，趙瑾只能抱持尊重與祝福的態度。

好在後宮雖大，但華爍公主憑藉著過人的記憶力和在後宮橫著走的幾年，將在場的妃嬪都記齊全了。

「見過德妃娘娘、盧婕妤、季昭儀。」

聖上平時忙起來根本顧不上後宮，除了每月初一、十五雷打不動地到皇后宮裡，他有事沒事就喜歡找皇后，興許是執著於長子要從皇后肚子裡生出來的原因，正因如此，其他妃嬪想見聖上一面，更是難上加難。

「聖上今日怎麼有雅興來御花園？」

德妃衛欣是難得有子嗣傍身的妃子，她誕下的大公主今年十四，頗為受寵，只不過同是公主，她的女兒就沒辦法像趙瑾這樣扯著聖上的袖子鬧騰。

皇室的公主，就得有公主的模樣。可這幾年誰都看得出來，聖上對他這個妹妹寵愛有加，另外兩個公主，已早早過了可以窩在父皇懷裡撒嬌的年紀。

趙瑾可不知道幾個妃嬪腦子裡在想些什麼，她拉便宜大哥出來逛，純粹是讓他多鍛鍊身體，努力多活幾年。

從前看宮鬥劇的時候就不懂，聖上這種吃力不討好的活，怎麼還有人拚了命、不惜一切代價要當這個冤大頭，死了還得讓一群氣死人不償命的朝臣記其生前功過定謚號。

「朕陪瑾兒出來走走。」

「聖上平日繁忙，多虧華爍公主活潑，不然這滿園春色還真等不來聖上欣賞。」盧婕好說著話，眸光卻一直落在聖上身上，她柔聲道：「今日難得，不如臣妾們陪聖上一起走走？」

趙瑾默默往後退，充當沒有顏色的背景板。年紀輕輕就要面臨這種爭寵場面，她真是承受了太多。

想不到的是，她一心想退出現場，她的便宜大哥卻突然一把將她抄起。

趙瑾小小的腦袋，大大的問號。神思恍惚間，她那便宜大哥還掂了一下她，似乎在震驚小小的人兒怎麼會這麼重。

見狀，趙瑾試圖掙扎。「皇兄，放臣妹下來好不好？」

在其他人面前，趙瑾還是按規矩喊人，以她這個便宜大哥的身體，她怎麼敢讓他抱一路？

幾個妃嬪還想乘機和聖上聯絡感情，但趙瑾這顆電燈泡又圓又亮。

但凡這些妃嬪平日積極一點找聖上逛御花園，便宜大哥的身體都輪不到趙瑾來操心，她才幾歲，應該早睡早起、吃什麼什麼香。

趙瑾六歲時，太后請了太傅聞世遠來教她讀書、寫字，眼看前世好不容易熬過大學、碩士連續多年苦讀，現在又來了文言文大全。

皇室公主在教學上並不像對皇子那般要求苛刻，也沒有一定要去上書房的規矩，大多數的公主與皇子的教育是分開的，然而如今適齡的皇子是一個也沒有，聖上卻三十有六了。

每每在趙瑾背誦課文時，聞世遠都會忍不住露出惋惜的神情——這麼傑出，怎麼就是個公主呢？

哪怕不是聖上的女兒，而是同父同母的弟弟，也不至於讓人難為至此。若趙瑾是皇子，無論是聖上還是朝臣，內心都會安定些。

太傅在聖上面前不吝惜讚美之辭，於是趙瑾這個聖上的親妹子，就因為這樣被她哥大手一揮指進了上書房。

上書房，一個折磨小孩的地方。

趙瑾實在不能忍受每天起得比雞早、一年只有幾天假的日子，人可以自甘墮落，但絕不能被逼奮發圖強。

公主就這樣踏上了反抗上學的道路，太后心疼女兒，親自去找兒子說情。

結果聖上反過來給親娘洗腦，大誇特誇妹妹聰慧過人，若荒廢了著實可惜，三言兩語下來，太后竟然被說動了。

趙瑾心想：算你狠。不過這事簡單，聰慧過人是吧，那就讓她親愛的哥哥體會一下，什麼叫做「學渣」。

後來十幾年的時間裡，聖上和太后時常在思考一個問題，就是「三歲看老」這句話是否不適合用在他們家瑾兒身上。

天資聰穎的華爍公主自從去上書房之後，太傅嘆氣的頻率與日俱增，直到後來整個人都麻木了。

華爍公主在上書房裡最大的功績，竟然是尋事、滋事。

王爺們的兒子也會被送進上書房讀書，對比起來，趙瑾一個嬌滴滴的公主顯得格格不入，她甚至不是聖上的女兒。不過她是聖上的親妹，也就是王爺們的堂妹，是他們的姑姑，不管是世子還是他們的伴讀，見了面總歸要向她行禮。

封建禮教的茶毒讓姪子們多少有點看不起身為姑姑的趙瑾，不過孩子終究是孩子，根本玩不過趙瑾一個接受過現代教育且熟讀經典宮鬥、宅鬥作品，同時還在職場沈浮過的社畜。

在這樣的時代，女孩子的柔弱表象和眼淚還是有點用的，她幾個姪子被收拾得不輕，很快的，華爍公主柔弱且能作怪的形象便深植人心。

華爍公主及笄那年，太后派了宮中女官和嬤嬤教導她琴棋書畫和禮儀，趙瑾因此不再去上書房，彼時那些深受她茶毒的姪子與伴讀們都已經入朝，剩下的就像是躲過一劫。

然而，偌大的皇宮，就算是再受寵的公主也不能橫著走。華爍公主的禮儀教導已經錯過許多年，眼看都到了能選駙馬的時候，她不急、聖上不急，太后急了。

沒多久，太后派來的女官和嬤嬤齊齊麻木，一個毫無藝術細胞的公主，一個嬌蠻又體虛的公主，硬生生對她們的職業生涯造成了衝擊。

聖上身體不好，與他一母同胞的嫡長公主身子也弱，嬤嬤們是一句重話都不敢說。這華爍公主在她們面前是一副嘴臉，在聖上、皇后以及太后面前，又是另外一副模樣。

儘管趙瑾不學無術，但有嫡長公主這個身分在，她根本不需要像別人期盼中的那樣知書達禮，她生來尊貴。於是，琴棋書畫學得不怎麼樣的華爍公主，禮儀更是爛成狗屎。

不用去上書房的那幾年，趙瑾深居簡出，對宮中的宴席一點都不感興趣，無論是妃嬪設宴，還是她兩個便宜姪女的邀請，趙瑾能推就推，間接得罪了不少人。

十八歲那年，太后提醒聖上為妹妹留意朝中年輕且未曾婚娶的男兒，聖上深以為然。同年，江南水澇嚴重，華爍公主以為國祈福之名，自請去甘華寺清修。

這一去就是兩年，華爍公主二十歲了。這個年紀在現代還沒大學畢業，在古代，不少姑娘卻都是兩個孩子的媽了。

趙瑾對著眼前的書信嘆了又嘆。今天外面天氣不錯，陽光明媚、藍天白雲，甘華寺的小鳥就在枝頭上蹦躂。

「公主殿下，您就別再嘆氣了，這都嘆一早上了。」身旁傳來一道憂愁的聲音。「太后娘娘讓您回宮，又不是讓您上斷頭臺，兩年不見，太后娘娘和聖上都該想您了，您不想他們嗎？」

「紫韻，不是這個問題。」趙瑾對著窗外又深深地嘆了一口氣。「妳明白嗎，我還是個孩子，他們就要給我選男人。」

紫韻至今無法苟同自家公主的觀念。「可是殿下，安悅公主跟安華公主十七歲時就有駙馬，如今都已各自生下孩子，您已二十，算晚了。」

沒錯！最讓趙瑾痛苦的，就是封建朝代居然將一個二十歲少女當成剩女，簡直喪心病狂！

見趙瑾默不作聲，紫韻忙道：「殿下，您若還是不想選駙馬，不如去跟聖上求情吧，他這般疼您，肯定會依您的。」

趙瑾搖了搖頭。即便延後執行死刑，最後還是得死。說到底就是結婚嘛，逃不過就挑一個唄，於是在啟程回京之前，趙瑾修書一封給她的便宜大哥，提了對駙馬的要求。

紫韻著實欣慰極了。她比趙瑾還小兩歲，卻為這個主子操了太多心。

兩年前華爍公主自請至甘華寺清修，若不計聖上和太后私下安排的暗衛，她就只帶了一個貼身侍女紫韻。

甘華寺自然沒有皇宮那麼奢華，一切從簡，公主的架子也不可能在這裡擺起來，可對趙瑾來說，這兩年的日子實在過得太舒心了。

這美好的時光稍縱即逝，猶如曇花一現，公主這個身分為趙瑾帶來了便利，同時也令她身不由己。

過了幾天，皇宮內的趙臻看著妹妹書信中對駙馬的要求，頓時陷入了沈默。一番思索之後，他召了永平侯宋敬宇進宮。

宋敬宇被召進宮時，非但理不清頭緒，還忐忑不安。

「臣參見聖上。」

「愛卿平身。」

趙臻已經不年輕，登基二十餘年，他早早生了白髮，模樣不再同年輕時那般英俊，但歲月在他身上留下了威嚴的痕跡，天子這個位置，他坐穩了。

只不過，如今他膝下依舊無子，朝臣們多少能推測出一二，既然後宮的女人幾乎都生不出來，那就只能是聖上的問題。

儘管臣子意識到這一點，但不可能因此廢帝，他們內心不安，可皇室宗親卻活絡了起來。沒有皇子，那聖上早晚要選繼承人，這就意味著宗室的孩子都有可能一步登天，於是這幾年，宗室對於生育這個活動越發積極了。

宋敬宇來得驚慌，離開時更驚恐。天子的心思難以揣測，聖上親自過問公主選駙馬一事並不稀奇，然而一道聖旨就能解決的事，聖上卻特地召臣子進宮商議，甚至沒將話說死，這就耐人尋味了。

匆匆返家後，宋敬宇一進門就吩咐管家。「去，將二公子給我喊回來。」

永平侯夫人邵孟芬聽到動靜走了過來。「侯爺，這是怎麼了？這麼匆忙找韞修做什麼？」

宋敬宇卻搖頭道：「無事。」

沒多久，管家派出的人從花樓裡將一身酒氣的二公子帶了回來，永平侯看見這逆子的第一眼，血壓就開始飆升。

「孽障！大白天你死去哪兒鬼混了？我怎麼生出了你這麼個東西?!」

被劈頭蓋臉一頓罵的男子，身形頎長，著月牙白長袍，領口和袖口繡著金絲流雲紋，腰間束著釉色錦帶，上頭掛著一枚圓潤的暖玉；往上一看，一張俊美的臉龐映入眼簾，鳳眸輕輕上揚，深邃的五官格外勾人。

「父親這般急著召兒子回來，所為何事？」面對永平侯的怒火，唐韞修冷靜得不像話。

「唐韞修，你跟我過來！」宋敬宇一揮袖，看都不看這個兒子一眼，轉身而去。

聞言，唐韞修面不改色，優哉游哉地跟了過去。

一旁的永平侯夫人邵孟芬也想跟著，結果唐韞修忽然似笑非笑地轉頭道：「姨娘，父親也叫妳一起了嗎？」

這一聲稱呼，成功地讓邵孟芬的表情瞬間僵硬。

妾室扶正，哪怕有兒子傍身，前頭夫人的兩個兒子仍始終不將她放在眼裡。這麼多年來，整個永平侯府都將她當作是名正言順的夫人了，唯獨這兩兄弟依舊一口一聲「姨娘」。

她雖怨，但也無可奈何。

永平侯書房裡，面對不學無術的兒子，宋敬宇對聖上的眼光再次產生懷疑。「聖上今日召為父進宮。」

這個開場白讓唐韞修扯了一下嘴角。「聖上召父親進宮，與兒子何干？」

他這個態度讓宋敬宇看著氣不打一處來。「你這個混帳，非要氣死我你才高興是吧？」

唐韞修看著永平侯，毫不掩飾自己的心思。「確實高興。」

不過簡簡單單四個字，宋敬宇就想抄東西打兒子。「聖上讓我問你，想不想當駙馬？」

這句話成功地讓永平侯府的二公子頓了一下。「聖上讓您回來徵求我的意見？」

多荒唐啊，聖上想讓誰當駙馬，難道不是一句話的事？

「混帳！」宋敬宇忍不住又罵了一句。「你一不考取功名、二不像你大哥一樣征戰沙場，聖上看得上你是你的福氣，你還挑剔什麼?!」

「是啊，我挑剔什麼？」看著沒幾分正經的唐韞修嗤笑了一聲。「若我尚了公主，大哥駐守邊關又出了意外，這世子之位，不就留給您最孝順的兒子了嗎？」

「唐韞修！」宋敬宇勃然大怒。「你知不知道自己在說什麼？韞澤是你弟弟，你連這點容人之量都沒有？」

「父親，您說得對，兒子確實沒這麼寬容大量。」唐韞修陡然收斂了笑意。「還望父親不要忘記，您這個爵位是從誰那兒承襲來的。」

永平侯姓宋，前頭兩個兒子卻姓唐，隨母姓。唐家滿門忠烈，唐韞修的幾位舅舅當年慘死沙場，聖上破例讓身為唐家女婿的宋家公子繼承唐家的爵位，圖的就是有朝一日將爵位傳給唐家的外孫。

可時間一長，有人的心就野了，覺得同樣是嫡子，什麼東西都敢爭上一爭了。

「啪」的一聲，瓷杯砸落在地的聲音響起，面容俊美的唐韞修額角處沁出了血跡。

「你現在是翅膀硬了，敢威脅你的父親?!」

唐韞修不說話，彷彿額角帶傷的人不是他一般。

「聖上親自過問是給你面子，你若是這般冥頑不靈，到時候聖上降罪侯府，你要當這個罪人嗎？」

唐韞修似笑非笑地說：「父親既然這般害怕，那就不要逼兒子，不然兒子可不敢保證局面會如何演變，何況您知道的，兒子才疏學淺，如何高攀得起公主？」

宋敬宇被氣得不輕。「來人，二公子目無尊長，家法伺候！」

管家走了進來，對這一幕早已是見怪不怪，二公子桀驁不馴，打幾次也無用。

面對家法，唐韞修臉色都沒變一下。

「你今晚給我跪在祠堂好好反省，想清楚利弊再說話！」

唐韞修笑了一聲，道：「父親知道兒子的性子，還是說，您打算讓華爍公主之後像我母親一樣，看著自己的夫君獨寵妾室？」

「混帳！華爍公主是你能任意對待的人嗎?!」

「父親若不信，大可一試。」

第三章　驚鴻一瞥

一頓毒打後，唐二公子仍舊沒服軟，永平侯夫人暗中打聽到他們父子談話的內容，她私下找了永平侯，輕聲細語地勸慰。「韞修若是不願就罷了，咱們永平侯府又不只一位公子，世子已經娶妻，可韞澤尚未婚配，他也是您的嫡子啊。

「韞澤雖比不上世子文武雙全，但飽讀詩書多年，算是知書達禮，相貌也不差，說不定華爍公主會喜歡呢。」

此話乍一聽還算合情合理，誰料宋敬宇一聽便嘆氣道：「韞澤不行。」

邵孟芬臉色一變道：「為何？莫不是侯爺覺得我這由妾室抬正的夫人所生之子配不上公主？」

「非也，」宋敬宇又嘆了口氣。「聖上說了，華爍公主的駙馬，要選無妾室跟通房的，韞澤那邊妳不早就塞了幾個通房丫鬟嗎？」

邵孟芬不禁愣住了。她萬萬沒想到，自己的兒子竟非輸在身分與相貌，而是輸在「不潔」。自古以來，公主下嫁也會準備通房丫鬟，她華爍公主竟然提了這般要求？

「侯爺，此事知道的人不多，不如……」

宋敬宇猛地一拍桌面道：「欺君是要上斷頭臺的罪！」

邵孟芬閉上了嘴。她方才下意識將欺瞞的對象當成華爍公主，卻不曾想過，華爍公主之上，還有天子。

算盤落空，永平侯夫人不再說什麼，永平侯卻要進宮面聖。他面對聖上時，只說「犬子配不上華爍公主」，可聖上又豈聽不明白他話中之意？

聖上的表情是顯而易見的不悅，然而唐家滿門忠烈，他待唐韞錦與唐韞修兄弟倆的寬容程度比其他人高上不少，因此才有事先傳召永平侯一舉。

「既如此，那就傳朕旨意，待華爍公主回宮，各家年滿十六，且未曾婚配、尚無通房與妾室、相貌端正的男子，入宮競選駙馬。」

聖上之意，是要為妹妹搞一次駙馬選秀。

宋敬宇離開皇宮時，冷汗浸透了後背。聖上不遷怒他那個逆子，卻不代表不會遷怒他這個做父親的。

聖上當場下旨給華爍公主選駙馬，各家符合條件的兒郎自然也包括了唐韞修，可了解內情的人都曉得，唐韞修絕無可能再尚公主。

華爍公主要選駙馬的消息一出，心思活絡的人不少，只要是家中無正妻的公子與少爺，包括年輕官員在內，全都躍躍欲試，然而一看標準——未曾婚配，尚無通房或妾室，便啞了口。

別的不提，許多有頭有臉的家族並不會在正妻進門前納妾，但不少人在十三、四歲就已被家中安排了通房丫鬟，早早破身。

這點一下子就篩掉了半數人；再認真斟酌一下，就會發現華爍公主的選婿標準大概如下：「髒」的不要，醜的也不要。

關於這項條件，最先跳腳的竟然不是駙馬候選人們，而是朝臣。

言官們稱此舉胡鬧，說自古以來公主選駙馬的標準不外乎家世、才華、人品與相貌，什麼時候不看這些客觀條件，而是看男人的貞潔了？

這怨氣自然不是對聖上撒的，而是對如今還遠在甘華寺的趙瑾，一個身為聖上親妹妹，卻過得比聖上的親生女兒還快活的公主。

「朕的妹妹，堂堂武朝嫡長公主，她的身分難道不夠尊貴？」面對眾多臣子，趙臻緩緩開口。「怎麼，公主擇婿，難道不該選才華、品德、相貌與之匹配的？」

言官上前一步說道：「聖上言之有理，只是選擇駙馬標準中的『無通房』這一點，實在不合常理。公主殿下雖然尊貴，可這天下男子大多十幾歲房中便有了人，此項不宜當作條件。」

此話一出，趙臻的臉上看不出表情，只平靜地問了一句。「諸位愛卿都是這麼想的？」

聖上的心思這些年來是越發難讓人看出來了，此時雖無人開口，但顯而易見的，不少人都認同言官所說。

究其原因，也許是因為家中恰有適齡男兒卻不符公主擇選駙馬標準中的「潔身自好」；又或者是，身為男子，容不得女人如此「放肆」。

直到一位年輕官員上前一步道：「稟聖上，臣有拙見。」

此人面容清俊、身形頎長，一副翩翩公子的模樣，正是今年新科探花，如今的翰林院編修莊錦曄。

「華爍公主乃我朝唯一嫡長公主、聖上胞妹，身分尊貴無比。」莊錦曄聲音溫和，語速並不快。「依臣之見，這世間男子皆是高攀，既是高攀，連潔身自好都做不到，怎當得起公主夫婿，又怎當得起聖上的妹夫？」

一位正七品的官，在朝堂上公然宣揚「男子當潔身自好」的觀念，此舉無疑是為自己樹敵，他的同期，同樣站在堂上的新科狀元跟榜眼面露不解。

這朝堂上想成為皇親國戚的人雖然沒完全浮出水面，但莊錦曄此舉實在過於莽撞了，他明明不是這般衝動的人呀……

還沒等其他人出口辯駁，高位之上的趙臻忽然拍手笑道：「說得好！」

一句話將其他人想出頭的念想打斷。

「駙馬人選皆憑公主心意，諸位愛卿若是覺得不妥當，大可給朕說明白何處不妥當，而非指著這世間男子的常態在朝堂上胡言亂語。」

趙臻說著，又緩緩補充道：「還是說，諸位愛卿覺得朕的瑾兒不配讓區區一個男人潔身自好？」

尚公主，說到底是當皇親國戚，無論公主是什麼德行，都稱之為下嫁。誰敢開口嫌一句，整個家族的榮耀皆斷送於此刻。

退朝之後，莊錦曄身邊跟上了幾位同僚，有人直言。「錦曄兄，你方才在殿上為何……」

話還沒說完，那身著綠色官服的年輕男人便轉過身來，雙手作揖道：「在下從前有幸見過華爍公主一面，公主殿下身分尊貴卻願與路邊老嫗同桌而食，此乃武朝之幸，遴選駙馬之標準，在下認為並不苛刻。」

趙瑾自然想不起來自己何時何地與這位探花郎有過一面之緣，身為公主，明面上她的確有數次出宮的經歷，只是每次身邊都跟了不少喬裝打扮的侍衛。

聽莊錦曄這麼說，其他人雖不見得認同，但也了解他剛剛的舉動其來有自，便不再多嘴了。

消息傳到甘華寺時，趙瑾和紫韻正在收拾回宮的物品。

說起來，「公主」這個身分，的的確確讓趙瑾錦衣玉食二十載，她那便宜大哥皇帝做得怎麼樣不說，在當哥哥和兒子方面卻是沒話講。

趙瑾還是年幼孩童時，她皇兄在朝堂上受到的掣肘頗多，經過這麼多年，聖上已不似從前，除了膝下無皇子這一點，如今的武朝聖上可說是讓人看不透了。
五月初，趙瑾回到京城了。返京那日，駙馬候選人的畫像便在仁壽宮等著她了，只是她不急著進宮，還在京城的大街上磨蹭了些時間。
兩年前為了躲避催婚，趙瑾可謂是演戲演全套，逢年過節也不曾回皇宮，與她的母后及皇兄全靠書信交流。
京城此地，兩年多沒踏足了。
「公……小姐，」身後傳來弱弱的聲音。「我們來這種地方，不合適吧？」
「為什麼不合適？這種地方不就是為了讓女子來消費嗎？」
此時此刻，頭戴紗帽的華爍公主閒庭信步踏入一間南風館。
即便不看臉，趙瑾身上也流露出富婆的氣質，一位穿著青衣的貌美男子立刻迎上前來，聲音帶著說不清的柔情密意。「這位姑娘是第一次來？」
趙瑾多年沒聽過這般溫潤的嗓音了，前世能接觸網路的時候，各種聲音跟肉體都能從網路上找到，自從來到這個朝代，這種快樂便少了許多。
眼前這位男子，正是此館的老闆。
「給本姑娘安排幾個好看的，包廂房。」趙瑾遞出一小袋銀子。
趙瑾主僕被引導著上樓，沒多久，美酒佳餚、絲竹管弦、清朗如玉的面容，便齊齊呈現在趙瑾眼前。

她雖沒摘下紗帽，可身旁兩個溫柔小意的男子小心翼翼地將酒水送到她嘴邊時，便從紗帽縫隙間窺得趙瑾的臉龐輪廓——一位即便看不清面容，也能瞧出容貌姣好的姑娘。

紫韻站在一旁，眼睜睜看著自家公主被美男環繞，好不風流。

「姑娘覺得這力度可好？」捏著趙瑾肩膀的男子輕聲問道。

趙瑾瞇著眼睛「嗯」了一聲，她手中捏著兩顆圓潤的珠子，時不時發出碰撞的聲響。

她方才點人時只要求好看，沒說要清倌還是紅倌，因此這廂房內，彈琴吹簫的是清倌，給趙瑾捏肩、倒酒、餵食的是紅倌。

他們心想，這位姑娘看起來非富即貴，若是尚未出閣卻敢來這種風月場所，說明在家中有一定地位，若是能被她贖身，日後便有所依靠。

趙瑾覺得這館子的服務不錯，但她確實是沒什麼心思也沒什麼膽子，單純過來欣賞一下男人的美色罷了，未曾多想。

可此時，捏肩的男子忽然低聲問道：「姑娘可曾婚配？」

趙瑾掀了一下眼皮，意識到對方看她的眼神不太對，沈默片刻後反問了一句。「公子覺得呢？」

「姑娘婚配與否與奴家並無關係，只是姑娘若願意將奴家帶回家，奴家便會竭力伺候好姑娘。」

趙瑾雖貴為公主，可見過的世面不多，沒想到有朝一日，竟會有個長得不錯的小帥哥求她包養。

「我可以為你贖身，」趙瑾用紙扇輕輕挑起對方的下巴，那張臉清秀得動人。「只是你必須保證自己離開此處後能活下去。」

被圈養多年的金絲雀，哪怕生出飛出牢籠的心思，也未必有在牢籠外生存下去的能耐。

趙瑾這些日子以來深居簡出，越發意識到這世道的殘忍，男子尚且難有出路，何況女子？

「姑娘願意為奴家贖身，卻不願帶奴家回去？」

趙瑾正想說點什麼，眼尾餘光卻瞥見紫韻的眉頭皺得能夾死蚊子。

儘管享受服務的人是趙瑾，紫韻卻覺得那些男人的手實在不配碰觸公主。

「是。」趙瑾緩緩坐直了身子。「若我喜歡你，我願意帶你回去，但你我素昧平生，僅有一面之緣，談不上這般。」

平日習慣對各種達官貴人阿諛奉承的男子頭一次覺得失落，他難得碰上這樣的姑娘，卻沒本事留下她的心。

趙瑾沒在南風館待太久，她給那個廂房的男子都賞了足夠贖身的錢，尤其是兩位清倌，他們的身價更高，只是這樣一擲千金的主，走得瀟灑，什麼都不圖。

踏出南風館不到一刻鐘，趙瑾正坐在茶樓高處品茗，跟前卻毫無聲息地出現了一道身影。

「卑職見過華爍公主。」

趙瑾突然覺得盤裡的花生都不香了。

「聖上掛念公主殿下，吩咐卑職立刻請您回宮。」

趙瑾扯了一下嘴角，道：「皇兄也真是的，這點小事哪裡用得著謝統領親自出馬啊，本宮自己認得路。」

那魁梧的男人低著腦袋說：「殿下金枝玉葉，馬虎不得，還望您即刻隨卑職回宮。」

很好，放風時間到此結束。

趙瑾從座位上站了起來，與此同時，一陣風吹起了輕紗，令她芳顏盡露。

就那麼一瞬間，對面樓閣上的人不經意抬了一下頭，恰恰撞入茶樓高處那雙波瀾不興的眸子裡，他拿起酒杯的手瞬間一頓。

驚鴻一瞥，顧盼生輝。層波瀲灩遠山橫，一笑一傾城。

「唐二公子，怎麼突然不說話了？」旁邊有人推了他一把。「跟你說華爍公主選駙馬的事呢，你不也馬上就要入宮了嗎？」

關於駙馬選秀這事，這些人自然不知道唐韞修險些成為內定的駙馬，眼下他雖是候選人，卻篤定會在下一輪被淘汰。

錯失這個機會，唐韞修並不惋惜，聽他們聊起這件事，他原本興致缺缺地喝著酒，卻在無意間被那張容顏給驚豔。

那一瞬，唐韞修忽然有種難以言喻的觸動，彷彿今生再難有這樣讓他心動的時刻。

誰也不知道永平侯府這位二公子發了什麼瘋，他猛然站起身來，在所有人不解的目光中直接從二樓一躍而下，任由身後的人怎麼叫也不停下腳步。幾個奴僕衝下樓，跟在他後頭拚命喊著「二公子」，卻是無濟於事。

唐韞修就這樣氣勢洶洶地跑進對面茶樓，店小二還沒來得及迎客，就被這位爺給無視了。

即便如此，唐韞修也只得到一個人去樓空的結果，他轉頭問跟上來的店小二道：「剛才在這裡的客人呢？」

店小二認得這位爺的身分，他看了空空如也的桌子一眼，上面的碗碟壓著銀票，顯然客人已經離開，走的還不是尋常路。他恭恭敬敬地說道：「回唐二公子的話，小的實在不知。」

唐韞修二話不說又跑了出去。他的母族是武將世家，哪怕自己不從軍，武藝也有一定修為，這般來去如風，可苦了跟在他身後的奴僕。

他們轉頭就跟丟了自家的公子，而唐韞修，也同樣跟丟了人。

趙瑾回到宮中時，先去見的人不是她的母后，而是皇兄。謝統領明面上是請她回去的，只是此「請」非彼「請」。

聖上身形依舊瘦削，但整個人的氣勢卻在多年沈澱下越發具有震懾力。

趙瑾第一眼看見自己這位便宜大哥時稍微愣了一下，沒想到區區兩年的時間，皇兄看起來便滄桑了許多。

「趙瑾參見皇兄。」她規規矩矩地行了禮，垂著眸子，悄悄打量著自己這位聖上兄長。

位於高座之上的趙臻，終於將目光落在自己這個不讓人省心的胞妹身上，他輕輕嘆了口氣。「起來，這裡又沒外人。」

於是趙瑾站起來了，露出了一個非常乖巧的笑容道：「許久不見，臣妹對皇兄與母后甚是掛念，今日重逢，皇兄果然依舊俊朗。」

趙瑾這句話並不違心，他們趙家的底子相當不錯，興許是父母雙方的基因和錦衣玉食的緣故，趙瑾今世的容貌比前世還精緻幾分，讓她相當滿意。

「掛念朕與母后？」趙臻面無表情地扯了一下嘴角。「一回京城就進了風月場所，這便是妳兩年清修的結果？」

趙瑾無語。有些話不適合說得太直白呀，我的大哥！

「皇兄，好奇之心人皆有之，您也稍微體諒一下。」趙瑾說著微微一頓。「何況回宮之後再出去不知要等到何時，臣妹只是想去看看而已……」

若是其他人這樣跟當今聖上說話，那是以下犯上；然而華爍公主不同，她孩童時期甚至被聖上抱著上過朝，即便她自己可能不記得這些事，但那些宮人卻不會讓她不瞭解自己在宮裡的地位。

趙瑾是清楚的。她確實是一位受寵的公主，甚至因為她的受寵，讓一些閒得沒事幹的言官也看不過去。

趙臻乾脆不批閱奏摺了，他說：「若是真覺得住在宮裡不方便妳出去玩，就早日選好駙馬成婚，公主府都落成幾年了，只有妳還在這裡逃避呢。」

畢竟是親哥哥，趙臻毫不留情地拆穿了趙瑾。「只有母后才信妳真心去祈福清修，朕是看著妳長大的，妳是什麼心思，能瞞得過朕？」

趙瑾不禁再次語塞。哥哥，咱倆好歹給彼此留點面子……

「妳可是朕的親妹妹，」趙臻說道：「朕不會害妳，早日選好駙馬，對妳來說是件好事。」

此話似有未盡之意，儘管趙臻隱藏得很好，但趙瑾仍是有所察覺。

第四章　選秀展開

離開聖上的書房，趙瑾徑直去了仁壽宮。

顧玉蓮兩年沒見過女兒，自然是掛念的，哪怕當初孕期心心念念想要個兒子，但高齡得女，哪有不疼的道理？她早早便命人做好了一桌佳餚，等著趙瑾回來。

「兒臣參見母后。」趙瑾在親娘面前並不拘束，她先是行禮，之後又給了太后一個愛的抱抱。「兩年未見，兒臣真是想死母后了。」

顧玉蓮一開始似乎有話要說，結果被女兒這麼一番舉動打亂，臉都板不起來。「少在這裡嬉皮笑臉，若真是掛念哀家，妳個小沒良心的能在外面待這麼久？」

趙瑾這些年來沒什麼長進，但哄親娘這件事做得倒是得心應手。

「母后說的是哪裡話？」趙瑾抱著太后的胳膊道：「女兒若是不想您，怎麼會每個月都寫信回來呢？」

趙瑾三言兩語就將太后哄好，用過膳之後，太后屏退左右，趙瑾這才得知，她的婚事究竟有多少文章在裡面。

這當中究竟有多少是聖上的意思，趙瑾不知道，不過有些話，卻是由太后這位當娘的對她說更合適。

「瑾兒，妳皇兄膝下無子，朝中大臣近年來請求立儲的呼聲越來越大……」

顧玉蓮娓娓道來，最後含蓄地表達了這樣一個意思：她希望女兒的長子可以過繼給兒子，以作為儲君。

哪怕在封建朝代生活了二十年，趙瑾還是愣了一下。她何嘗不知道自己的便宜大哥這些年來面對了什麼樣的壓力，只是身在高位，那是他必須承受的。

聖上無子，亦是無能。

趙瑾已經做了所有能做的了，她十幾年來偷偷為自己的聖上兄長調理身體，聖上也有找太醫治療，只是效果一直不甚理想。

然而，聖上並非天生如此，也不是那方面不行。

趙瑾也是後來才了解到，哪怕她這位皇兄一出生便是太子，這個皇位來得依舊不易。太后當初早產，聖上自出生就一直體弱，但身為太子，他又必須成為表率，很多時候病痛都是硬扛過去的。

先帝病重時，當時的聖上甚至不慎中毒，哪怕撿回一條命，後遺症也會一輩子跟隨，種種原因累積下來，便可能導致不育。

趙瑾當年學的不是男科，為此也翻看醫書許久，明裡暗裡給聖上調養身體，如今他年屆五十依舊健康，未必沒有趙瑾的功勞在其中。

只是，哪怕在一生榮華富貴的前提之下，趙瑾也不曾對那個位置感興趣，更不會想生個孩子，讓他坐上那個位置。

即便膝下無子，但是聖上若是想要一個合格的儲君，趙瑾相信能提供人選的大有人在。要她的孩子成為儲君，趙瑾倒更相信這是太后的意思，或者說……是太后母族的意思。太后的親哥哥、趙瑾的親舅舅，是當朝太師顧東岳，皇后的父親蘇永銘則是丞相，這未必不是兩個家族之間的競爭。

「母后，」趙瑾垂下眸子。「您要明白，孩子不是兒臣想要就能要的，這個孩子的父親，他的身分也很重要，更何況，生男生女也是天意，您說呢？」

若真如太后所言，趙瑾的孩子當上了儲君，那麼來日駙馬的家族想必也會雞犬升天——趙瑾必須讓她親娘明白這一點。

果然，太后聞言若有所思，只是這還不至於讓她打消心思。

顧玉蓮並不覺得讓女兒的孩子過繼給兒子有什麼問題，那是儲君的位置，其他人盼都盼不來的，沒想到會有人不稀罕。

「瑾兒……」

太后似乎還想說什麼，被趙瑾打斷。「兒臣聽聞駙馬候選人的畫像都送來了，想去看看，母后要一起嗎？」

能送來趙瑾這裡的畫像，太后自然掌過眼，只是無論駙馬是誰，對公主而言皆是下嫁；若是女兒選得不好，太后自然會插手。

顧玉蓮道：「母后已經看過，都是些不錯的兒郎，妳且好好瞧瞧，屆時有喜歡的再同哀家說。」

回到自己宮中，趙瑾鬆了一口氣，紫韻捧著一堆卷軸走過來道：「殿下，這些便是送來的畫像。」

趙瑾「嗯」了一聲，百無聊賴地打開了卷軸。不管她想不想生孩子，選駙馬都是勢在必行，哪怕她是個受寵的公主。

聖上或許能破例讓她未出嫁便入住公主府，甚至能堵住悠悠眾口，但趙瑾在上書房時雖然不認真，卻並非什麼都沒聽進去。

再過不到三個月，各國使臣便將前來武朝拜會，這些年來，臨近邊境的幾個國家並不安分，實力也在攀升。

若趙瑾沒猜錯，在聖上說出那句「朕不會害妳」時，已經有外邦要求聯姻了。趙瑾再不選好駙馬成婚，和親的命運便極有可能落到她頭上。

歷史上，沒有幾位和親的公主能善終，趙瑾當然不想成為她們當中的一員。這駙馬，不得不選；這親，必須要成。

趙瑾很快便看到一副極為出色的長相——漂亮的丹鳳眼、清晰的輪廓，哪怕只是畫像，都瞧得出此人的容貌上乘。

然而，當看到下面寫著的字時，趙瑾就忍不住「嘖」了一聲——永平侯嫡次子唐韞修。

她的便宜大哥說要給她擇婿，自然是有人選的。唐韞修，是聖上給自己挑的妹夫首要人選，因此趙瑾對這個人略有耳聞。

趙瑾當初寫給聖上的書信中言明自己的擇婿要求，在「好看」這個標準下，身為兄長的聖上腦子裡忽然浮現出這樣一張臉——並非唐韞修，而是他的兄長唐韞錦，即永平侯府世子。

只是永平侯世子唐韞錦早在幾年前便已成婚，成婚後不久便偕世子妃藍亦璇前往邊疆駐守，聖上再怎麼手握大權，也不至於將公主嫁給一個有婦之夫。

唐韞錦的皮囊不錯，既然唐韞修跟他是同父同母的兄弟，肯定差不到哪兒去，況且聖上若是想知道一個人的訊息，多得是途徑。

恰好，唐韞錦的親弟弟不僅生得風流倜儻，還相當有個性，大概是懷揣著某種挑剔的心思，年至十八，房中仍舊無人。

唐韞修在京城的名聲並不怎麼好聽，一無滿腹詩書，二非將領之才，三則是不孝。唐韞修與其父關係惡劣，幾乎到了人盡皆知的程度。

永平侯就算不希望家醜外揚，可他的「好兒子」卻不同意，如今的永平侯夫人乃妾室扶正，與永平侯的亡妻之間似乎也有些齟齬。

不過這些都不是大問題，唯一讓聖上有些在意的是，唐韞修此人偶爾會出入風月場所，但據手下人來報，唐二公子對姑娘挑剔得很，即便是名滿京城的花魁，也沒能讓他動心思。

聖上對駙馬的要求說高不高，說低也不低，唐家滿門忠烈，唐韞修的身分就更適合做駙馬了，可惜不識抬舉。

趙瑾只是略微感慨了一下，便隨手將這位唐二公子的畫像放到一邊去了。

紫韻看著畫像上的男子，不解道：「殿下，這位唐二公子您不感興趣嗎？奴婢倒是覺得他生得好看。」

「有多好看？」趙瑾問。

「起碼比南風館裡的公子都好看。」

趙瑾輕笑一聲，隨即正經道：「人怎麼能這般膚淺呢？」

聞言，紫韻一臉問號。膚淺的人，難道是她？

趙瑾興致缺缺地翻看著畫像，像在菜市場隨意挑菜般。

說來實在有趣，她在這堆卷軸裡面看到幾張熟悉的面孔。像趙瑾這樣養在深宮裡的公主，一般沒多少機會接觸外男，但在上書房與太傅互相折磨的歲月裡，到底認識了一些她姪子們的伴讀。

那些伴讀都堅定不移地站在他們主子的陣營，大概是覺得趙瑾一位公主在上書房格格不入，雖然對她以禮相待，卻又格外疏離，想來這應該算是某種程度上的孤立。

趙瑾自出生起便擁有成年人的思維，實在懶得跟小孩計較，伴讀們不敢惹她，她的姪子們卻有這個膽子，可這並不意味著趙瑾能隨意讓人欺負。

在姪子們變得老實之後，他們的伴讀對趙瑾更加恭敬，也更加敬而遠之。兜兜轉轉幾年過去，原本那些對嫡長公主恭敬有餘、真心不足的大臣之子，如今卻成了駙馬候選人，頗有造化弄人的意味。

趙瑾瞧過了畫像，也看過駙馬候選人的訊息，最後非常沒形象地打了個哈欠，又伸了個懶腰。

「殿下，您看完了，可有喜歡的？」紫韻問道。

趙瑾擺了擺手道：「此事過幾日再議。」

過幾日的意思，是等各家公子入宮。

入選的公子當中，不乏大臣之子，還包括了幾位科舉出身的寒門子弟。雖然曾歷經千軍萬馬的學測，但在熟知現今的科舉制度之後，趙瑾也不得不感慨，這豈止是「難」一個字可以概括的？

寒窗苦讀十年，並非所有人都耗得起。

華爍公主選駙馬一事是聖上親自下的旨意，所以其實真正操辦的人是聖上，並非太后或皇后。

太后年紀大了，身體狀況漸漸變多，連妃嬪們的請安都能免則免，趙瑾背地裡偷偷為她調理身體，可即便如此，衰老卻是無解之題。至於皇后，她向來不管這些事，或者說，不關她的事。

聖上對妹妹婚事的重視程度，遠遠超過所有人的想像，包括趙瑾。

她想起自己那兩個姪女。安悅公主跟安華公主挑選駙馬時，主要是她們的母妃在操心，連聖上都是在妃子給出心儀的駙馬人選、斟酌過後認定並無不妥，便下旨賜婚。

後宮的事輪不到趙瑾一個未出閣的公主關心，如果她是聖上的姊姊或年歲相差無幾的妹妹，或許還能插嘴兩句，可她卻比姪女們的年紀都要小上不少，更沒有立場插手這些亂七八糟的事。

大概是因為趙瑾表現出對那些世家公子沒什麼想法的態度，聖上很快就安排候選人入宮選秀。

說句實話，前世拿著手術刀開刀時，趙瑾從來沒想過自己還能有如此荒唐的時候。哪怕貴為公主，從一堆男人裡面挑選一個丈夫這種事對她而言也極為刺激。

根據趙瑾的了解，過去哪怕有類似駙馬選秀的事，也是由禮部跟聖上參與，公主的意願並不重要。

由此可見，趙瑾多年前毅然決然選擇抱緊便宜兄長的大腿，算是抱對了。

不知是否因為此事稱得上前無古人的緣故，趙瑾感覺跟著自己的幾位宮女都格外興奮，身為當事人的趙瑾雖對接下來的流程有點興趣，但總體上興致不高。

如今能走到趙瑾面前的候選人有二十餘人，在此之前他們皆通過了身高相貌、身體狀況、生辰八字以及家世門第等條件的篩選。

到了趙瑾這裡，對她來說是第一輪，可對其他人而言卻是倒數第二輪；也就是說，在場二十餘人，趙瑾第一輪就得淘汰二十個。

別的不說，有一個人是必須在此輪淘汰的，就是那位險些成為內定駙馬的唐二公子。雖然他尚在名單內，但聖上的意思很明顯，敬酒不吃吃罰酒的人，可以不動，但遛一遛總沒問題。

只是這二十餘人裡面，趙瑾竟看到有七、八個年滿十六卻未滿十八的。身為現代人的久遠記憶襲來，趙瑾僅剩不多的良心忽然痛了一下——搞未成年可是會遭天譴的啊！

她認真整理了一下，發現年紀超過二十的僅四人，其中兩名是新科進士，這兩人當中還有一名是新科探花。

莊錦曄，年齡二十有二，他是寒門子弟的典範，寒窗苦讀多年，未娶妻妾，高中之後甚至歷經各種榜下捉婿仍不曾訂親，模樣也生得不錯。他算是趙瑾心中的駙馬理想人選之一。

另外還有一個年紀超過二十的，算是趙瑾的老熟人——御史大夫的幼子，高祺越，他曾是安承世子的伴讀。

安承世子趙巍是晉王趙承的嫡子，也就是趙瑾其中一個冤家姪子。以前高祺越跟在趙巍身後，沒少給趙瑾使絆子，作為回敬，趙巍也是趙瑾最「疼愛」的姪子，他的伴讀就更不用說了，雙方早已結下梁子。

趙瑾後來聽聞高祺越這孩子「想不開」，瞞著家裡參了幾年軍，前不久才剛回來，看畫像時，趙瑾差點沒能認出他來。

歷經沙場磨練，曾經書卷氣十足的少年變得極有男子氣概，讓趙瑾充分意識到什麼叫做「男大七十二變」。可既然有將軍夢，何必來當駙馬，這是趙瑾想不通的。

「公主殿下，各家公子都來了，您請移步。」宮人上前一步，恭恭敬敬地對趙瑾道。

趙瑾應了一聲，從椅子上站起身來，跟著宮人來到一道紗狀的屏風後面。

雖然趙瑾不知為何要這樣安排，但她什麼也沒說，安安靜靜地坐在自己的專屬位置上。

得益於便宜大哥給力，這場駙馬選秀連皇后跟太后都沒出現，至於聖上，他此時此刻應該還在書房忙著批閱奏章。

「參見華爍公主。」

候選人們站成三排，隔著屏風，他們又低著腦袋，因此趙瑾能肆無忌憚地透過屏風打量他們，但有一說一，這屏風確實雞肋了些。

「諸位公子請起。」一道清冷的聲音響起。

聞言，這些候選人們是站直了，可依舊沒有抬頭，生怕冒犯了公主。

華爍公主雖然養在深宮，但其實他們對這位公主都有所耳聞，畢竟皇室公主不多，加上趙瑾也不過三位。

其他兩位公主早在及笄時便選定駙馬，十七歲時即成婚，華爍公主卻硬生生拖到二十才選駙馬，何況動靜如此之大，如何讓人不生出好奇之心？

趙瑾身旁的張公公是聖上派來的，由他負責主持大局。張公公吊著尖細的嗓子道：「請各位公子依次向公主介紹自己。」

這讓趙瑾有了一種身為人力資源主管的錯覺，可接下來就不僅僅是錯覺了。

駙馬的談吐與舉止風度自然納入考核範圍，然而公主挑的畢竟是夫君，不是國之棟梁，駙馬要做的事，首先是得公主歡心，若連此事都做不到，日後成婚不過是徒增一對怨偶。

「臣高祺越參見公主殿下。」最先上前一步的就是老熟人。「臣與殿下年幼相識，臣精六藝，願與殿下白頭偕老。」

這番話倒是簡潔。趙瑾這才恍然意識到，如果硬要扯上什麼關係，她與這位御史大夫之子竟算得上是青梅竹馬。不僅是高祺越，其他幾個毛頭小子跟她也是同樣的交情。

深感晦氣之餘，趙瑾難得又生出了一些不解——不知道這裡面有幾人是真心想當駙馬的。史上不乏敢跟公主對槓的駙馬，但據趙瑾淺薄的歷史知識，她記得駙馬這一身分並不是香餑餑。

眼下站在屏風之外的眾男子，不能說全部，可起碼有一半是想吃她這碗軟飯的。

別人，趙瑾還算能夠理解，但高祺越卻是例外。既有征戰沙場的野心，尚公主豈不是自斷前程？哪有聖上會讓駙馬手握兵權的？

這可是真實的封建帝制，能讓趙瑾一個現代人心底生寒，一個文官的兒子卻如此大膽，哪怕如今退伍歸來領了官職，也難不令人猜忌。

在趙瑾那位皇兄眼裡，高祺越興許不過是毛頭小子，但趙瑾並不願讓自己成為籌碼。她隨手端起身旁的茶杯，抿了一口。「聽聞高大人這幾年參軍了，不知可否讓本宮見識一下？」

屏風外的高大男子雙手作揖，恭敬道：「臣遵命。」

聞言，高祺越左右之人皆往後退開，宮人呈上一把長劍，接下來便是他的個人獨秀。

只見高祺越手執長劍揮舞，劍如白蛇吐信，冷光隨影閃動，他衣袂翩躚，空氣中只有舞劍之聲響，看得一同前來競選駙馬的公子們都想拍手叫好。

趙瑾忽然又體會到選秀的快樂了——她是指從前那種選秀節目。

高祺越的表演顯然讓人眼前一亮，無形中給其他候選人增添了不少壓力，一個個越發賣力表現，讓趙瑾嘆為觀止。

雖說世家公子大多紈袴，但在教育方面，終究比普通人學的東西要多些，這便是門第之間的差距。那些琴棋書畫都是公子跟小姐們用來打發時間的消遣，拿來討公主歡心，再合適不過。

這些日子來不少人明裡暗裡打聽過華爍公主的喜好，最終得出的結果十分有趣。華爍公主幹的正經事不多，消遣倒是不缺，她最喜歡看宮中的舞姬表演。

那些舞姬自是為了聖上培養的，可聖上召見舞姬的次數還比不上他那妹妹。

舞姬們很喜歡華爍公主，這位主子脾氣好，賞賜也給得大方，最重要的是，趙瑾不是宮妃，與她們並無衝突。

眾所周知，除了公主和太后以外，宮中的女人本質上都是屬於聖上的。宮妃們多少會嫉妒舞姬的臉龐與身形，這甚至會為舞姬們帶來性命之憂，畢竟在飛黃騰達之前，區區一名舞姬的命，比螻蟻還低賤。

可華爍公主不同，跳得好了，賞；跳錯了，不罰，甚至還會賜補藥——她是這宮裡難得不讓人那麼提心弔膽的主子。

幾位公子表演結束，趙瑾在他們的畫像上寫了點東西，然而因為她的字跡實在是太過龍飛鳳舞，一旁的張公公和紫韻看了半天也看不出華爍公主到底寫了些什麼。

趙瑾前世就練得一手好字，因為職業的緣故，她還會寫普通人看不懂的藥名，如今沒了鋼筆，適應了幾年毛筆後，倒也得心應手。

晌午已過，要上場的公子還剩下幾位，倒數第二位便是趙瑾有心想見識一下的永平侯嫡次子，唐韞修。

看畫像時，此人的容貌可說是鶴立雞群，如今一見，更是如此。

唐韞修的出現，顯然帶給其他人不少壓力。

愛美之心，人皆有之。興許華爍公主便是這麼個膚淺的女子，可喜歡生得好看的人，著實無可厚非。

唐韞修今日穿得極為樸素，但是他的樸素，也不過是身上少掛了些價值連城的墜子罷了。

趙瑾被屏風擋住了一些視線，即便如此，她也不得不承認，這位唐二公子確實有幾分姿色。

身形頎長，看著有幾分清瘦卻恰好，眉眼比畫像上看到的還要動人幾分，難怪便宜大哥一開始便想內定這位唐二公子。這般樣貌，再加上他們趙家的基因，生下的孩子不說聰明絕頂，臉卻肯定好看。

「草民唐韞修參見公主殿下。」一道溫潤的聲音響起，恰似清泉擊石，直撞人心。

趙瑾心想，在聲音方面，此人也贏了。

這實在讓人惋惜，就像在選秀節目當中，明知這個人是黑馬，但他是製作單位花錢請來炒熱度的工具人，而妳身為導師，選誰都行，就是不能選他。

趙瑾在心裡嘆了口氣，隨即走起了自己的流程。

「唐二公子，」她緩緩道：「你有什麼要展示的才藝嗎？」

趙瑾心知肚明，唐韞修大概是連敷衍都懶，他對駙馬這個身分不感興趣，她的便宜大哥甚至給了暗示，要趙瑾稍微教訓一下這個給臉不要臉的猖狂之徒。

皇室終究高高在上，怎能容忍一名無爵位或官職在身的世家公子如此折辱？若非唐韞修母族及其兄長庇護，此刻他怕是吃不完、兜著走。

「回殿下，草民無才，難入殿下之眼。」

如果想下馬威，這是個很好的機會，趙瑾能感受到這位沒什麼求生慾的公子在給她方便，讓她藉機好好發作一番，她這輩子可從未見過這般有恃無恐之人。

趙瑾卻懶得計較太多，她與對方無冤無仇，除去她的兄長想要亂點鴛鴦譜那一齣，大家素昧平生的，何必呢？

「既如此，本宮知曉了，唐二公子退下吧。」華爍公主語氣平靜，也聽不出情緒的變化。

身旁的宮人倒是有些膽戰心驚，小心翼翼地看著他們主子的臉色——公主看上去並不生氣，卻更令人瞧不出她在想什麼。連紫韻都覺得唐二公子對公主不敬，趙瑾身為當事人卻無動於衷，太奇怪了。

最後一位便是趙瑾看好的探花郎。

莊錦曄上前一步，恭恭敬敬地朝屏風後面的趙瑾行禮道：「臣莊錦曄參見公主殿下。」

在趙瑾還沒開口詢問之前，這位儒雅的年輕人便有些拘謹地說道：「臣亦無才藝，唯一拿得出手的，便是寫字，還望殿下見諒。」

方才有位世家公子現場作了一幅山水畫，如今探花郎口中的「寫字」，倒是顯得平平無奇。

何況他是最後一位，哪怕是水準極高的選秀，到了最後階段，也到了評審審美疲勞的時候，紫韻甚至認定探花郎在眾人對比之下，競爭力不高。

誰知趙瑾似乎提起了一些精神，她輕聲道：「備紙筆。」

很快便有人呈上筆墨紙硯，莊錦曄在案前蘸墨下筆，沒多久，一幅字便呈在趙瑾面前，剛毅有勁、力透紙背。

「好字。」華爍公主稱讚道。

原本有些緊張的莊錦曄總算鬆了口氣。他當然明白自己有多少斤兩，在這麼多世家公子面前，他選不上駙馬也理所應當，盡力而為便是。

趙瑾對莊錦曄很滿意，她就是需要這樣一位容易拿捏的駙馬，無權無勢，又生得不錯，性格溫和，很大程度上符合她的擇偶標準。

最後一位候選人也表演完畢，趙瑾給了張公公一個眼神，張公公會意，從屏風後走出來道：「晌午已過，公主殿下吩咐御廚為諸位準備了午膳，請各位公子隨咱家來。」

外男不得入後宮，因此駙馬選秀之地並不屬於後宮的範圍，而是聖上特地為趙瑾在後宮前方劃分了個院落出來。

「殿下，您可有人選了？」紫韻小聲問道。

趙瑾的面色依舊惆悵。一般相親可以多接觸幾次再確定，現在選個駙馬，居然要憑一面之緣，可真有意思。

話雖如此，趙瑾還是迅速遞給紫韻一張宣紙。「上面的人留下，其他人可以回去了。」

紫韻接過一看，才發現自家主子毫不猶豫地將人給定下了——只留了五個。

午膳過後，眾公子便聚集到一處空地上，張公公大聲地唸著名單。「高祺越、莊錦曄、李……」

唸完五人的名字，張公公道：「以上公子留下，其他公子可隨宮人指引出宮。」

毫不意外，唐韞修落選。

原本他以為華爍公主會再留他一會兒，沒想到她如此乾脆。

唐二公子的心情還算不錯，在即將離宮前，他回頭看了一眼，沒承想，方才全程在屏風後的華爍公主此時正站在高處往下看。

沒有屏風，也沒有紗帽，那張臉就這樣呈現在眼前。

唐韞修立刻停住了腳步。

自從唐韞修拒絕成為駙馬後，永平侯總是擔心因此遭聖上厭棄，對這個不學無術的二兒子，他雖氣極，卻又拿他無可奈何。

因此這幾日永平侯府內經常聽見永平侯發怒的聲音，就連那位向來溫柔小意的永平侯夫人也被遷怒過。

唐韞修本人倒是照常吃香喝辣，絲毫不憂心自己以及永平侯府的前程；只不過，他有個小小的煩惱——那日茶樓驚鴻一瞥，那張臉實實在在地入了他的夢。

人都有見色起意的時候，唐韞修的確是被一張臉勾走了魂，他勞師動眾地找了幾天的人，卻沒得到自己要的答案。

那姑娘就像是唐韞修的幻覺般，一眼之後就消失得無影無蹤，卻在夢裡出現了數次，每次都是那日茶樓上的畫面——被吹開的紗帽和清麗的容顏。

唐韞修禁不住懷疑自己是膚淺的人，只是很多時候，他並不覺得膚淺有什麼不好。喜歡錢財的人追求財富，熱衷權勢的人執著名利，貪圖美色的人為此沈淪，各有各的需求。

他極想認識那位僅有一面之緣的姑娘，但是唐韞修萬萬沒想到自己暗地裡翻遍了整個京城都沒能找到的人，竟在皇宮裡見到了。

慶幸的是，對方並非宮妃；不幸的是，他這不知天高地厚的人，竟然拒絕成為她的夫婿。

當唐韞修意識到這點時，身旁的太監正在催促他離開此處。

回想起自己方才那番表現，唐韞修也知道，如果他是華爍公主，此時怕是恨不得讓他立即滾出自己的視線。

唐韞修從來沒想過後悔的情緒來得這般快，彷彿只要他踏出這道宮門，今生今世便與那位居高處之人再無瓜葛。

認識這位唐二公子的人，都會下意識地將他當成紈袴子弟，事實上也是如此，只不過在某種程度上，這位永平侯府的二公子擁有的特質讓他更像個瘋子。

就像現在，那個選秀時原本無欲無求的年輕男子，忽然火速越過身邊的太監與宮女，逕自往華爍公主的方向跑去。

這樣的姿態，讓宮人們有種刺客上門的錯覺。只是這位唐二公子手中並無武器，也沒有任何傷害公主的動機，他們不知道該不該攔，就算想攔，也遲了。

唐韞修就像害怕眼前的女子像上次那樣消失般，他直接抬腳踏上宮牆，頃刻之間於趙瑾面前落地，又單膝跪下。

這一幕就發生在一瞬間，不說別人，就連趙瑾也完全沒反應過來，她身邊的侍衛倒是上前一步將她護在身後，警戒地看著唐韞修。

唐韞修在眾目睽睽下猛然衝到自己面前，倒是勾起了趙瑾一點興趣，於是她示意侍衛退開，稍微彎下腰，居高臨下地看著這位年輕的世家公子，眸中波瀾不興。

「唐二公子，你意欲何為？」她問。

聞言，唐韞修馬上抬起那張十分出色的臉，回答了趙瑾的問題。「公主殿下，且看草民這張臉，可是夠格尚公主？」

這事可謂是鬧劇一場，被淘汰了的人竟當眾請求公主給他開後門，簡直荒謬至極。

趙臻在批閱完奏章之後，關心一下妹妹選駙馬的進度，便得到這樣一個消息。兩兄妹的反應是一致的，他們都覺得這位唐二公子有病。

「他唐韞修將駙馬的身分當作什麼，又將朕的妹妹當作什麼了？」詫異過後，趙臻勃然大怒。「別以為他是唐家人朕就不敢動他，實在是太放肆了！荒唐！」

深吸了一口氣之後，趙臻問被派去打探消息的太監。「瑾兒怎麼說？」

趙臻生怕他的妹妹被一副皮囊所迷惑，就這樣墮了皇家的威嚴。

太監自然知無不言。

當時的情形是這樣的，唐二公子向華爍公主自薦時，華爍公主的表情看起來有些微妙，像是不解，又像是覺得棘手。

然而片刻之後，她便面無表情地對康二公子道：「唐二公子，請回吧。」

言下之意是，讓他滾。

聽到這裡的時候，趙臻不由得露出了滿意的神情。皇家之女，自當有如此風範。「然後呢？」

「回聖上，唐二公子欲贈公主殿下一塊玉珮。」

趙臻用眼神無聲詢問公主是否收下了。

「殿下沒要。」

趙臻露出了笑容，點頭道：「不錯。」

唐韞修這個人確實是讓人看不懂，聖上在聽完太監的回話後，擺駕仁壽宮。公主選婿，此事事關重大，身為兄長理當關心，趙瑾身為當事人，被迫解釋起了自己與那位唐二公子的關係——素不相識，誰知道他為什麼突然發瘋？

趙瑾認為「好奇心殺死貓」這句話有點道理，少些探究之心，才能活得更久。

「皇兄，臣妹如今對駙馬人選並無頭緒，此事日後再議，可好？」

趙臻怎麼可能聽她的。「朕覺得高家那位不錯，朱家那位也算美名在外……」

聽到這些話，趙瑾只差沒摀住自己的耳朵了，心道：不聽不聽，不聽王八唸經。

「唐家那小子，妳覺得如何？」便宜大哥終於說到了他最關心的話題。

趙瑾答道：「不如何。」模樣是生得不錯，但腦子似乎不太好。

「既如此，朕便不多說什麼了。」

聖上站起來便要離開，太后雖然想留他用晚膳，不過今日恰好是十五。這麼多年來，每逢初一、十五，聖上都雷打不動地去坤寧宮找皇后。

聖上在選秀這件事情上並不積極，雖說宮中這些年下來也有不少年輕漂亮的妃嬪，不過他與皇后到底是年少夫妻，帝后之間情誼深厚，非旁人可輕易撼動。

駙馬選秀的第一輪對趙瑾來說已經過去了，剩下的五個人，自然也是由她挑挑揀揀，至於那位唐二公子，趙瑾沒將他放在心上。

不僅是趙瑾，就連聖上都沒多想，只是身為男人，他多少能猜到唐家那小子為何突然反悔，多半是見了公主真容，見色起意罷了，不值一提。

幾日過去，趙臻在上完早朝後，突然收到一封來自邊疆的信，署名是唐韞錦，永平侯府世子。

邊疆送回來的信，趙臻不敢耽擱，可在他看完信裡的所有內容之後，就陷入了沈默。

唐韞錦在信中前半段正常交代了邊疆狀況，敘述日前與他國有些小矛盾，但並不嚴重，直到後半段，他話鋒一轉。

……臣年少離家，疏於管教親弟，臣自知親弟性情頑劣，對華爍公主多有冒犯，然臣母去世多年，長兄如父，臣作為兄長，願以軍功為親弟爭個機會，懇求聖上體恤，若公主殿下實在無意，臣自當管束好親弟。

趙臻反反覆覆地將這封信看了一遍又一遍，眉頭緊皺，身旁的李公公一顆心也不禁提了起來，正欲開口詢問，趙臻猛然將手中的書信揉成一團扔了出去。

「豈有此理！」

這個舉動嚇得正在身邊伺候的宮人大驚失色，紛紛跪下道：「聖上息怒。」

趙臻從龍椅上站了起來，指著地上的紙團怒斥道：「他唐韞修算什麼東西？被淘汰了居然敢找他哥來求朕？他當朕的妹妹是什麼?!」

第六章　半路遭攔

天子震怒。唐家這兩位公子，也算是有本事。

「還說什麼長兄如父，他們兩兄弟的爹還沒死呢！」趙臻氣得口不擇言。「他哥是領兵的大將軍了不起啊，朕還是皇帝呢！」

在場的宮人紛紛低下了腦袋，假裝自己根本聽不見聖上說的話。

「聖上息怒，」李公公是這裡面唯一不敢裝聾作啞的人，他給聖上倒了茶。「聖上莫要氣壞了身子，若是讓華爍公主知道您為她的婚事如此操心，想必會過意不去。」

「她是個小沒良心的，哪裡知道過意不去？」提到趙瑾，趙臻的神情倒是緩和下來了。

李公公便知，提華爍公主是提對了。

「聽聖上的意思，可是永平侯世子為弟弟求情，想將唐二公子塞進剩下的駙馬人選裡面？」李公公試探著問道。

趙臻冷笑道：「那唐韞錦也真是敢由著他弟弟胡來。」

李公公心道，在寵弟弟、妹妹方面，這唐世子怎麼跟聖上一樣沒個分寸？

他道：「奴才有一言，不知當講不當講。」

「有話你就說。」

「奴才認為，若是唐世子找聖上求情了，想必也是知道您的態度，他只求讓唐二公子進入最後一輪篩選，並非讓聖上直接定唐二公子為駙馬，聖上大可給世子這個面子，其餘的，皆由公主殿下拿主意不是？」

趙臻想了想，這倒也是。

李公公的意思是，讓唐韞修再被篩選一遍，再被羞辱一次，畢竟這是他自找的不是嗎？

趙瑾萬萬沒想到，被淘汰了的人還能找後門？而她哥，堂堂天子，竟然同意了？

她恨不得打開她那便宜大哥的腦子看一下裡面到底裝了什麼，「君無戲言」這幾個字是假的？

前來傳達聖上意思的李公公在公主的目光下冒出了冷汗。「唐世子手握重兵，駐守邊疆多年，唐家一族更是為國捐軀，聖上體恤，望公主殿下見諒。」

體不體恤不知道，倒是那位唐世子，確實深得聖寵。趙瑾這當公主的也沒那麼為所欲為，既然如此，她便算是應下了。

傳話的李公公鬆了一口氣，他實在怕這位不按牌理出牌的主兒鬧騰起來。眾所周知，華爍公主在某種程度上才是真正的油鹽不進。

駙馬候選人平白無故地多了一個，加上唐韞修前幾日離宮前鬧的那一齣，有點腦子的人都能猜出其中有問題。

永平侯府中，宋敬宇捂著胸口，差點沒暈過去。「逆子，你個逆子！你大哥在邊疆拿命拚來的軍功，你讓他拿來為你求情？好端端的敬酒不吃吃罰酒，人家看上你時你不要，看不上你時你又強求，我是造了什麼孽才生出你這麼個東西！」

永平侯關上家門訓兒子，唐二公子不免又遭了一頓家法。

「父親何必如此氣急敗壞。」被打的人依舊心平氣和。「兒子並非亂來，這個駙馬，我如今真心想當。」

可惜他說的「真心」兩字，永平侯是半個字也不信。

外面鬧得如何，與趙瑾這個養尊處優的公主並無關係，雖然駙馬還沒選好，但她已經迫不及待地想遠離這座承載她成長時光的皇宮。

華爍公主這些日子頻繁地去御書房求見聖上，頻率甚至比邀寵的妃嬪還高上許多，然而……

趙臻嗤之以鼻地道：「瑾兒，妳就這麼在皇宮裡待不住嗎？」

華爍公主乖巧地說：「臣妹想出宮看看未來的居所，望皇兄恩准。」

趙臻一口氣憋在胸口。「那是朕親自監工建成的公主府，難不成會給妳偷工減料？」

趙臻真要被這個臭丫頭氣死，他眼巴巴地盯著公主府建造的進度，又自己私下往裡面塞了不少好東西，就怕出宮後這丫頭過得沒宮裡好；沒想到她長大後便如同想飛出籠子的鳥兒，似乎在這皇宮多待一刻都渾身不舒坦。

趙瑾覺得她這皇兄近年來越發幼稚了，好好的聖上，怎麼表現得像教育叛逆期的孩子的家長。

在皇宮生活將近二十年，趙瑾也算從中悟出了些生存之道——逢場作戲。無論對誰都保持和善、不表露過多真心，方是上策。

聖上的子嗣不豐，且都是公主，因此後宮爭寵的戲碼其實並不激烈。兩位公主的生母和皇后之間無利益衝突，其他妃嬪則是沒成功懷上孩子或者僥倖懷上卻保不住，可這並不意味著後宮沒有各種算計。

趙瑾身為公主，能遠離其中，卻無法完全隔絕，何況她的親娘是誰？那可是上一屆的宮鬥冠軍，一路笑到最後的人。

就算是耳濡目染，華爍公主也不可能是什麼都不懂的小白花——雖然在她親娘和親哥眼裡，趙瑾確實是個需要別人護其周全的小可愛。

在這種情況下，聖上不可能不看重駙馬的家世，趙瑾挑的那五位候選人……現在是六位，也只有一個莊錦曄家境平平。

莊錦曄有才華且有抱負，聖上原本還對他寄予厚望，不料這人轉頭就想當駙馬，可想而知，那日他在朝堂上為公主說話，也是別有用心。

因為對莊錦曄還不夠了解，聖上一時之間也分不清這個年輕人是真心喜歡自己的妹妹，還是想藉機攀高枝，少奮鬥個十年。不過基於刻板印象，聖上的想法更傾向於後者。

「妳非要出宮不可？」趙臻盯著自家親妹問道。

趙瑾點頭道：「非出宮不可。」

「將〈出師表〉背出來，朕就放妳出去。」

趙瑾一臉問號。她今年幾歲？便宜大哥今年又幾歲？都這麼大的人了，還搞這種抽背？若不是還記得坐在上面那個人是一國之君，趙瑾甚至都想直接開口問一句「你沒事吧」。

華爍公主的學渣人設深植人心，聖上此舉就是想讓她死了那顆出宮的心。

趙瑾卻點了頭，朝旁邊的宮人道：「給本宮把書拿來。」

區區一篇〈出師表〉，還能攔住她出宮的步伐不成？

於是宮人們搬來桌椅，不學無術的華爍公主就在聖上的眼皮子底下全文朗誦〈出師表〉。

趙臻原本還能心無旁騖，結果被冤家妹妹這讀書聲唸得昏昏欲睡，堂堂天子就這樣被迫聽了好幾遍的〈出師表〉。

「妳究竟能不能背？朕都聽熟了。」

聞言，趙瑾勉勉強強合上了書本，猶豫道：「那來吧。」

「先帝創業未半，而中道崩殂。今天下三分，益州疲弊，此誠危急存亡之秋也……」

華爍公主顯然對自己的記憶力有自知之明，她前半段背得還算流暢，後半段完全是「磕磕絆絆」的。

為了維持住「學渣」的形象，趙瑾也是演得辛苦。

趙臻已經很多年沒面對過這種場面了，平日肚裡沒點墨水的人都不敢往他身邊湊，像這種程度的哪敢到他面前丟人現眼？

趙瑾聽見便宜大哥忍耐到極限般的聲音。「若皇室都是像妳這樣的，武朝早就亡了。」

在這種時候，趙臻難得慶幸自己沒兒子，若是武朝的儲君像他姑姑這副德行，瘋的興許就不只他一個了。

「皇兄，臣妹已經背完了，可以出宮了嗎？」華爍公主迫不及待地說。

趙臻也沒想到趙瑾背得出來，畢竟當初太傅不曉得到他跟前嘆氣過幾回，也沒能讓這丫頭發憤圖強。現在想想，選〈出師表〉實在過於草率，這文章他年幼時便能倒背如流，算是上書房必學的文章之一。

「行，」趙臻開了金口。「朕許妳出去玩一日。」

「謝皇兄。」華爍公主瞬間解放，邁著歡快的步伐跑了。

趙臻看著那道背影，嘴角還帶著淺淡的弧度，但很快便收斂了。

幾位宮人在李公公的示意下退了出去，隨後李公公也離開。

御書房內，趙臻突然對著空氣說了一句話。「去，給朕保證華爍公主的安全。」

一陣微風拂過，轉瞬即逝，好像這個御書房從始至終都只有聖上一人。

此時此刻，華爍公主換上了尋常姑娘的衣裙，興沖沖地踏上了出宮的路程。

她自然知道暗地裡有人跟著自己，不管是太后還是聖上派的暗衛，目的都是為了保證趙瑾的安全——即便一般不會有人想不開去招惹公主。

暗衛不宜顯露於人前，也不會輕易出手，若只是尋常糾紛，最多設法報官，其餘的都交給侍衛處理。只是今天華爍公主算是微服出巡，不好帶著侍衛，他們便得多留點心了。

趙瑾如願來到自己的公主府，她一從馬車內探出頭來，紫韻立刻上前攙扶著她下車。

大門內匆忙走出一個中年男人，他恭恭敬敬地朝趙瑾行禮道：「奴才參見華爍公主，奴才是公主府的管家，名喚陳來福。」

「平身。」趙瑾道：「本宮今日只是過來看看，毋須緊張。」

說是這麼說，但趙瑾來這麼一趟就好比是老闆視察，嘴上說什麼都沒用，該緊張的還是緊張。

華爍公主在這方面算是半個過來人，她清楚得很，於是當陳管家兢兢業業地為她當起導遊時，趙瑾也覺得正常。

說句實話，公主府的規模比趙瑾想像中的大上許多，甚至趕得上幾位王爺的府邸了。由此再次證明，趙瑾確實是位極為受寵的公主。

公主府動工時趙瑾還沒及笄，如今已經落成三年多了，還沒能等到它的主人入住，畢竟恐婚少女一直在逃避現實。

一個住的地方弄得再怎麼富麗堂皇，華爍公主對它的興趣也僅僅持續了半個時辰左右。真要說富麗堂皇，有哪個地方比得上皇宮？

紫韻一直跟在趙瑾身邊，她試探性地開口問道：「公主殿下，那接下來我們回宮？」

趙瑾說道：「還早。」

紫韻疑惑道：「那殿下的意思是……」

「去逛街。」

說起來，趙瑾已經很多年沒感受過這樣單純的快樂了。在當醫生的那幾年，趙瑾下班之後甚至連門都不想出，但身為一個公主，她實在是無所事事到發慌。

紫韻自然明白自己是胳膊擰不過大腿的，她道：「殿下，奴婢去給您拿紗帽。」

趙瑾卻道：「不用。」未出閣且未曾訂婚的世家女子，出門多會遮掩自己的面容。

「殿下？」

華爍公主朝自己的貼身侍女挑了一下眉，拋出了這麼個問題。「怎麼，本宮這張臉，難道見不得光嗎？」

紫韻馬上將腦袋搖成了撥浪鼓。她小聲道：「殿下金枝玉葉，奴婢怕那些不長眼的冒犯您。」

趙瑾聽懂了紫韻的意思，無非是「在這種時代，女子上街風險不小」。
她搖搖頭，只道：「沒事。」
趙瑾既然說了沒事，那就真的是沒事，不管怎麼說，她身後跟著的暗衛可不是擺設。
華爍公主穿著尋常姑娘的衣裙走在市集上，甚至還跟賣冰糖葫蘆的大爺嘮了幾句，身後同樣手上拿著一根冰糖葫蘆的紫韻面露絕望。
「大爺，今年的山楂甜嗎？」
「甜！怎麼不甜呢？」大爺一副急了的模樣。「您嚐嚐，這果子甜得很！」
「嗯……甜，大爺，給我再包上幾串！」
尊貴的公主怎能這樣沒有形象地跟民間小販聊天？彷彿他們不是第一次見面，而是早已相識的鄰里鄉親般。
紫韻彼時還不知道，後世有一個詞——社牛，就是用來形容這類人的。
大爺還是第一次瞧見如此平易近人的千金小姐，哪怕趙瑾穿著尋常的衣裙，但這布料怎麼看都不是窮人家穿得起的，他笑呵呵地為趙瑾包好了糖葫蘆。
華爍公主買了糖葫蘆，又出發到下一個攤子，是賣胭脂水粉的。
擺攤的大娘一看到趙瑾這張水靈的臉蛋，眼睛瞬間亮了。「姑娘，喜歡什麼都看看，我這兒的胭脂水粉可都是京城姑娘們最喜歡的。」

華爍公主停下來駐足許久，紫韻都快要哭出來了，再上乘的胭脂水粉，還能比宮裡的好嗎？

趙瑾不僅沒嫌棄，甚至拿起其中一盒胭脂看了半天，大娘熱情地向趙瑾推銷了一把小刷子，抓著趙瑾的手讓她親自試驗。

「姑娘您看，這胭脂配上特製的胭脂刷，是不是塗得好看多了？」

趙瑾看著手背上的一片粉嫩，淡淡地笑了，問大娘。「大姊，妳的胭脂賣得好吧？」

只見大娘一臉驕傲地說：「姑娘，不是我吹牛，這貨可不是誰都能進的，在京城除了琉韻閣，也就我拿得到，您看，和琉韻閣一模一樣的東西，我賣得還便宜不少。再看看這款面泥，有錢人家的小姐跟夫人們可都喜歡用，用完臉蛋滑溜溜滑溜溜的。」

趙瑾和大娘聊了半天，似乎對人家的生意特別關心，紫韻懷疑再聊下去，她家公主都想自己開店賣胭脂水粉了。

離開時，華爍公主又掏錢買了一批自己早就有的化妝品，大娘笑得眼睛都瞇了起來。

紫韻不解地問道：「公……小姐，這些奴婢記得家裡都有啊。」

趙瑾豎起食指放到唇邊，輕輕「噓」了一聲。

為了市場調查花這麼點小錢，應該的。這個時代要啥沒啥，這些新奇的玩意兒，好歹要研究個幾年才投入資源，如今可得時刻把握市場的動向才行。

皇室雖然不缺錢花，但相信沒哪個公主跟皇子嫌錢多吧？

此時趙瑾身後明面上跟著的人，也就紫韻一個，她大街小巷地逛，一張清麗的臉襯托得她像是個涉世未深的小姑娘，不知不覺中，便有幾雙眼睛盯上了這隻美味的小羔羊。

於是當趙瑾走到一家茶樓前面時，突然有幾個人衝到她面前攔住了她的去路。

沒等趙瑾和紫韻反應過來，一位穿著華麗的中年女人直接抓住趙瑾的手，大聲叫道：「女兒，妳怎麼還在外面閒逛？妳爹都快不行了，妳還有心思在外揮金如土?!」

旁邊的男子也上前一步。「小妹，妳太任性了，爹不過就是不同意妳跟那窮書生的婚事，妳竟然就跟他私奔去了？爹現在被妳氣得臥床不起，妳快跟我們回去！」

察覺到動靜，周圍的人紛紛看了過來，聽到這麼一番話，看向趙瑾的目光隱隱變味。

趙瑾一臉問號。這是……人販子？

活了這麼多年，華爍公主還是頭一回看見人販子這麼不長眼。別說是她，向來護主的紫韻也愣了一下。

敢給當今嫡長公主當娘、當哥，他們有幾個腦袋可以掉？面對這種場合，趙瑾只是看著自己被抓住的手腕蹙眉，眼尾餘光瞥向紫韻。

紫韻會過意，轉身就要去報官，結果被那男子眼尖瞧見了，先發制人道：「妹妹，都這個時候了，妳還想著讓妳的婢女給那窮書生通風報信？爹都被妳氣病了，妳卻只想著一個男人？」

四周的人竊竊私語，似乎在討論或者譴責這位不知廉恥的姑娘。

「放手。」趙瑾輕聲道，但語氣極冷。

那女人非但不鬆手，反而握得更緊了。「女兒啊，我的乖女兒，妳怎麼變成這樣了？妳跟娘回去見妳爹最後一面好不好？就當是娘求妳了……」

嘴裡說著哀求的話，她手上的力道卻更大了，生怕趙瑾掙脫似的。

第七章　鬧劇一場

就在此時，紫韻被兩、三個家丁模樣的人攔住，可即便如此，紫韻也未顯出慌張的神色，她上前一步，瞪著那女人道：「妳是何人？口口聲聲說是我家小姐的娘親，妳可知我家小姐姓甚名誰、芳齡幾何？妳說是就是，那我便說你們一行人是騙子，若你們問心無愧，就隨我們去見官！」

紫韻到底是在皇宮中長大的人，幾句話問得對方啞口無言。

但那男子反應很快，他立刻凶狠道：「妳這臭丫頭，當初我娘花了十兩銀子將妳買回，讓妳伺候好妳家小姐，可妳居然吃裡扒外，幫著外人誘騙我妹妹私奔？」

這時趙瑾反手掐了那女人一下，那女人便吃痛地鬆開了手。

主僕兩人齊齊往後退了一步，卻又被那男子和那些「家丁」圍了起來。

女人見狀，乾脆一屁股往地上坐，嚎啕大哭道：「女兒啊，算娘求妳了，隨娘回去吧，妳若真心喜歡那書生，娘讓妳嫁便是了，可……咱們是清清白白的人家啊，總得有父母之命、媒妁之言，不然日後人家怎麼看妳……」

說著她往前一撲，恰好撲在趙瑾腳邊，頭髮散亂，像極了一位卑微的母親。

有人看不下去，出口相勸。「姑娘，要不便隨妳母親與大哥回家去吧，畢竟有多年生養之恩，何必為了一個男人六親不認？」

此話一出，又有另一個人附和道：「就是，若我有這樣的女兒，早在她出生那日便掐死她，省得日後被氣死！」

趙瑾的目光落在最先開口的那兩人身上，停頓片刻後又移開，對著跌坐在地上的女人道：「我不是妳的女兒。」

「妳怎麼不是我女兒了？」那女人忽然抱住了趙瑾的腿，激動道：「我生養妳多年，還能認不出妳是我女兒？」

趙瑾低頭與對方對視一眼，忽然輕笑一聲，手移到背後，不動聲色地比了個手勢——是給暗衛的指示。

然而，就在此時，一道清亮的女聲響起。「我說妳有沒有良心，妳爹臥床不起，妳娘跪著求妳回家，妳卻連爹娘都不認，還是不是個人了？」

一道紅色的身影從人群中走了出來，那姑娘一身華貴、明眸皓齒，身後跟著幾個侍衛，此時她抱胸看著幾人，瞪圓的杏眼裡透著對趙瑾的不滿。

她親自走到路中央扶起那女人，安慰道：「夫人別擔心，今日本郡主在此，若妳這不孝女不肯回家，本郡主的侍衛也定會幫你們將她綁回去！」

「郡主？」趙瑾下意識問了一句。「哪位郡主？」

被提問的紅衣女子抬起下巴，高傲地看向趙瑾。「本郡主乃安榮郡主，瑞王之女。」

瑞王啊……似乎是喜歡持刀弄棒的那個便宜六哥。

那幾人見有貴人插手，眸中閃過一絲心虛，但這恰巧是一個好機會，那女人忙道：「多謝郡主為民婦仗義執言，民婦只希望女兒歸家，若她能回去，民婦便心滿意足了。」

安榮郡主趙姝聞言，瞪著趙瑾道：「夫人莫擔心，有本郡主在此，今日你們便是將她綁回去，也沒人敢說什麼！」

聽到這些話，那男子立刻給那個幾個「家丁」一個眼色，嘴裡道：「妹妹，妳莫怪哥和娘，妳一個姑娘家，兄長怎放心妳在外？」

說著，幾人便作勢要抓住趙瑾跟紫韻。

趙瑾倒是不慌張，她在想，這些人販子的窩在哪裡。

「且慢——」又來了一個人，是道略低沈的男聲。

那人手執紙扇，狹長的丹鳳眼含著淺笑，身著銀色長袍，兩襟繡有黑色花紋，頎長的身形與俊美的面容瞬間吸引許多注意力。

他先是朝趙瑾作揖，轉而看向一襲紅衣的安榮郡主。「唐韞修見過安榮郡主。」

「唐二公子？」趙姝看見他時，微微蹙眉，而後道：「你有事？」

「無事，想勸郡主三思而後行罷了，勿要插手他人家事。」

趙姝聽不懂唐韞修話裡的深意，但她卻聽出了嘲諷之意。「大膽！你是說本郡主多管閒事?!」

唐韞修臉色未變，他淺笑道：「方才這位姑娘說了，她並非這位夫人的女兒，可這兩人一直說這是他們家的姑娘，郡主覺得，是誰撒了謊呢？」

「自然是她！」趙姝指向趙瑾。

趙瑾面無表情。

唐韞修但笑不語，他緩緩走到趙瑾與那女人還有男子身旁。「既然如此肯定這位姑娘是你們家的，不如兩位告訴在下，你們家住何方，在下恰好得空，與諸位過去看看，順便拜訪一下伯父？」

趙瑾看不懂這位唐二公子葫蘆裡賣的是什麼藥，但顯然他的話讓人販子的臉都僵了。

原本可以光明正大地將人帶走，如今卻忽然冒出一個多管閒事的貴公子，眾目睽睽之下，他們一時之間不知該如何是好。

那男子牙一咬，道：「這位公子，我們急著回去，恕不能奉陪。」

唐韞修打開手中紙扇輕晃兩下，語氣溫和。「無妨，你們忙，在下可以跟過去，確認這兩位姑娘是不是你們家的。」

這種酒囊飯袋的公子哥兒是不是都有病？

那男子心想，眼前這貌似弱不禁風的公子哥兒孤身一人，等一下入了巷子，他們輕輕鬆鬆便能制伏，於是他咬牙道：「好，你可以跟著。」

說著就要讓家丁去綁趙瑾主僕兩人。

沒等他們有動作，人群中又冒出了十來個家丁模樣的男子，唐韞修笑得溫和無害。「請恕在下無禮，若只有在下一人跟你們過去實在不放心，便讓人跟著，幾位……不介意吧？」

「你──」那男子指著唐韞修，似是想說什麼又不好發作的模樣。

眼前發生的這一切，令趙瑾不禁嘆為觀止。

忽然間，有人大聲喊道：「大理寺少卿到──」

「大理寺」這三個字成功吸引了不少人的注意力。

藏藍色的衣袍出現在眾人視線範圍內，雄渾的嗓音響起。「何人在此喧譁？」

霎時，原本還號哭著要將姑娘帶回家的人臉色大變，在旁人還沒來得及反應時，他們就猛然往人群稀疏處逃竄。

「給本官拿下！」

大理寺少卿帶來的衙差立刻出動，頃刻之間將逃竄的幾人就地壓制，除此之外，還有幾個「路人」同時被不知何處出現的人擒住，隨後往人群中央，也就是大理寺少卿的腳下扔。

這一系列變故在一瞬間發生，當中最懵的，莫過於方才仗義執言的安榮郡主趙姝。她發著愣，目光落在大理寺少卿身上。「崔大人……這是怎麼一回事？」

大理寺少卿崔紹允朝安榮郡主作揖道：「見過安榮郡主，臣接到消息，說此處有人當街強搶民女，特來察看。」

這自然是趙瑾那些暗衛的手筆。

趙姝看著那彷彿置身事外的女子，又看著唐韞修，忽然想到了什麼，道：「方才那幾人是？」

崔紹允道：「若臣沒猜錯，應該是人販子。」

此時趙姝還沒意識到事情的嚴重性，直到崔紹允轉頭將目光落在此次險些被拐的女子身上時，他瞬間如臨大敵。

「怎麼是您？」向來沈穩的崔紹允不自覺地往後退了兩步。

趙瑾露出了和善的笑容道：「崔大人，許久未見，看來過得不錯？」官位都升了呢。

趙姝被這一幕再次整懵。「崔大人，你認識她？」

聞言，崔紹允幽幽地說了句。「安榮郡主，您不認識她？」

衙差們正在疏散人群並抓捕漏網之魚，看熱鬧的百姓漸漸散去，崔紹允一臉生無可戀地說道：「此乃華爍公主。」

「華爍公主又是……」一個「誰」字卡在趙姝的喉嚨裡。她難以置信地看著那冷靜至極的女子，嘴唇動了動，卻什麼也沒能說出來。

就在這個時候，趙瑾也恰好看了過來，對上安榮郡主的目光，燦爛一笑。

喲，看看她的便宜姪女。

華爍公主幾乎不現於人前，除了一直養在深宮以外，各種請柬都沒能將人請來，以至於身為便宜姪女的安榮郡主，只有在過年宮中設宴時才有機會見上華爍公主一面。

趙瑾向來不愛參加宮宴，即便是聖上坐在上面，她也能想方設法地開溜，她是聖上親妹，誰還能為難她不成？

安榮郡主上一次見自己這位姑姑，應該是在三年前的宮宴上。

當時安榮郡主只在宴席上瞥了華爍公主的席位一眼，之後沒多久，公主的座位上便沒了人，此後兩、三年過去，她哪裡還記得那位姑姑長什麼樣？

一想到自己方才說了什麼渾話，安榮郡主不禁小臉煞白。

若不是唐韞修跟崔紹允及時出現，否則她便是讓人販子抓走趙瑾的幫凶，若趙瑾在人販子手上遭遇了什麼事，她還有活路？

趙瑾不知趙姝這個便宜姪女在這一瞬間腦補了些什麼，只曉得她的臉色看起來極差。

此時，崔紹允開口了。「公主殿下，請隨臣回大理寺留下口供。」

一場鬧劇就此落幕，只是趙瑾沒想到的是，她跟著崔紹允回大理寺時，身邊還有另外一個人跟著。

「唐二公子，你跟著來做什麼？」趙瑾問。

唐韞修聞言輕笑一聲道：「草民好歹也算為公主殿下挺身而出，殿下就這般不領情？」

趙瑾又怎麼會不領情呢？只是今日這事，但凡有點腦子的，都不會認為趙瑾只帶了一個侍女出門，唐韞修此番只能算是獻殷勤。

「唐二公子見義勇為，本宮敬佩。」趙瑾不痛不癢地回了一句。

崔紹允在讓趙瑾留下口供後，特地派人將她送回宮。公主背後有沒有人保護他不知，但今日撞見了，便不能任由她就這樣回去。

「崔大人今日辛苦了。」在大理寺大門前，崔紹允派的人被唐韞修攔下。「在下今日恰好得空，可護送公主殿下回宮。」

崔紹允忽然想起這幾日有關唐二公子和華爍公主之間的傳聞，看向唐韞修的目光裡多了些同情——小夥子眼光不好，怎麼就看上了趙瑾呢？

說起崔紹允，他曾經也是趙瑾姪子們的伴讀，「有幸」在宮中見識過華爍公主的手段，總之，幾位王爺的兒子都沒什麼好下場。

幾年過去，崔紹允在官場沈浮幾年，也娶妻生子了，華爍公主卻依舊是他見過最胡攪蠻纏的女子。

唯小人與女子難養也。崔紹允深以為然。

「崔大人留步，」趙瑾的聲音響起。「你忙正事吧。」

說完，趙瑾便轉身離去，而唐韞修像是得到了默許般，招呼著自己府上的侍衛，跟在華爍公主主僕兩人身後。

唐韞修走在趙瑾身邊，乍一看稱得上是郎才女貌。

華爍公主養於深宮，又去甘華寺與世隔絕兩年，容貌雖不為人所知，但如今的太后與聖上都生得不錯，先帝年輕時也是美男子，有這般血脈傳承，趙瑾的相貌怎會差？

趙瑾時常感慨，光憑她這身分地位和相貌，這輩子啃哥哥、啃嫂子都能過得快活，眼下卻非要挑個駙馬當飯搭子，多少有些憋屈。挑太好的，怕對不起人家；挑差的，她自己都沒眼看。

「殿下今日出宮是為了看公主府嗎？」唐韞修突然開口問道。

趙瑾側眸道：「唐二公子知道？」

「猜的。」唐韞修轉頭看向趙瑾，垂眸淺笑，那張臉顯得有幾分禍國殃民的俊美，他低道：「殿下難得出宮，需要草民帶您遊一遊京城嗎？」

說著，他稍微湊近，在趙瑾耳邊輕聲道：「殿下，草民保證不讓他們跟上。」

唐韞修嘴裡的「他們」，指的自然是聖上派來的暗衛。

哎喲，這麼狂？連聖上的暗衛都不放在眼裡，有前途——來自公主的肯定。

落後一步的紫韻看著永平侯府家的公子湊近自家公主時，眼皮猛跳，又見他們竊竊私語，雖然聽不清，但這不妨礙小姑娘腦補各種情境。

在紫韻眼中，自己的主子心思單純，公主雖然平時有主意，可畢竟未與外男單獨接觸過，誰不知道男人哪個不是詭計多端？

雖說趙瑾的年紀在未出閣女子中算大，但始終是個被保護在深宮圍牆中的貴女。

趙瑾打量著面前的年輕男子。「唐二公子這是什麼意思？」

「想與殿下多了解。」

不得不說，趙瑾許久沒見過這麼直接的人了。

重活一世撿來公主命，趙瑾活得算是隨心所欲，可說句實話，就算她的身分再尊貴，她終究懷念那個發展了幾千年形成的現代社會。

到目前為止，對比她見過的古代世家子弟，唐韞修此人的確紈袴任性，也確實夠直言不諱，令她舒心。

「唐二公子，你要如何做？」

問完這句話之後，趙瑾忽然有種不祥的預感，果不其然，下一刻，唐韞修便隔著袖子抓住了她的手，眾目睽睽之下拽著她就跑。

趙瑾瞪大了眼，不由自主地隨唐韞修跑了起來。

「殿下！」紫韻大聲喊著，可她只能眼睜睜看著自家公主跟著那位唐二公子在一處拐角後消失不見。

她轉頭看向其他人，吼道：「還愣著做什麼？追啊！」

見那群人遲疑了起來，不知道是該追還是不該追，紫韻這才猛然想起，這群侍衛，都是那位唐二公子的人。

另一邊，起初被拽著跑的趙瑾突然察覺自己的身子輕盈起來，這一瞬間，她對「輕功」兩字有了全新的概念。

直至落地時，趙瑾還摸不著方向，就已經站在一處錢莊門口。

「殿下賭過錢嗎？」唐韞修問。

趙瑾搖了搖頭，她好歹是在正常人家長大的，別的不說，與賭、毒不共戴天，是每位公民的義務。

「想不想試試？」

在那一瞬間，趙瑾懷疑眼前的人是不是真心想當駙馬了，哪有第二次見面就將姑娘帶來賭場的？「清新脫俗」這個詞都不足以形容此人了！

奈何趙瑾見過的世面確實不多，在好奇心驅使下，她扯了扯嘴角道：「好啊。」

踏入錢莊時，趙瑾正納悶著這個正經錢莊裡怎麼有賭場，就有人迎上前來諂媚道：「唐二公子來了，今日又是老規矩？」

唐韞修「嗯」了一聲。

對方注意到他牽著一位貌美的姑娘，便問道：「唐二公子，這位是……」

唐韞修不耐煩地回了一句。「關你什麼事，帶爺過去！」

那人不敢再多嘴，生怕將財神爺給送走。「兩位請隨小的來。」

於是趙瑾跟著唐韞修走進了錢莊的一個側間，看著那帶路的人轉動書架上的花瓶後，側間的掛軸後方便出現一道空門，往下是階梯，兩邊的牆上燃著燭火。

趙瑾心道：哇哦，果然是見世面來了！

「唐二公子，你的手可以放開了嗎？」她小聲道。

在樓梯上，趙瑾明顯感覺到唐韞修湊近了自己的耳畔，很近，近到耳垂似乎隱隱能察覺到他氣息的溫熱。

唐韞修的聲音低到只有她能聽見。「殿下，下面人多，您要跟緊草民。」

第八章　聲名大噪

趙瑾瞬間覺得自己像是進了個狼窩。下面人聲鼎沸，各桌的玩法不同，卻都熱鬧非凡，喧囂到讓趙瑾忍不住蹙眉。

只是這時候，趙瑾明顯感受到了這裡的不尋常之處——明面上是正經營生的錢莊，卻結合了地下賭場與地下錢莊。

按照武朝律例，不允許開設地下錢莊和地下賭場，違者重罰。武朝國土面積廣大，有些地方天高皇帝遠，地方父母官更是睜一隻眼、閉一隻眼，無法杜絕地下錢莊再正常不過；然而這裡可是京城，是天子腳下，何人膽大包天至此？

程記錢莊是吧？若是沒記錯，她某位便宜哥哥的側妃娘家便是這個姓，也正好是商賈之家。

趙瑾正愣神，便聽見唐韞修低聲問：「殿下想玩什麼？」

「比大小吧。」趙瑾道。

「好。」唐韞修一邊領著趙瑾過去，一邊道：「草民在此處輸了不少錢，還望殿下今日能贏回來。」

此刻趙瑾沒意識到唐韞修話裡的深意，她滿腦子盤算的，便是離宮之前，她的便宜大哥在為國庫發愁，把這錢莊抄一抄，說不定能解燃眉之急。

趙瑾還在思考著，身旁忽然響起一陣慘烈的嚎叫，是一個賭徒輸得傾家蕩產後，被當眾砍了手指，其他賭徒眼中有些恐懼，可將視線轉回賭桌上時，又有幾分說不出的癲狂與貪念。

鮮血淋漓，無人在意。

不遠處的小房外，還能看見一個佝僂的男人牽著才沒幾歲的小姑娘，將她交給他人後，換取了一袋碎銀，轉頭又重新投入到賭桌上。

趙瑾的眼睛突然被擋住，唐韞修在她耳邊輕聲嘆道：「殿下莫看這些。」

其實趙瑾並不怕瞧見血腥，她當醫師時見過的場面比這嚴重得多，只是如今令她心驚膽戰的是這背後的賭慾與冷漠。

「唐二公子來了。」又有人走過來歡迎唐韞修，眼神卻落在趙瑾身上。「公子好福氣啊，能有這樣的佳人作伴。」

方才領他們下來的人已經離開，但現在走過來的這位顯然也認得唐韞修。

唐二公子看起來像是此處的常客，這便算了，他還將身為公主的趙瑾帶了過來，饒是在武朝生活了二十年的華爍公主也想不明白，此人當真想當駙馬？若讓她那便宜皇兄知道，掉腦袋的可能性比較大吧？

「瑾兒，下注吧。」

耳邊突然傳來這麼一句，讓趙瑾猝不及防。

然而當她側眸對上唐韞修的目光時，他便用眼神告訴她，大庭廣眾下再喊「殿下」，容易暴露身分。

趙瑾心道：行，忍了。

只是，別說是這輩子了，上輩子趙瑾碰過的與賭博相關的娛樂項目，是每局一塊錢起算的麻將。

她打麻將跟玩撲克牌的技術都不錯，多年來不學無術的同時，也沒忘記將這些娛樂項目發揚光大，宮裡的妃嬪們玩得挺開心的，但是大概沒幾個人記得這些是出自華爍公主。

反正趙瑾本來就不是發明人，沒必要占這個口頭便宜，宮中傳聞是民間的小玩意兒，只是具體是從哪裡來的，誰也說不清楚。

唐韞修掏出銀票放在賭桌上，似乎不在意此局輸贏。

趙瑾瞧了賭桌一眼，毫不猶豫押了「大」，隨後唐韞修的銀票就被放了上去。

賭桌上其他人很快就被唐二公子這一擲千金的氣勢所壓倒，眾人的注意力都集中到他們兩人身上。

「買定離手。」莊家發話。

一開，果然是「大」，欣羨的目光頓時落在唐韞修與趙瑾身上。

「瑾兒果真是好運氣。」

趙瑾實在受不了了，她轉頭道：「打個商量，換個稱呼。」

「阿瑾。」

行，比「瑾兒」聽起來順耳些。除了帝后兩人與太后從趙瑾小時候起便喊她「瑾兒」，其他人可沒這樣喊過。這位唐二公子跟她不過只有兩面之緣，不需要用這麼親熱的稱呼。

第二局。

「阿瑾，押什麼？」

趙瑾又果斷地押了「大」，誰知又贏了。

按照趙瑾對賭場的了解，這種時候該見好就收，只是特地拐她來這兒一趟的唐二公子似乎不僅只是想讓她玩個開心這麼簡單。

趙瑾又押了「大」。因為前兩局的贏面，有人便跟著趙瑾下注。

嘩啦啦的骰子聲響起後，緊接著是一陣歡呼聲——趙瑾又押中了。

她挑眉看了莊家一眼，覺得自己和身旁這位唐二公子已經成了賭場的大魚。

「繼續玩嗎？」莊家發問。

唐韞修吊兒郎當地點點頭道：「這麼好的手氣，當然繼續！」

趙瑾這回還是押「大」，跟著她下注的人更多了。

聽著骰子的滾動聲，在她身旁的唐韞修似乎輕笑了一下，這回揭曉時，沒了之前的好運氣，輸了。

「阿瑾，別洩氣，繼續玩。」唐二公子看起來像是一門心思要哄佳人一笑。

趙瑾心道：行。

然後她再押，再輸，最後將唐韞修的籌碼輸得差不多了，賭桌上看準趙瑾運氣好而跟著她下注的人也輸了不少。

有個男人朝趙瑾的方向啐了一口道：「呸，女人就是晦氣！」

這話聲音不算大，環境嘈雜，想假裝沒聽見也不是不行。

趙瑾還沒做出反應，就看見唐韞修猛然站起身來，走到對方面前，臉上雖然在笑，笑意卻不達眼底。「這位大哥，你說誰晦氣呢？」

唐韞修看起來是個不學無術的公子哥兒，此時身邊沒跟著侍衛，乍一看還挺好欺負的，然而那男人卻被唐韞修按著肩膀動彈不得，他自知惹不起這種有權有勢的公子哥兒，幾乎瞬間便認了慫。

「沒、沒說誰呢，是我晦氣，是我晦氣……」

唐韞修「叮囑」那男人說話注意些，別急火攻心。

若不是有前頭那一幕，唐二公子的外表看起來更像是會被欺負的那個。

回到趙瑾身邊時，唐韞修恢復了原本放蕩不羈的模樣。「阿瑾，這是最後一把了，要是輸了，咱們便回去。」

唐韞修不是那些傾家蕩產來賭博的敗家子，也不是妄想一夜暴富的投機客，他是賭徒，是賭場眼中一條懂進退的長期大魚。

「押什麼？」趙瑾看不出這位公子哥兒的意思，怕自己多想了，也怕想少了。

不過，「瞎玩」這件事還算容易，骰子聲再度響起，趙瑾往「大」的方向押去，莊家正要掀起骰盅，唐韞修卻突然抓著她的手押向了「小」。

就那麼一瞬間，結果出現在眾人眼前——是「小」，贏了。

趙瑾露出了沒見過世面的表情，莊家的神情則略顯尷尬。

要說這地下賭場沒問題，三歲小孩都不信，奈何偏偏有人想不開，要往這裡面送錢。

唐韞修和趙瑾看起來像兩條肥魚，原本宰到剩下最後一張銀票時就該放走了，然而他們偏偏贏了。

這一贏，彷彿是另一種預告，接下來唐二公子押的都贏了。

眼看贏來的銀票越來越多，趙瑾隱隱感到不妙，然而唐韞修卻不這麼想，他甚至瞧不見賭場的人垮著一張臉瞪著他。

於是華爍公主越贏越慌，後來直接將舞臺交給身旁的賭神，自己不知從哪兒抓了把瓜子，戰戰兢兢地嗑了起來。

唐韞修與莊家看起來還沒圍觀的群眾緊張，最後唐韞修將莊家贏得冷汗直流，更驚動了賭場的門神。

每個賭場都有這麼個人坐鎮，這很容易理解，雖然像唐韞修這種砸場子的人通常不多，但不代表沒有，瞧，這不就派上用場了嗎？

趙瑾心想，唐二公子估計真在這賭場輸了不少錢，才會過來給人家添堵。

「在下張堅，唐二公子今日玩得可還盡興？」對方身材魁梧，意有所指。「若是盡興了，可下次再來；若還沒盡興，在下陪您玩幾把如何？」

唐韞修彷彿就在等他這番話似的，他將自己方才贏來的所有籌碼全部推了出去。「一局定勝負。」

圍觀的人發出一道道抽氣聲，恨不得那堆錢都屬於自己。

不得不說，因為唐韞修這一舉動，半個賭場的人都分了注意力過來，趙瑾不禁思考起自己今日安全離開此處的可能性有多大。

作為賭場的門神，張堅認真打量起了唐韞修這位紈袴子弟。他自然是認得他的，畢竟唐二公子不學無術，整日流連茶樓、青樓與賭場一事也算不上什麼了不得的八卦。

然而張堅思考良久也不得其解。從前唐韞修在他們這裡輸的錢並不少，今日怎麼忽然像是打通了任督二脈一般？還是說……他身旁的女子有問題？

張堅的視線掃過兩人，卻始終找不出答案。「唐二公子請吧。」

唐韞修看向趙瑾，用眼神詢問她押什麼。

趙瑾道：「小。」

唐韞修果斷押了小，當骰盅正要被拿起時，他像是不經意地撐了一下賭桌，骰盅揭開那一瞬間，結果顯而易見。

張堅的臉黑了。他堅信唐韞修跟這女子絕對有問題，但只玩這一把卻抓不住他們。

「唐二公子繼續嗎？」

「繼續。」

唐韞修再次推出所有籌碼，又贏了，連趙瑾都有種贏麻了的錯覺，賭場的人看他們兩個的目光更加不友善了。

比起這個問題，眼下趙瑾更想知道唐二公子想做什麼，若是單純想在她面前表現一番，方才那些贏來的錢便已足夠，如今這一齣，明顯是在搞事。

唐韞修的賭術是顯而易見的高超，趙瑾離他非常近，也沒發現什麼不對。

贏得越多，趙瑾越覺得今日怕是要交代在這裡了。

「阿瑾，」唐韞修忽然喚了一聲。「想回家嗎？」

趙瑾不明所以，但還是點了頭。

隨後，唐二公子贏下了最後一把，他將桌上的銀票一把整理好，塞入了一個大包袱中。難得見到有人拿著大包袱裝銀票的，唐韞修此舉像是刻意惹眾怒。

賭場的人皮笑肉不笑地送他們出門，張堅道：「唐二公子，歡迎下次再來玩。」

等到兩人一離開，隨即有人跟了上去。

趙瑾和唐韞修是在一個巷子裡被人攔下的，他們的前面和後面是一個個粗壯大漢，手裡提著長棍，顯然是打算下狠手。

唐韞修忽然道：「誰敢攔我？你們不知我是誰嗎？」

「唐二公子，」為首的人走近兩步。「您確實太不小心了些，平日玩得好好的，今日非要來砸場子，真是可惜了人家姑娘的花容月貌，放心，我會將她賣個好價錢的。」

言下之意，便是不將唐韞修的身分放在眼裡了。

這麼狂，要說那個賭場背後沒個皇親國戚當靠山，趙瑾都覺得扯。

就在那些人要上前時，不知從何處出現了好幾個黑衣蒙面之人，迅速踹倒了為首的男人。

唐韞修終於等來了援兵，他將手中的大包袱遞給趙瑾，輕聲道：「此番算是草民送殿下的見面禮，望殿下笑納。」

誰見面禮直接送一袋錢啊，還是現場贏來的？趙瑾不禁愣了片刻。

此時趙瑾還不知道，唐韞修口中的「見面禮」遠遠不只現在她手上拿的這些。

突然出現的黑衣人是趙瑾的暗衛，準確一點來說，是聖上給妹妹安排的暗衛。這些人膽敢光明正大對皇室成員下手，想息事寧人可沒那麼容易……

既然是聖上安排的人，就說明華爍公主去過些什麼地方，聖上也知情。

當聽到唐轀修將公主帶去地下賭場時，趙臻拍案而起。「他把瑾兒帶去什麼亂七八糟的地方了?!」

跪在跟前匯報的暗衛低著腦袋，又繼續說道：「華爍公主今日助大理寺勘破近日京城多名女子被拐一案，又助御史臺查獲地下錢莊與賭場一案。」

到了隔天，聖上還在思索暗衛那番話到底是什麼意思，沒多久，御史臺的奏摺就呈上來了，一共兩封，一封是陳述案情，一封則是彈劾。

程記地下賭場與地下錢莊中牽扯了不知多少錢財與人命，這次不知死活地對皇室成員下手，聖上的暗衛自然不會放過這個機會。賭場被翻過來徹底搜索了一番，一些原本掩藏在暗處的交易皆浮出水面。

至於彈劾的奏摺，被彈劾的對象是晉王趙承。程記的老闆，確實是晉王側妃的兄長。

聖上盯著兩封奏摺陷入了沈默。一封雖然完全沒提及他那不讓人省心的妹妹，但又似乎全篇都在誇他妹立了大功；另一封，就差指著他的鼻子告訴他，晉王有鬼。

這麼一停頓的工夫，又有一封奏摺送上來，是大理寺的——那幫人販子背後，竟有一條完整的產業鏈。

大理寺原本就盯著這夥人許久，卻一直找不到線索，誰知今日對方不長眼，拐人拐到公主頭上，崔紹允直接將人抓回去審問，一日之內一鍋端了他們的老巢。

雖然說起來有點牽強，可兩起案件都是託了趙瑾的福。

聖上繼續保持沈默。一時之間，弟弟晉王出的紕漏都比不上妹妹華爍公主出門一趟搞出這麼多戲來得令人震撼。

「瑾兒現在何處？」

「回聖上，華爍公主在仁壽宮。」

外面都快亂成一鍋粥了，這小丫頭還置身事外呢！

趙瑾很快就明白唐韞修說的見面禮有哪些，沒兩日，聖上的賞賜一連串地送抵仁壽宮，有些大件的則送往宮外的公主府。

宮中的妃嬪除了皇后與誕下公主的德妃、賢妃，也就華爍公主能有這樣的排場了。

趙瑾這才得知聖上下旨抄了程家，自他們那裡抄出來的贓款，足夠國庫充盈一段時日。

至於程家，既無法解釋這些錢的來龍去脈，又被查出了各種違法勾當，涉及人命的骯髒事更是不少，證據確鑿。

程家的掌事人，也就是晉王側妃的那位兄長，他靠晉王占著一個不大不小的官位，這一抄家，晉王也在朝堂上被聖上斥責。

晉王府那程姓側妃的命運不得而知，程家的前程也難料。

聖上的態度明著是斥責晉王識人不清，可其中未免沒有鎮懾之意，告訴他不該生出的心思，就不要將它擺在檯面上。

趙瑾向來不打聽朝堂上的事，但她母后似乎在看見她那堆賞賜時嘆了一口又一口的氣。

紫韻外出打聽了一下，回來後便興高采烈地對趙瑾說道：「公主殿下，現在外面都說您有祥瑞之相，出一趟門都能破案救人、懲治貪官！」

趙瑾問道：「誰說的？」

「外面都這麼傳，」紫韻道：「聽說民間還給您編了童謠。」

趙瑾沈默了。

這輩子和上輩子還沒想過偉大到讓人歌頌，這是有人花了一點小心思，想將她的名聲往上推。

此人是誰，趙瑾不做他想，或許這才是唐二公子口中的「見面禮」。

一位公主要這種好名聲有什麼用？但不得不說，這位唐二公子，算是徹底勾起了趙瑾的興趣。

在選駙馬這件事情上，趙瑾倒是想每位候選人都接觸一下，可哪怕她是公主，也是於禮不合。

僅憑一面之緣選定丈夫，就算去南風館挑人伺候也不見得會如此草率。經此一遭，唐韞修在華爍公主的心裡，算是有了些存在感。

不過當初拒絕公主到底還是留下了不好的印象，聖上並不滿意這個妹夫，就算是華爍公主想選他，也得經過親哥同意。

公主的權力不小，但也沒那麼大，只要一日屈於皇權之下，便一日無法將命運掌握在自己手中。

然而……只是選駙馬而已，趙瑾能忍。

第九章　餘波盪漾

翌日，趙瑾去御書房覲見聖上，恰逢聖上與臣子談事。她經過通傳後進了門，就看見她的駙馬候選人之一在場。

莊錦曄正俯首於聖上跟前，似是在匯報，又像是等待聖上做什麼決定。

趙瑾進去的時候，趙臻分明已經看見她了，還偏要問一句。「莊錦曄，聽說你想做朕的妹夫？」

不愧是聖上，不搞點事不高興是吧？

趙瑾的腳跨到一半，不知該前進還是後退，旁邊的李公公也跟著趙瑾杵在一邊。

莊錦曄跪著的方向背對趙瑾，不知身後來人。他恭敬道：「回聖上，臣確實仰慕華爍公主。」

趙臻笑了一聲，道：「據朕所知，你以前應該沒見過瑾兒吧？」

既然沒見過，何來仰慕一說？

帝王用意猜測不得，莊錦曄跪在地上回答。「臣兩年前有幸見過公主殿下一面，當時臣還是一名秀才。」

兩年前，那大概是趙瑾去甘華寺的路上。

趙瑾對莊錦曄此人並無印象，她還沒反應過來，趙臻卻忽然衝著她的方向道：「瑾兒，過來。」

話音落下，跪在地上的莊錦曄沒抬起頭，但他的耳朵卻是肉眼可見地紅了一些。

「參見皇兄。」趙瑾行禮之後往前走去，停在莊錦曄身旁，目光沒落在他身上。

趙臻召趙瑾來也沒什麼正事，他問：「妳出宮立了大功，想要什麼賞賜？」

聞言，趙瑾一頓。「皇兄不都已經將賞賜送到仁壽宮去了嗎？」

「朕是問妳還有沒有其他想要的。」那些賞賜平日閒來無事趙臻也會給，此番是想藉機多送一點。

趙瑾倒是聽懂了便宜大哥的潛臺詞，既然讓她自己提要求，那就……

「皇兄，我想再出宮一趟。」

趙臻聽了，臉色不禁微微一變。

如果再給聖上一次機會，他一定隨便給冤家妹妹賞點值錢的東西了事；再讓她出一次宮，外面不得翻天了？

「除了出宮，其他隨妳提。」趙臻如是說。

趙瑾垂著腦袋，非常乖巧地說：「皇兄，君無戲言。」

「朕就戲了，怎麼著？」趙臻提高了音調。「妳出宮一次鬧出多大動靜自己不知道？這次既是人販子、又是賭徒的，下次呢？朕上哪兒撈妳回來？」

趙瑾從她便宜大哥這邊學到一件事：「君無戲言」這四個字就是鬼話。一個聖上若想出爾反爾，有得是手段與話術。

期盼落空的華爍公主沒強求，她道：「既然如此，那皇兄就將京城的伶園班子請入宮為臣妹演一回吧。」

說這話的人但凡不是個公主，趙臻此時都要開罵了，可他這不讓人省心的妹妹本就是嬌滴滴的公主，公主是生來享福的，能享福的公主才是一國祥兆。

於是聖上下了旨意，召京城最有名的戲班子入宮。

「戲班子請來，就別想著出宮的事了，跟駙馬成親以後，妳想入宮可沒那麼容易。」趙臻說道，但語氣有點像小孩子賭氣。

趙瑾裝模作樣地謝主隆恩。

隨後趙臻隨手一指道：「莊錦曄。」

「臣在。」

「陪華爍公主出去走走。」

莊錦曄道：「臣遵命。」

趙瑾還沒反應過來，就突然被推去跟相親對象獨處了。有那麼一瞬間，她甚至懷疑便宜大哥是不是故意給她找不痛快。

然而，此時的帝王心有點難以掌握。趙瑾當然明白，她這個皇兄並不希望自己選上他看中的人才，只是帝王心中永遠不只一個可用之人，莊錦曄此人也許有些可惜，但趙瑾若真要選，聖上沒理由攔著。

「殿下喜歡看戲？」御花園裡，這是莊錦曄開口與趙瑾說的第一句話。

趙瑾轉過頭，打量起了莊錦曄，她笑了聲，說道：「若是不喜歡，怎麼會讓皇兄這樣大費周章呢？」

莊錦曄聞言垂了下眸子。「臣的家鄉有一戲曲名喚崑曲，殿下若是感興趣，臣也認識一個戲班子……」

他話沒說完，身後忽然傳來一道女聲。「妾身見過華爍公主。」是賢妃。

「賢妃娘娘。」趙瑾福了福身。

莊錦曄也跟著行禮道：「見過賢妃娘娘。」

賢妃高麗云的目光落在趙瑾與莊錦曄兩人身上，掃了幾眼之後，隨即輕聲道：「公主莫怪妾身多嘴，宮中嚴禁外男，何況妳金枝玉葉，若有事相商，應當再安排一些人跟著，否則若是出了什麼事，有損公主名聲，可如何是好？」

趙瑾認真回想了一下，自己與賢妃應當往日無冤、近日無仇，她突然跑過來刺兩句是什麼意思？

趙瑾當著賢妃以及她身後一大堆宮人的面，二話不說拍了幾下手掌，頃刻之間，一陣風微微颳起，不知從何處出現了不下十個暗衛，毫無聲息，嚇了眾人一大跳。

「賢妃娘娘，這人少嗎？」趙瑾認真地問。

能在御花園光明正大出現的暗衛，主人是誰不言而喻，讓賢妃心生忌憚的是，聖上居然專門給華爍公主指派了暗衛，這是她女兒也未曾有過的待遇。

哪怕華爍公主再尊貴，如今坐在龍椅上的人也不是先帝。聖上的妹妹竟然活得比聖上的親生女兒還要肆意受寵，她怎麼看得慣？

賢妃身為誕下一位公主的妃子，這麼多年來，無論賞賜再多，她的妃位始終無法往上升一升。

宮中無皇子，兩位公主的生母無法影響皇后的地位，如今，連一位年輕的公主都能踩到她頭上了。

「近日是選婿關鍵時刻，公主還是考慮妥當為好，先不提能不能與皇室相配，起碼也該查清楚身世是否清白，若是草率定下人選，如何擔得起聖上與太后娘娘的一番苦心？」

這話聽起來陰陽怪氣，一次罵了好幾個人。

趙瑾道：「賢妃娘娘原來這麼關心我啊，趙瑾在此謝過。」

賢妃這個舉動對趙瑾而言簡直是不痛不癢，她根本沒放在心上。

見不得她得意的賢妃很快就離開，身後一群氣勢十足的宮人也隨之離去。

看著對方的背影，趙瑾嘆了一口氣，這賢妃最近像吃錯藥了似的。

「莊大人方才想說什麼？」

莊錦曄忽而一頓，臉頰有些薄粉，迅速低下頭道：「臣有罪。」

察覺趙瑾不發一語，莊錦曄又道：「臣有事瞞著殿下。」

「莊大人有話不妨直說。」

「臣在上京趕考前，曾在老家定下一門親事。」

此話一出，兩人之間的氛圍就有些變了，不過趙瑾反應並不大，她點點頭道：「然後呢？」

「臣在上京趕考前退親了，」莊錦曄低著頭，語氣難掩羞愧。「臣配不上殿下。」

趙瑾稍稍停頓了一會兒，目光緩緩掃過莊錦曄，隨後道：「本宮知道，你上京趕考前，家中定下的未婚妻要求退親，雙方互退信物，她與他人再訂親，這與你赴考，並無衝突。」

她的語氣平淡至極，卻讓莊錦曄猛然抬起了頭。

趙瑾說：「本宮還知道，你那位前未婚妻，近日上京投靠你來了。」

這世上，再秘密的事，只要讓第二個人知道，便不再是秘密。

趙瑾自然沒探查過這些消息，但想當駙馬，祖宗十八代都會被皇室給挖出來，何況是一個半年前退婚的未婚妻。

大概是趙瑾掌握的訊息實在過於詳細，莊錦曄的模樣看起來越發羞愧。

然而趙瑾也明白，那位前未婚妻出現的時機並不對，像是某些人有意為之，若是鬧大了，別說莊錦曄能不能當上駙馬，說不定連仕途都會受到影響。

「莊大人不必介懷，身正何必怕影子斜。」趙瑾說道：「聽聞莊大人下得一手好棋，若是不急著回去，可否與本宮下兩局？」

莊錦曄默默看著趙瑾，與此同時，宮人已經去搬棋盤。

片刻後，莊錦曄向趙瑾作揖道：「臣恭敬不如從命。」

兩人在御花園下了兩盤棋，同日，華爍公主與翰林院編修莊大人相談甚歡的言論就傳了出去。

趙瑾當然知道這件事，只是從紫韻口中聽聞消息時，她正在看內務府新送來的成衣。這批成衣用的都是新布料，花樣也是新的，整個後宮只有太后、皇后以及德妃、賢妃有這種待遇。

紫韻見她家主子心裡、眼裡都是新衣服，全然沒有駙馬什麼事，默默嘆了一口氣，走了出去。

沒一會兒，紫韻忽然又走了進來。「公主殿下，高大人送來了一些小玩意兒。」

「高大人？」趙瑾愣了一下。「哪個高大人？」

「高祺越大人。」

差點忘了這傢伙。

「知道了。」趙瑾繼續將視線落在衣裙上。

紫韻有些艱難地開口。「殿下，高大人就在宮外等著。」

「等什麼？」

「高大人說想約您到京城一遊。」

趙瑾終於抬起頭來。「妳剛剛說高祺越在宮外等我？」

紫韻遲疑了一下才回道：「對。」

「宮外？確定嗎？」

「確定。」

「皇兄怎麼說？」趙瑾一雙眼睛亮了。

「高大人說已經請示過聖上。」

然後，紫韻就看著她的主子表演了一場「垂死病中驚坐起」。

「走吧。」趙瑾很快就到了房門口，甚至還回頭看了紫韻一眼。「別耽誤時間，讓高大人久等了可不好。」

果然，一路出宮無人阻攔，不過趙瑾知道，跟在她身邊的暗衛早已就位。

趙瑾不知道的是，自從唐韞修與莊錦曄的事傳出來以後，她那為數不多的幾位相親對象都卯足了勁，在她今日出宮後，陸陸續續又有不少東西往仁壽宮送。

才到宮門口，趙瑾遠遠地就看見了正在等候自己的年輕男人。

雙方還有一段距離，趙瑾肆無忌憚地打量起高祺越。說句實話，高祺越絕對是京城貴女們擇婿的熱門人選，身高、體格、相貌樣樣上乘，如果不是年少相識，趙瑾說不定也會被這副皮囊所迷惑。

「臣見過華爍公主。」

「高大人，」趙瑾輕笑。「幾日不見，你看起來越發俊朗了。」

打招呼的廢話文學，趙瑾很擅長。

高祺越極為恭謹地應道：「殿下謬讚。臣給殿下送了些樓蘭的飾品，不知是否合殿下心意？」

曾經征戰沙場的青年，此時倒是顯得文質彬彬。

趙瑾根本不關心高祺越送的東西，看都沒看一眼，但不妨礙她胡說八道。「高大人送的，本宮自然喜歡。」

「殿下若是喜歡，臣還從西域帶回不少有趣的東西，擇日便給殿下送來。」

高祺越身旁是一輛馬車，公主尚未出閣，他們兩人如今也八字沒一撇，自然不可能同乘。

趙瑾與紫韻一道坐在馬車內，高祺越則是騎馬。

京城一如既往的繁華，趙瑾在馬車內也能感受到那股熱鬧非凡的氣氛，她不禁往外面看了一眼。

馬車在一家茶樓門前停下，高祺越撩開簾子，遞上兩頂紗帽。「京城人多手雜，殿下先戴上紗帽，臣在這裡包了間廂房。」

趙瑾沒說什麼，依言戴上紗帽，由紫韻扶著她下了馬車。

廂房裡，趙瑾摘下紗帽，聽到高祺越在外面對人叮囑了些什麼，隨後進來道：「不知殿下喜歡什麼，臣讓人準備了些節目，望殿下賞臉。」

高祺越口中的節目，是茶樓的經典消遣——講話本。

說他沒打聽過趙瑾的喜好，那是騙鬼的，連說書先生說的故事都是她愛聽的類型，更巧的是，這個話本在趙瑾聽來還不是一般的耳熟。

閒來無事的華爍公主偶爾會提筆正經地寫點不正經的東西，她無法復刻那些曾流傳數千年的經典名著，但編一點故事倒還可以。

人的思維向來奇妙，透過故事也能表達蘊含其中的思想，並且潛移默化地影響一代人——這是趙瑾前世讀了二十幾年書得來的經驗。

說書先生在下面講的話本叫《女將軍》，內容大致上是武將世家的獨女接過父親的擔子，以女子之身領兵打仗的故事。

這個故事在趙瑾這裡算是有個前傳——花木蘭，但不同之處是，這裡的女將軍並非女扮男裝。

雖然早就知道這個話本在民間的迴響不錯，但這還是趙瑾第一次來到茶樓聽。這間叫「明月樓」的茶樓是京城數一數二的好去處，樓高足足有五層。

只是聽著聽著，講到女將軍凱旋歸來時，樓下忽然有人發出質疑。「這話本是誰寫的？女子帶兵打仗？失心瘋了吧！」

這麼不和諧的一句話，加上聲音還挺大的，趙瑾便從窗戶往下看，正好瞧見一個華衣錦服的公子端著酒壺站了起來，直勾勾地看著坐在臺上的說書先生。

這位公子大言不慚道：「女人手無縛雞之力，除了以色事人、傳宗接代以外，還有什麼用？」

他旁邊坐著幾個公子，看上去像是隨他一道來的，聞言嬉皮笑臉起來。

說書先生一開始並未理會，直到這位公子像是喝多了一般，直接走到他面前，趾高氣揚道：「老頭子，你這故事聽得爺快吐了，換一個。」

見狀，說書先生說道：「公子勿怪，這《女將軍》乃是貴客指名要聽的，在下不能隨便更換。」

「貴客？」那位公子一聽便笑了，他將一袋銀子扔在桌上。「爺是當今賢妃娘娘的親姪子，你們那位貴客，是有多尊貴？」

這種自暴身分的傻子，趙瑾許久沒見過了，不禁露出了看戲的神色，因為她忽然想起來，身旁這位高大人，似乎也是賢妃的親戚……姪子還是外甥呢？

她剛一轉頭看向高祺越，就見他雙手作揖說道：「殿下恕罪，家教不嚴，讓殿下見笑了。」

趙瑾問道：「你的兄弟？」

高祺越面無表情，看向下方的眼神越發冰冷。「是臣的三哥，比臣大半歲。」

這句話，像是承認了他們的血緣，又像是在撇清關係。

嫡庶有別，妾生子與妻生子，有本質上的不同。

就像趙瑾，她那個沒見過面的便宜爹可不只她一個女兒，只是先帝駕崩後，除了太后，剩下的妃嬪也只能低調做人。

其他公主在成親後鮮少有入宮的機會，但趙瑾身為嫡長公主，有太后與聖上當作靠山，她的輩分就擺在這裡，通常不會有人不長眼地舞到她跟前來。

只是沒等到高祺越出手，二樓某個廂房處忽然落下一道白色身影，直接以樓下那位跋扈的公子為支點，毫不客氣地踩了他一腳。

一頭飄逸長髮、白紗掩面，增添了些說不出的神秘感，隨後是劍出鞘的聲音，冰冷泛著銀光的劍刃架在那人脖子上。

「女人只會以色事人、傳宗接代？」冷淡的女聲從白紗下傳出，緊貼皮膚的劍刃透著說不出的殺意。「信不信我一劍下去，你便沒命瞧見明早的太陽？」

「妳、妳是何人？我可是賢妃娘娘的姪子！」

女子並未因此而有所忌憚，那囂張至極的公子聽見了她帶著輕蔑的話語。「區區一個御史大夫的兒子，又非獨子，你死了，難不成你爹敢讓本郡主為你償命?!」

第十章　爭先恐後

「郡主」兩字一說出來，那位口口聲聲與賢妃攀親戚的公子陡然變了臉色道：「周玥？妳、妳是周玥？」

京城的郡主不少，但是喜歡舞刀佩劍的只有一個。這周玥，就如宮中的華爍公主般稀有。

她的生母是永陽公主，先帝之女。永陽公主當初挑選的駙馬曾是位將軍，多年征戰沙場受了幾次重傷、僥倖撿回一條命後，先帝封了他爵位，賜予宅子。永陽公主下嫁後，聖上收回兵符，如今周家算是勛貴人家。

永陽公主只此一女，再無所出，周玥，便是公主府的嫡長女。她繼承了她父親的驍勇善戰，從小便練得一身好武功，脾氣也不似尋常閨閣千金般柔情似水。

「周玥，妳什麼時候回來的？」高洵顯然慌亂了起來。「妳敢亂來，信不信本公子送妳進大牢?!」

「送我入牢？」周玥冷笑一聲。「也得看你有沒有這個命了。」

高洵看向與自己同桌的人，大吼道：「你們還不過來救我？她是個瘋子！」

顯然，這位賢妃的親姪子，是知道周玥能下這個手的。

嘉成郡主，一個靠武力在京城聲名鵲起的女瘋子，她手上可是真正沾過人命。

三年前的宮宴上，聖上為邊疆增兵駐守之際，嘉成郡主表演了劍舞，龍心大悅。聖上問她想要什麼賞賜，眾目睽睽之下，嘉成郡主跪於殿前，求聖上讓自己隨軍出行。

當時的場景可謂是亂成一鍋粥，永陽公主當眾斥責女兒胡鬧，並順勢提起要為嘉成郡主許配人家之事，誰知嘉成郡主長跪不起。

「君無戲言」這四個字在那時候起了作用，周玥目光堅定地說：「嘉成自知讓聖上為難，但生死有命，嘉成今日所求之後果，由嘉成一人承擔。」

不知出於什麼念頭，聖上准了。

女子參軍，難料艱辛，箇中滋味唯嘉成郡主自知。三年過去，周玥毫無聲息地回京，高家這位庶子……算他倒楣。

周玥想不想殺人，別人看不出來，在她劍下的高洵更難以分辨，被人拿劍抵著，方才還大言不慚的他，此時腿都軟了。

茶樓掌櫃看到這一幕，險些要暈厥，他忙道：「好漢饒命啊，有什麼事好好說，不至於打打殺殺的……」

周玥像是沒聽見掌櫃的話般，垂眸看著劍下的人，扯了一下嘴角道：「你方才說了什麼沒腦子的話，自己反省一下。」

「郡主饒命，是我喝醉了說胡話，您大人不記小人過，饒、饒我一命吧……」高洵的囂張跋扈不再，放軟了姿態。

「慫貨。」周玥嗤笑一聲，劍卻沒拿開。

直到這時候，身後傳來了一位男子的聲音。「嘉成郡主手下留情。」

周玥轉頭看見來人時，倒是鬆手了。「高大人。」

高洵立刻竄到高祺越身後，瞪著眼睛、梗著脖子道：「五弟，這個女瘋子要殺我！你快報官，報官抓她！」

「三哥，」高祺越的語氣冷靜得彷彿剛才被劍抵著脖子的人與自己無關。「向嘉成郡主道歉。」

「高祺越，你──」高洵原本還想說些什麼，對上高祺越的目光後卻猛然頓住。半晌後，這位原本叫囂著自己是皇親國戚的高家三公子對著周玥道：「嘉成郡主，今日是我胡言亂語，望您大人有大量，原諒我這一回。」

周玥收劍入鞘，沒再理會高洵，反而看向高祺越道：「高大人怎麼在這兒？」

「在下與人有約，今日是在下兄長冒犯郡主，在下再次代他向郡主賠不是。」高祺越回得溫和有禮，絲毫不在乎對方的劍曾架在他同父異母的兄長脖子上。

周玥的眸光意味深長，只是她沒說什麼，轉身離開了茶樓。

掌櫃的看見這煞神走了，猛然鬆了一口氣。

高祺越的視線落到高洵身上。「三哥，今日之事，你是自己找父親說明，還是要我代你處理？」

「高祺越，你不要太過分了！你剛剛是不是在上面眼睜睜看著我被那個女瘋子拿著劍威脅？你故意的?!」

高祺越聞言，略略壓低了聲音道：「三哥，若父親知道你在外如此敗壞姑姑名聲，你知道後果的。」

不過三言兩語，高洵便忍不住往後退了一步——他當然怕。

賢妃按輩分確實是他的姑姑沒錯，只是嫡庶有別，賢妃未必真心將她哥哥庶出的孩子也當作是姪子。

高祺越再回到廂房時，樓下的說書先生已經按照原來的故事講了下去。

「方才家兄醉話，影響殿下心情，臣替他向殿下賠不是。」高祺越為趙瑾倒了茶，姿態不算低，但溫文爾雅，是很討小姑娘喜歡的人設。

趙瑾看上去不受影響，她輕笑道：「高大人說的哪裡話，令兄算是讓本宮平白看了場好戲，怎麼算影響心情呢？」

見趙瑾說起場面話，高祺越也沒再多言。

沒多久，樓下大門又踏入一位客人，掌櫃將其迎了進來。「原來是唐二公子，今日想吃點什麼？小的為您準備個廂房？」

「不了，」穿著一身紅色，似乎不知招搖為何物的唐韞修輕笑道：「我找人。」

他這個笑容，倒是讓茶樓內為數不多的姑娘有些神魂顛倒。

「敢問唐二公子找誰？」

「高小公子，直接帶我去他訂下的廂房吧。」

有的人說謊根本不用打草稿，這話說得掌櫃都相信他與人家是約好的。

唐韞修出現得算是出乎人意料之外，但對趙瑾來說卻在情理之中。

「唐二公子，」高祺越站了起來，言語間不失禮節。「您與人有約？」

唐韞修臉上帶著笑。「在下與華爍公主有約。」

趙瑾一臉的莫名其妙。這人張口就造謠？

「華爍公主與在下有約在先，」高祺越站在唐韞修對面，絲毫不退讓。「唐二公子怕是記錯了。」

唐韞修的目光卻越過他，直接落在趙瑾身上，雙手作揖道：「殿下，我們又見面了。」

趙瑾覺得這位唐二公子也算是奇人一個。

平心而論，她與這唐二公子接觸的次數雖然不多，但最起碼可以知道，他怎麼看都不像缺姑娘的人，或者說，他這張臉還有那些哄姑娘的手段，都勝過太多趙瑾認識的男性。

舉個例子吧，她的聖上哥哥，平常最能哄妃子們高興的手段，不是賜封號，就是賞賜金銀珠寶、稀罕物品。

聖上抽不出太多時間給予身邊女子陪伴，而這位唐二公子不僅能攻心，又拉得下臉皮。

此外，根據趙瑾聽到的傳聞，唐韞修是個不學無術的紈袴子弟，這點與她倒有點相像，她內心多少有種遇到「知己」的感覺。

「唐二公子來找本宮？」趙瑾問。

趙瑾這一開口，原本針鋒相對的兩個男子同時看了過來，唐韞修語氣中多了兩分羞赧。「與殿下一日不見，如隔三秋，草民今日不請自來，還請殿下莫怪罪。」

美男說情話，還是有水準的情話，趙瑾再如何鐵石心腸，也不得不感慨一句：戲真好。

她不相信所謂的一見鍾情，但自己若是真的只是個二十歲的姑娘，也很難保證不會淪陷。

十八歲的青年已經能演出這樣的深情戲碼，很好，不愧是古代。

「本宮怎會怪罪。」趙瑾扯了一下嘴角。「既然唐二公子都來了，不如一同將這故事聽完？」

趙瑾發了話，其他兩人有什麼意見都只能憋著，樓下說的故事已經過了一半，店小二敲門更換新茶，呈上高祺越點的菜餚。

高祺越在做事方面無可挑剔，他甚至打聽清楚了趙瑾的口味。「殿下，這幾道都是明月樓的招牌，您可以品嚐一下。」

此時此刻，身為趙瑾貼身侍女的紫韻看著兩位駙馬候選人，興奮得就差直接吶喊：打起來、打起來！

趙瑾頭一回見識到原來小姑娘眼裡有光是這副模樣。

只不過，華爍公主是能跟路口老大爺一起嗑瓜子的人，一個御史大夫之子、一個永平侯之子，兩人在她跟前求表現，她當然悠然自在得很。

身為公主，還是一個受寵的公主，在挑選駙馬這件事上怎能兒戲？

女將軍的故事落下帷幕，十年征戰，馬革裹屍，唯有旗幟鮮紅。女將軍率領大軍抵禦敵人，城守住了，只是她已永遠留在沙場上，靈位等來追封，魂歸故里，亦可安兮。

明月樓的女客人們低聲啜泣，不知是為故事裡女將軍戰死沙場的結局，還是震撼於她手執長槍奮勇殺敵的氣概，又或者是，感慨與故事中的主角同為女子的自己，那截然不同的命運軌跡。

選擇、抗爭、改變。從前話本裡那愛恨嗔癡、命途多舛的愛情，如今轉變成家國情懷，跳脫了個體，進入一個更大的局面。

一個《女將軍》的故事也許不夠，但以後會有更多這樣的故事，或者說，會有更多這樣的事蹟。

邊疆地帶，能拿起武器殺敵的，遠不只青壯的男人，在危險來臨之際，婦孺亦是戰士。

靈感源自於生活。一個在現代耳熟能詳的句子，在《女將軍》裡也是如此。

「殿下覺得這個故事如何？」高祺越端起茶壺，為趙瑾續了茶水。

趙瑾不答反問。「高大人覺得呢？你也覺得這個故事比妖魔鬼怪來得虛幻？」

高祺越放下茶壺，隨後道：「殿下，臣在入伍行軍時，有幸與嘉成郡主成為同袍，她的計謀與胸襟遠超一般男子，若說起女將軍，臣第一個便想到她。」

「看來嘉成確實不錯。」趙瑾不鹹不淡地誇了一句外甥女，頗有長輩風範。

事實上，嘉成郡主比她還大一歲。

京城為數不多的大齡剩女，皇室就占了兩個，趙瑾是身體虛弱又去甘華寺清修兩年，嘉成郡主則是性格潑悍又去邊疆駐守三年。

姨甥兩人，竟然稱得上是「同病相憐」。

外人自然會將趙瑾與周玥放在一起比較，說是娶個病弱美人總比娶個母老虎來得好。

趙瑾聽到這種傳聞時，心裡想的是，也不知什麼樣的人家消受得起她這樣的「病弱美人」。

「唐二公子怎麼看？」趙瑾順口問了一句。

她知道唐韞修的母族是武將世家，只是唐家當年領兵打仗的人全是家中男丁——起碼大眾的認知是如此。

唐韞修聞言笑了聲道：「回殿下的話，草民其實更好奇《女將軍》的作者是何人，其筆下之人事，與草民兒時母親所描述的極為相似，這寫話本的先生，像是親臨過戰場般。」

趙瑾不說話，轉頭看了唐韞修一眼，結果被他恰好捕捉到，兩人的視線對上。

唐韞修無視在場的競爭對手，直接對趙瑾道：「殿下，上一次匆忙，忘記同殿下說一件事。」

趙瑾「嗯」了一聲道：「何事？」

「草民想同殿下說，」唐韞修略微壓低了嗓音，帶著笑意道：「除了相貌過人，琴棋書畫與射騎之術，草民也不比其他人差。」

這番話，就差明晃晃地對趙瑾說：他想當駙馬。

趙瑾剛想說句什麼，唐韞修就又繼續道：「除了草民的兄長，殿下不用與永平侯府的人打交道，且草民身體健康、無功名在身，殿下日後想去何處，草民皆可奉陪，殿下往東，草民絕不往西。」

「唐二公子，」高祺越猛然放下茶杯，桌面發出碰撞聲。「您這是在蠱惑殿下！」

「草民對殿下有情，提出自己的籌碼讓殿下選草民。」唐韞修勾了唇，那雙丹鳳眼直勾勾地盯著高祺越。「高大人若不服，也可以將自己的籌碼提出來。」

「您——」

「高大人不說，那草民便替您說了。」唐韞修這麼說著，那雙丹鳳眼又重新看向趙瑾。「殿下，高祺越大人，御史大夫第五子，與其大哥同為正室所生，除此之外，高家還有十八位千金，分別出自正室及妾室。

「高大人幾位兄長皆已經成親，最荒唐的三公子，成親不過三年，如今已有八位妾室，最少的也有三位妾室，便是高大人的大哥，通房便不算了。高大人乃賢妃娘娘的親姪子，參軍兩年，模樣端正，身材也不錯，但聽聞高大人有位交情頗深的表妹，不知那位姑娘如今可有婚配？」

「唐韞修！休得胡說！」高祺越用力拍桌，迅速站起身來，手指指著唐韞修。

「怎麼，高大人，草民說錯了哪點？」

「我與表妹之間不過是兄妹之情，在你口中怎就不清不白了？我家中父兄如何，與我又有何干係？」

「高大人心中所想，草民並不欲知道……」

趙瑾嘆為觀止。句句不提拉踩，句句皆在拉踩。

這位唐二公子也是個人才，文字遊戲算是讓他給玩明白了。什麼叫做知己知彼、百戰不殆，唐二公子詮釋得淋漓盡致。

「殿下，」高祺越終於意識到自己不該浪費時間與唐韞修胡扯，他看向趙瑾。「殿下勿要聽信他人胡言。」

趙瑾乾咳了一聲道：「本宮坐乏了，想出去走走。」

再不出去，這兩人估計會在她面前打起來。一個曾是武將，一個則是武將世家的公子哥兒，他們倆不管誰受傷了，趙瑾都可能落得一個「紅顏禍水」的名聲。

罷了，從前倒是不知道駙馬這個位置會有人這麼爭搶。早幾年也沒見有幾個人敢向她的母后跟皇兄提親，而且為數不多的那幾位，沒等到他們鬆口就娶了別人家的姑娘，讓趙瑾免了不少麻煩。

趙瑾不知道的是，她不出門還好，一出門，迎面便走來一位俊美的公子哥兒。

「薛晟見過……趙姑娘。」

趙瑾無語。這位公子刻意改了稱呼，看起來也眼熟，像極了她僅有一面之緣的另一位駙馬候選人。

她這行蹤，究竟被幾家人盯著啊？

於是原本的三人行成了四人行，加上紫韻這丫頭，郎才女貌的五人走在街上，怪引人注目的。

趙瑾心想，這個公主不做也罷。

此刻，宮中的聖上聽了暗衛傳來的密報，略有興致地抬眉道：「瑾兒什麼反應？」

暗衛垂下了腦袋，有些艱難地說：「公主殿下帶著幾位公子去逛青樓，說是……見見世面。」

聖上不知該說些什麼才好。這丫頭到底是想成親還是不想啊？

他實在沒想到，有朝一日會如此擔憂妹妹的終身大事。

與此同時，京城最大的青樓裡，身著紫衣裙的華爍公主在入門那一刻，就將老鴇整懵了。

光天化日之下，風韻猶存、滿臉春風迎上前來的老鴇看著幾位錦衣華服的公子哥兒，還沒開口說話呢，就瞅見了為首的紫衣女子。

這般姿色，該不會是來踢館的吧？

在老鴇還沒反應過來之際，趙瑾給了紫韻一個眼神，會過意的小姑娘——已經麻木的紫韻便遞上了幾張銀票。

趙瑾道：「煩勞給我們安排一間上好的廂房，把妳這兒最漂亮的姑娘都喊來。」

第十一章 舉止荒唐

古色古香的青樓廂房內，絲竹管弦餘音繞梁，婀娜曼妙舞姿現於眼前。

趙瑾坐在主座上往後靠著，坐沒坐相，她身旁兩、三位貌美的姑娘貼身伺候著，餵葡萄、餵酒，捏肩、搥腿，令她好生快活。

至於她的貼身侍女紫韻，此時此刻完全派不上用場。

比起游刃有餘的華爍公主，那三位公子再怎麼見過世面，多少都有些如坐針氈，這眼睛看也不是，不看也不是。

趙瑾點的姑娘，當然都是伺候她的，這些駙馬候選人摸不清趙瑾這齣是考驗他們還是她單純荒唐，然而不管原因為何，在她面前，誰敢多看別的女人一眼？

只是沒有比較就沒有傷害，這青樓的姑娘們與華爍公主比起來，確實降了些等級。早些年去宮中上書房讀過書的公子們對華爍公主的惡劣性格深有體會，只是公主貌美這一事實，似乎又讓他們都忽略了她的缺點。

青樓的姑娘們平常都是圍著男人轉，女客人倒是新鮮，如此貌美的女客人更是稀罕，更何況，她出手大方。雖然賺的是賣身、賣藝的錢，但同樣是伺候人，伺候年輕貌美還大方的姑娘，與伺候有點錢便趾高氣揚的臭男人，傻子都知道怎麼選。

趙瑾聽著小曲，被美人伺候著，眸色有些迷離，神態更有幾分說不出的韻味，三位年輕公子對其他女子目不斜視，卻無可避免地會看向趙瑾。

著裝嚴實的華爍公主看起來比旁邊身穿輕紗的姑娘們還要動人幾分，他們想看，又不敢光明正大地看。

「薛公子彈得一手好琴，」趙瑾忽然開口，目光落在一位儒雅的男子身上。「你覺得菁菁姑娘彈得如何？」

這位薛公子在入宮遴選時為趙瑾彈了一首曲子，可說是餘音繞梁、久久不息的程度，甚至還有點作曲的天賦。這是典型的少爺命，詩詞歌賦玩得明明白白，但稍微有些肩不能扛、手不能提，很適合當駙馬。

「回趙姑娘，在下覺得菁菁姑娘的琴技比起在下，有過之而無不及。」

趙瑾點了點頭，很滿意這個回答。「薛公子所想與我相同。」

她不過是隨口一誇，卻沒想到有人不樂意了，坐在不遠處的唐韞修將打開的扇子一合，一雙漂亮的丹鳳眼直勾勾看著趙瑾。「趙姑娘，怎麼只問薛公子，不問問在下？」

趙瑾面色不變，語氣極淡。「唐二公子那日分明與我說自己無才無藝，怎麼，是我聽錯了？」

什麼叫搬起石頭砸自己的腳，唐韞修今天算是搞懂了。

唐二公子長這麼大，也是頭一次碰見這般倒楣事，誰能想到，他不惜忤逆聖上也要拒絕的親事，轉頭才發現對象是令他魂牽夢縈之人。

「趙姑娘，其實在下也有一點才藝。」唐韞修委婉地自薦道。

趙瑾道：「既然只有一點，就用不著班門弄斧了。」

唐韞修默默無語。不錯，果然是能拿捏住他的女子。

趙瑾拿不准男人內心的感情，她本身也缺乏這方面的經歷，自然無法理解所謂「一見傾心」是個什麼模樣。

不過有一件事趙瑾倒是能肯定，就是唐韞修這副模樣不太值錢，在她看來，這個人實在不夠可靠。

華爍公主帶著幾位駙馬候選人逛青樓一事沒傳得沸沸揚揚，但這世間向來好事不出門、壞事傳千里，正常過日子的百姓沒聽到這離譜事蹟，卻傳到了聖上耳中，畢竟華爍公主逛青樓逛得那叫一個光明正大，哪裡像是要遮掩的模樣？其他三位公子又不是沒父沒母、沒親人，當然也得到了消息。

聖上已經將腸子悔青了，同時還不忘吩咐讓人瞞著太后。登基以來，還沒想過自己這輩子要替誰擦屁股，他就不該同意讓人將趙瑾約出宮，原以為有外男在身邊，那死丫頭能收斂些，結果她反而變本加厲。

除了聖上，其他聽聞華爍公主所作所為的人心思各異。

高家的主母全是不滿，言語間不掩對小兒子的憂愁。「此女無半點皇室風範、行事荒唐，老爺，我們讓越兒用自己的前程賭一個駙馬的身分，值得嗎？」

「閉嘴！」御史大夫高峰立刻出言斥責。「皇室豈是妳能詆毀的？」

高夫人不得不閉了嘴。

另一頭，永平侯聽聞華爍公主跟自己兒子進了青樓，第一反應是他的混蛋兒子將公主帶進去的，結果下人來報，是公主帶幾家公子進去時，永平侯沈默了。大概是覺得自己兒子已經夠荒唐了，沒想到現在來了個比他還荒唐的公主。

永平侯夫人邵孟芬面露愁色道：「這華爍公主性情如此豪放，日後韞修也不知會不會受苦。」

她的話是否真心猶未可知，可宋敬宇只覺得頭大。「快別說了，這尚公主的事八字沒一撇呢！」

消息靈通的人有限，但終究架不住有人提了一嘴，看笑話的人便多了。

身為消費者，趙瑾對青樓提供的服務還算滿意，三位駙馬候選人離開廂房後，她走到一位姑娘面前，前前後後繞著對方走了一圈，最後伸出修長如蔥般的手指，輕輕抬了一下對方的下巴。「菁菁姑娘，我倒是挺喜歡妳的。」

菁菁姑娘是典型的柔弱女子，被培養得知書達禮、琴棋書畫樣樣精通，不像是勾欄女子，反而更像是揚州瘦馬那一類，年紀看上去比趙瑾小些。據說她的初夜仍未拍出，但是價格日漸攀升，老鴇將她留到今日，也是為了炒價。

「菁菁謝過姑娘誇獎。」

趙瑾沒拐彎抹角，她乾脆明白地問：「我想為妳贖身，姑娘願意嗎？」

這是菁菁第一次見女客，也是頭一次有姑娘要為她贖身，從前想為她贖身的公子跟老爺不少，只是不出意外，每位都要她當妾。

在勾欄處糜爛地活著，還是在後院沈寂地活著，對她而言，區別不大。「姑娘這是什麼意思？」

趙瑾說道：「我打算開個樂坊，姑娘們不用伺候男人，招待的客人有男有女，妳只管上臺表演。」

大概是趙瑾這番話實在過於天真，菁菁姑娘垂了眸子道：「姑娘的好意，菁菁心領，姑娘想必家境不錯，只是這世道並非有錢便說了算。」

菁菁的初夜拍賣就在下個月，就算此時有人要贖她，青樓未必肯放人……也不敢放人。早有幾位有權勢的公子哥兒盯著這青樓裡的花魁，想著到時一擲千金換得春宵一刻，哪是別人能插手的。

「菁菁姑娘擔心什麼，怕我後臺不夠硬？」趙瑾問。

菁菁直視面前女子的眼睛，破罐子破摔般問道：「姑娘家中的權勢，難道比得過皇室？」

皇室啊……趙瑾稍稍頓了一下。也不知道是她哪個不學好的姪子或外甥，還是哪個老牛吃嫩草的便宜哥哥。

「哦。」趙瑾煞有介事地摸摸鼻子，回了菁菁姑娘一句。「只是普通皇室的話，那我後臺還是比他們要硬些的。」

在菁菁不解的目光中，趙瑾笑了。

趙瑾帶著三位有可能成為自己夫婿的公子哥兒逛了青樓，離開時還帶走了人家樓裡的花魁。

老鴇自然不肯放過手中的搖錢樹，然而趙瑾砸下重金，軟硬兼施，最後連侍衛都給用上了，用行動向對方宣示：這錢妳不收也得收。

成功拿到菁菁姑娘賣身契的趙瑾客客氣氣地向人家道謝——有點禮貌，但不多。來時帶了三美男，走時還搶走人家一花魁，華爍公主為美人一擲千金的架勢比任何紈袴子弟都來得專業。

菁菁姑娘像是賭博般將自己託付給一個不太可靠的大小姐，然後這位大小姐將方才花重金換來的賣身契給了她。

「收藏也好，撕了也罷，妳自己處理，等一下我讓人給妳安排住所，妳暫且住一段時日，那樂坊估計還得一個月才能開起來，先休假吧。」趙老闆如是說。

菁菁不知道該說什麼才好。

華爍公主給一名青樓女子贖身的事並未遮遮掩掩，幾位公子不解，高祺越更是直接發問。「殿下贖一青樓女子，意欲何為？若是缺人伺候，大可挑選身世清白的宮女……」

趙瑾打斷他道：「哦，看她貌美，本宮贖回來自己觀賞不行？」

至於腦迴路跟畫風與常人不太一樣的唐韞修則真心問道：「殿下覺得菁菁姑娘貌美，草民難道比她差？」

趙瑾沈默了一下。

唐韞修這相貌，放到她的樂坊裡當頭牌挺合適，「豔冠群芳」也不是不可能；只不過他是永平侯嫡次子、母族勛貴、忠烈之後，趙瑾就是有心，也無膽。

說句實話，她哥雖然是聖上，但荒唐的聖上死後才會被文武百官制裁，荒唐的公主現在就會被文官的唾沫星子淹死。

「唐二公子自然是玉樹臨風了，只是本宮這兒可放不下你這樣的大佛。」

唐韞修像是聽不懂人話一般，毫不委婉地說：「只要殿下願意，就可以。」

相較於其他競爭對手，唐二公子實在是能豁出去得多，別說他們，就連趙瑾這身分尊貴的公主，都沒怎麼見過他這麼沒包袱的人。

只是這位唐二公子著實奇怪，聖上曾開金口讓他當駙馬，他不願意，現在為何又費盡心思來搶這個名額？

趙瑾看不懂他，但這種一腳踏多條船的感覺該死的讓人著迷，怪不得那些男人三妻四妾地養在自家後院。

有鑑於唐二公子的拉踩行為，另外兩位公子可沒給他留面子，加上京城就這麼大，彼此之間又大都是同齡人，有什麼風吹草動全一清二楚。

於是唐二公子的荒唐事蹟又添了一筆，什麼頂撞長輩、不學無術的都算尋常了。

趙瑾這位武朝的嫡長公主，在幹了荒唐事之後，被三位有可能成為她冤家駙馬的公子們送到皇宮門口。

李公公早就等在那裡，這會兒瞅見了這祖宗，急急忙忙迎上前來。「奴才參見公主殿下，殿下終於回來了！傳聖上口諭，華爍公主回宮後即刻前去覲見。」

「即刻」兩個字一出來，趙瑾有那麼一瞬間懷疑自己是不是在外面闖禍了，然而她今日一沒打人，二沒與任何人起衝突，怎麼都不可能闖禍啊？

當趙瑾進入御書房時，便瞧見裡面不只有聖上，皇后也在。

雖然摸不清楚狀況，但華爍公主向來是知道找隊友的，她揚起嘴角道：「見過皇兄、皇嫂。」

「好些日子不見，皇嫂看起來氣色不錯，」趙瑾笑咪咪地誇著皇后。「真好看。」

蘇想容如今四十出頭，在古代，這個年紀的女子抓緊些都能當祖母了，只不過她多年來未曾生育，又保養得相當不錯，比這幾年入宮的妃子看起來都要有風韻——這是趙瑾審美的眼光。

「少在這兒貧嘴！」趙臻冷淡地打斷她。「妳以為拉攏妳皇嫂就有用？妳今日出去做了些什麼，自己心知肚明，還需要朕給妳複述一遍？」

趙瑾心想，原來是這個。

「皇兄，」她試探性地提議道：「您日理萬機，能不能就少管著臣妹些？」算她求求了，那些暗衛們該歇歇了。

「有人盯著妳都敢光天化日帶著幾位公子逛青樓，沒人盯著妳豈不是要上天了？」趙臻恨鐵不成鋼。「妳到底有沒有姑娘家的樣子啊？」

面對封建大家長，趙瑾自然有一套自己的歪理。「皇兄，話不能這樣說，一般女子要賢良淑德、知書達禮，可臣妹是您的妹妹呀。」

她是公主耶！哪有想娶公主還嫌公主的？這樣的人家先被聖上穿小鞋比較快吧！

針對趙瑾的歪理，趙臻也有一套說辭。「朕的妹妹？妳看看自己有沒有公主該有的樣子！」

趙瑾心道：啊對對對，我沒有公主風範，可誰讓我有公主命呢？

「朕給妳五日的時間挑出妳的駙馬，不然朕就親自給妳定下一個。」

趙瑾無奈道：「皇兄，選夫婿可是一輩子的事。」

聞言，趙臻冷笑道：「朕連他們祖宗都給妳查得一清二楚，還有什麼好挑的，喜歡哪個就點哪個；若實在挑不出來，五個都收了也不是不可以。」

就是那五個人有四個人出自名門望族，可能有點棘手；至於唐二公子，不在聖上考慮的範圍內。

趙瑾忽然被堵住了話。不愧是封建朝代的成功男士，這氣魄就是不一樣。

蘇想容乾咳了一聲，似乎覺得這兄妹倆說的話越來越離譜了，於是開口打破這個僵局。「瑾兒若是覺得幾位公子都不合心意，本宮娘家倒是還有兩個外甥，就是年紀比妳小些，一個十五，一個十六，他們人在江南，之前沒能趕回來參加遴選，模樣都算端正，也不比其他世家公子差。」

一個十五，一個十六，也太嫩了。

趙瑾趕緊推辭。「不了、不了，皇嫂別折騰自己人。」

「這不要、那不要，妳皇嫂家的妳也看不上，」趙臻直接冷哼出聲。「妳就是想孤家寡人是不是？」

趙瑾立刻答道：「沒……」

她剛張口，趙臻下一句就接著來了。「當心朕將妳嫁去和親。」

只見趙瑾擺出一副乖巧的模樣，說道：「沒有的事，皇兄息怒，臣妹怎會不想要駙馬呢？皇兄放心，現在便可下旨讓禮部準備成親事宜，臣妹下個月一定成親。」

趙臻心想，駙馬連個人影都沒有，就想成親了？到時候吉日算好，各種事宜準備完畢，結果湊不出個駙馬，禮部可是會吃人的。

「胡鬧！自明日起，朕給妳五日時間住在公主府，五日後給朕回宮，駙馬也得定下來。」趙臻指著她道：「這幾日不許再惹事，否則別怪朕不客氣！」

能出宮了?!趙瑾大喜。

天上掉餡餅了！哥，你是我的神！趙瑾在心中吶喊。

趙臻一看見趙瑾雙眼發亮，眼皮不禁一跳。「朕警告妳，這幾日別整出什麼問題來。」

出宮這件事對趙瑾來說很重要，現在皇兄說什麼在她耳中都十分悅耳動聽，她垂頭道：「謹遵皇兄教誨。」

蘇想容在一旁看著兩兄妹越說越荒唐，隨後默默嘆了一口氣。

聖上有女，只是這女兒與親妹妹，終究不同。

蘇想容一路看著華爍公主長大，自然明白聖上寵愛她的原因。一個小姑娘路都還沒走好就搖搖晃晃地上前喊哥哥、嫂嫂，平日調皮搗蛋之餘還不忘對他們噓寒問暖，令他們享受到皇室難得的溫情。

聖上登基之後，就連帝后之間也做不到如過去那般坦誠了，聖上要平衡朝廷，後宮幾乎每年都有新人，皇后背後自有母族，母族的榮華富貴緊緊繫於她一人身上。

是恩愛夫妻，只是難以回到從前。無子傍身，反而是好事。

趙瑾得了便宜大哥的首肯，立刻趕回仁壽宮收拾東西，生怕慢個兩步，她的出宮五日遊就要泡湯了。

不過，她出宮的步伐終究慢了一步，宮女前來稟報。「公主殿下，瑞王妃求見。」

趙瑾有些沒反應過來。「瑞王妃？她找錯人了吧？」

來到仁壽宮，要見也是見她母后，什麼時候輪得到她？

宮女垂著頭回道：「稟殿下，瑞王妃帶著安榮郡主來向您賠禮道歉。」

安榮郡主？

趙瑾想起來了，就是那個將聖上親妹妹當成人販子不孝女的「聰明」姪女。

第十二章　問卷篩選

事實上，這並非瑞王妃第一次帶安榮郡主入宮見華爍公主，不過之前安榮郡主回府說自己闖禍了，瑞王妃還當是小事呢，誰知卻是惹到華爍公主頭上了。

這位主兒深居簡出，卻獨得帝后寵愛，更讓眾多皇室子弟退避三舍，可知性情如何，瑞王妃怎敢大意？

當時安榮郡主雖是無心之舉，但聖上不說什麼，不代表他沒意見，也不代表太后與公主不往心裡去，上門請罪的態度還是得有。

今日，終於讓瑞王妃逮著趙瑾了。

趙瑾略微思考片刻後，便對宮女道：「請瑞王妃和安榮郡主進來。」

沒多久，瑞王妃母女便來到趙瑾殿內，為了做出姿態，她們兩人穿得極素，平日有點張揚的安榮郡主甚至一副大家閨秀的模樣。

「妾身見過華爍公主。」

「趙姝見過姑姑。」

趙瑾扯了一下嘴角，起身扶起瑞王妃道：「六嫂快請起。」

這聲「六嫂」一喊出來，瑞王妃便鬆了口氣。她與華爍公主素日並無交情，如今願意喊她一聲「嫂」，便說明無意追究。

瑞王妃拍了一下女兒的肩膀。「姝兒，還不快向妳姑姑賠罪？」

話音未落，趙瑾就瞧見她的姪女直接跪在她跟前，膝蓋碰撞地面發出清脆的一聲，她的嗓音響亮。「姑姑，姪女錯了，做事不該不分青紅皂白、不該對您趾高氣揚，您大人有大量，原諒姪女吧！」

趙瑾沈默了半晌，終於艱難地點了點頭道：「原諒就原諒，不必行此大禮。」

來到這個時代，動不動就有人跪她，她真的會折壽。

好不容易將她們母女送走，趙瑾馬不停蹄地坐上了出宮的馬車。

顧玉蓮看著女兒出宮的背影，忍不住嘆了口氣道：「真是女大不中留。」

旁邊的劉嬤嬤笑了聲。「太后娘娘昨日還憂愁公主殿下選不上如意夫婿，今日便捨不得了？」

顧玉蓮道：「哀家只是怕這朝堂的風風雨雨灑入後宮。」

華爍公主壓根兒不曾想過的問題，終究會浮出水面。

公主府早已經建好，是能直接入住的程度，趙瑾收拾的東西不多，那頭的陳管家早已得到消息，一早便候在門口。

「殿下若是覺得哪裡不妥當，立刻跟奴才說。」

趙瑾其實沒那麼挑，她抬腳便走了進去。出宮後，連呼吸的空氣都是新鮮的。

「殿下，」紫韻跟在她身後。「這五日，您打算怎麼過？」

一天約一位公子？雖然聽起來很離譜，但擺在華爍公主身上，也正常。

趙瑾一屁股坐在床上，絲毫不顧及形象地往後一躺。

「小丫頭，妳操心什麼？」華爍公主手肘撐著腦袋，給她的侍女拋了個媚眼。「想當駙馬的人自己會過來，哪裡用得著我去想這種問題。」

紫韻恍然大悟。

趙瑾說得一點都沒錯，若是真有心想當駙馬，她這麼活生生的一個人，公主府又折騰出這麼些動靜，怎麼會沒有消息傳出來？

成親，在趙瑾看來是雙向選擇。

封建環境下，哪怕她貴為公主，在婚姻一事上難免有受到掣肘的地方——不管這個駙馬合不合她心意、他們之間會不會走到和離的地步。

強摘的瓜畢竟不甜，若是不想當駙馬，趙瑾不會勉強對方；若是想，自然會來爭取。

只不過，即便趙瑾能預料到接下來會很熱鬧，也萬萬想不到，她的相親對象當中，竟有這麼一個能讓眾人忙得團團轉，自己卻獨占鰲頭的人。

趙瑾出宮來到公主府時已是傍晚，陳管家為了盡快擄獲主子的心，此時正全神貫注地盯著廚房上菜。

這是公主留下吃的第一頓飯，陳管家當然不能鬆懈。聽聞公主的口味偏重，喜辣喜甜，陳管家挑廚子時便特地請了擅長做川菜的，就等著今日呢。

紫韻也忙著認公主府裡的下人，身為趙瑾的貼身侍女，她在宮中的地位不算低，日後公主成親，她這個大宮女便會成為趙瑾的左膀右臂，小姑娘正為工作興奮著呢。

趙瑾在院裡乘涼，看著像是灌了提神飲料的紫韻，暗自搖頭，心道這丫頭對待工作未免太積極了。

這個世界的上司不會告訴員工能不停地工作是種「福報」，可基於封建朝代根深柢固的觀念，他們反倒更賣命了。

就在此時，院子裡的風有一瞬間似乎變換了方向，趙瑾狐疑地蹙起眉，往四周看了一眼，覺得自己是不是多心了。

這麼多年來，面對這個不走尋常路的公主，聖上生怕她出意外，因此偶爾會派暗衛來保護趙瑾。

雖然不好說這到底是保護還是監視，但趙瑾確實真切感受到了武功的厲害，那幾個暗衛神出鬼沒，她沒遇到狀況時，怎麼喊都不出來；遇到危險時，她也看不見他們是從哪兒出現的。

很神奇，是趙瑾覺得自己沒機會學會的那種神奇。

公主府修建的時候，趙瑾還在甘華寺清修……應該說逍遙快活，如今看來，這裡的布局確實不錯，但有一點防不勝防，那就是不請自來的人。

「殿下。」

不遠處突然響起這麼一聲，嗓音有些熟悉，但這並不是重點，重點是這人是什麼時候出現在圍牆上的。

趙瑾認真考慮起了公主府的保全問題。

「唐二公子，」趙瑾臉上沒有半分驚慌失措的神情，此刻反而還有些想嘮嗑。「你這是在做什麼？」

這麼多個相親對象裡面，就數這個最叛逆，他腦子裡想的是什麼，趙瑾也看不明白，可這並不妨礙她覺得這位唐二公子有病。

方才守在趙瑾身邊的人都被她遣去別處，眼下這偌大的院子裡只有他們兩個，院門外有人守著，但兩人說話的聲音並未傳出去。

唐二公子在華爍公主的注視中跳牆落地，身形輕盈，不揚起一絲塵埃，令她羨慕極了。

大概是察覺到趙瑾的目光，唐韞修擁有了一個很好的話題。「殿下想學的話，草民可以教您。」

很好，年紀不大，倒是挺會拿捏人。

「唐二公子這個時候過來，是想在本宮這兒用膳？」趙瑾隨口問了一句。

唐韞修走近，丹鳳眼中帶著幾分說不出的繾綣，深色長袍腰間掛著暖色玉珮，他面對撐著腦袋、坐在院落中的華爍公主，只見她風華正茂，垂眸淺笑。

在最初的驚鴻一瞥之後，這張臉曾數次現於夢中，唐韞修懷疑過自己當時是不是看錯了，這樣的女子興許只是他酒後的幻覺，然而那日在宮內，這張臉卻出現得讓人猝不及防。

唐韞修當然明白那日大庭廣眾下對趙瑾說的話等同於打他自己的臉，不過他荒唐的事蹟不是一、兩件，他只知道若是那時直接離宮，那他終有一日定會後悔。

眼前的女子神色平淡、雲淡風輕的模樣，彷彿唐韞修並非不請自來之人。

「殿下，草民來此，是想向您薦枕席。」

趙瑾差點從椅子上栽下去。這話是能這樣說出口的？有的人為了當駙馬，未免太拚了。

她剛想說句什麼，唐韞修那張臉卻陡然在她面前放大。「殿下選駙馬，無非是看心意，草民自認這張臉生得還算不錯，殿下覺得呢？」

趙瑾實在很難昧著良心說瞎話。

「家世方面，草民兄長是永平侯府世子，不出意外，日後會繼承草民父親的爵位，殿下若覺得不夠，草民便想辦法再掙一個爵位回來。」

趙瑾沈默。一個駙馬，哪裡來的爵位能掙？這餅畫得有些過分了啊。

「至於其他的，一般世家公子會的草民也會，甚至比他們玩得都要好。」唐韞修吹噓起自己來，不惜再次拉踩他的競爭對手們。「薛晟琴彈得不錯，但草民不比他差；高祺越有武藝，草民也有……」

距離靠得如此近，嘴裡說的話毫不客氣，也完全不掩飾自己的野心，直接到就差對著趙瑾說一句：選我，我最划算。

不是……現在是討論CP值的時候嗎?!

唐韞修雖然湊得近，卻是單膝著地，仰頭看著趙瑾。

趙瑾那一刻不知想了什麼，可她的行動比腦子要快一些，指尖微微抬起了唐韞修的下巴，仔細地端詳著這張臉。

說實話，再冷酷無情的人資主管也很難拒絕一而再、再而三送上門來的免費勞工。「想做本宮的駙馬，你知道有什麼條件嗎？」

唐韞修任由趙瑾的手在自己臉上隨意劃著，目光與之直視。「殿下但說無妨。」

「本宮對孩子的態度是可有可無，自己未來也許會生一個或兩個，」趙瑾低下頭，兩人的距離更近了。「可駙馬若是想要通房或妾室，那……」

「草民不要。」趙瑾話還沒說完呢，唐韞修便道：「殿下，除了您，其他人草民都不要。」

趙瑾笑了一聲，想起某句名人名言：相信男人的話，會倒楣一輩子。

接著，唐韞修在趙瑾的凝視下又補了一句。「孩子也可以不要。」

趙瑾一頓。「唐二公子，你應該明白，這種話不是你三言兩語說出來便能當真的。」

「殿下，您與草民來日方長，若是有朝一日草民辜負殿下，可由殿下隨意處置。」

趙瑾搖了搖頭。她在封建王朝生活多年，但依舊認為自己是守法的公民，見血的事，她不太喜歡。

「唐二公子，本宮見不得血，就算有那一日，也希望駙馬能坦誠些，夫妻一場，不至於落得相看兩相厭的結果。本宮如今不能給你答覆，不過你方才所說的，本宮會認真考慮。」

要不要錄用，也該有個糾結的時間。

「還望殿下多考慮。」

唐韞修說完這句話之後，院外突然傳來腳步聲，轉眼間，微風再起。

紫韻進來時語氣興奮。「殿下，府裡養了一池的錦鯉，您要去看看嗎？」

無人發現這偌大的公主府曾來過一個不速之客。

正如趙瑾預料的那般，她的相親對象們抓住了這次機會，第二日便都到公主府求見了。

趙瑾早就做足了準備，她擬好問卷，一人分發了一份。

紫韻說道：「諸位公子，此卷乃華爍公主親自出的，望各位認真作答。」

幾位駙馬候選人還沒來得及與公主多說兩句，就被這麼一份卷子給整懵了。

趙瑾出的是主觀題，題目大致上有「若公主身體抱恙，難以生育，你身為駙馬，該如何是好」、「公主與你的母親起了衝突，你身為駙馬與兒子，該如何是好」等等，說起來，這不過是現代經典的「送命題」。

趙瑾換了個形式，將這些「送命題」傳給她的相親對象們。題目是苛刻了些沒錯，「考生們」與許會下意識地往巴結趙瑾的方向思考，然而自身固有的思想，是在文字中最難隱藏的東西。

一、兩題或許還能藏得不錯，可是十題、二十題呢？怕是他們寫完以後都忍不住要罵趙瑾有病的程度。

趙瑾想得沒錯，這六位當中有五位是養尊處優的公子哥兒，哪裡見過這種問題？甚至可以說，這卷子上的問題，他們想都沒想過。

科舉還能來個十年寒窗苦讀，這娶公主之前的「送命題」，可是殺得他們措手不及。

約莫一個時辰後，高祺越第一個交卷，只是交卷後並未立即離開，他似乎憋著一口氣，又不得不按捺下來。「敢問殿下，您讓我們寫這卷子，用意何在？」

趙瑾露出了一個人畜無害的笑容道：「高大人，本宮自有用意。」

高祺越莫可奈何，只得離去。

幾位公子陸陸續續交卷，且在交卷後沒有任何留下來的意願，趙瑾讓他們回去，便都離開了。

只有莊錦曄與唐韞修，前者是倒數第二個交卷並想留下，但還是讓趙瑾給打發走了，而後者磨磨蹭蹭，最後一個交卷，對趙瑾道：「殿下若是滿意草民的答卷，這駙馬的位置，草民能坐上嗎？」

他問得直接，連旁邊的紫韻都忍不住愣了一下。

趙瑾勾唇笑道：「看唐二公子的造化了。」

其實這張問卷做與不做，沒什麼區別，說到底，駙馬這玩意兒對一個受寵的公主來說意義不大。

然而，不管怎麼說，他們都是往後要朝夕相處的「同事」，哪怕貌合神離，誰不想和一個看得順眼的人在一起啊？好歹嘮嗑都有些滋味。

現代社會想當個員工可要一輪、二輪、三輪地去闖關，她當個動刀的醫生也得考核這個、考核那個，要寫論文、要拿獎，如今選駙馬做個問卷而已，很過分嗎？

即便這份問卷，在身為女子的紫韻眼中也顯得有幾分說不出的怪異，但畢竟是公主親自出的，她猶豫再三，還是沒多嘴。

文字是最具有表達意義的符號，字裡行間能看出一個人的性格和觀念，哪怕裝得再好，也會洩漏蛛絲馬跡。

趙瑾看著高祺越的卷子，越看眉頭皺得越深。

紫韻在旁邊跟著看了半天，頗為不解地說：「殿下，高大人寫的卷子您不滿意啊？」

趙瑾「嗯」了一聲道：「怎麼看出我不滿意來了？」

「您看著唐二公子的卷子笑，卻不願意多看高大人的卷子兩眼，就連莊大人的卷子您也看了許久。」紫韻說出了自己的猜測。「您不喜歡高大人？」

趙瑾搖搖頭道：「紫韻，問題不在於我喜不喜歡他，而是在高祺越此人身上。按道理來說，他不該成為駙馬候選人。」

文官之子，又有當將軍的野心，怎麼可能甘願做一個徒有皇親國戚之名的駙馬？

此時並非亂世，但身在這個朝代，居安思危的念頭，趙瑾可是時刻放在心上。

紫韻聽不懂自家公主說的話，但這不影響她盯著高祺越的卷子發愣。

高祺越的卷子，在一些問題上回答得耐人尋味。

第一題是「我和你媽同時掉進水裡，你先救誰」的「千古送命題」。高祺越填的是「以近救之」，換言之，就是誰離得近，就先救誰。

這個回答倒還過得去，但在生育這題上——「若公主身體抱恙，難以生育，你身為駙馬，該如何是好」，高祺越填的卻是「抱養」。

「抱養」說得好聽，但這抱養的孩子究竟是從不相干的地方抱回來的，還是自己在外面生的？不是她趙瑾的孩子，可不代表不是高祺越的。再說了，高家子嗣甚豐，就算從外頭抱養，也極有可能是他兄弟的孩子。

趙瑾可以說是有點利己主義，她不接受替任何人養孩子這種冤大頭行為。

相較之下，唐韞修的答卷有意思許多。

落水先救誰的問題，他寫的是「家母已仙逝，且家母在世時甚擅水性，吾只救吾妻」。

生育問題，他寫的是「以吾妻為重，兒孫之事，有則養之，無則樂之」。

翻譯出來是：夫人最重要，兒孫自有兒孫福，沒有兒孫我享福。

趙瑾沒想到在這封建朝代還能看見這樣靈動的思想，拋開最初的印象，唐二公子還真是個難得的妙人。

這些「送命題」，唐韞修答得很有男德。

莊錦曄答得也不錯，但不難看出他是個以孝悌忠信為重的人。

其他兩位與高祺越差不多，甚至比他還差一些，像是參加什麼正經八百的考試一般，先寫了各種論據，譬如「身體髮膚，受之父母」之類的大道理，再含蓄地透露自己的觀點，總結起來就是傳統大男人。

第十三章　語出驚人

趙瑾看完以後的感想就是送他們去當官，這麼會扯，不當官真是可惜了。

最後，她竟然只能從莊錦曄與唐韞修這個關係戶中二選一。

趙瑾有點惆悵。

殊不知，趙瑾惆悵的同時，她的侍女對著唐韞修的卷子目瞪口呆道：「殿下，真有男子能做到這般程度嗎？」

趙瑾疑惑道：「他做什麼了？」

紫韻道：「就唐二公子卷上寫的那些啊，落水先救殿下、永遠站在殿下身後、有沒有孩子都無所謂……」

趙瑾靜靜地聽完，忽然開口問道：「紫韻，妳覺得做到這些的男子很難得嗎？還是說做到這些對他們而言很困難？」

紫韻一時語塞。

趙瑾說道：「要不妳假裝自己是個男子，妳娶我時要求妳做到這些，很難？」

紫韻如趙瑾所說的那般假設了起來，假如她是個男人，有個像公主這樣身分尊貴的美人兒願意下嫁……她的命都能給出去！

接著紫韻這丫頭也跟著沈默了。有那麼一瞬間，她覺得那幾位駙馬候選人一個都不配。紫韻不禁對自己的想法有些震撼。

就在不久前，她明明還在想，這幾位公子各有各的好，殿下要怎麼選？她實在替殿下糾結。結果現在，心境已是截然不同。

趙瑾沒繼續逗小丫頭，她笑了聲道：「好了，將東西收拾好，今日到此為止，吩咐陳管家準備午膳吧，想必那幾位公子今日內不想再見到我這張臉了。」

然而，趙瑾失算了，她本以為最起碼今日內，她是沒機會再見到她的相親對象了，結果太陽快下山時，公主府收到了一封信。

趙瑾一來無閨中密友，二來知道她出宮的人並不多，此時此刻送信來的人，她猜不到是誰。

送信的小廝被帶了進來，垂眸恭順地對趙瑾道：「參見公主殿下，此乃奴才家公子的信，讓奴才務必送到殿下手中。」

趙瑾正在院落裡乘涼，聞言掀了一下眼皮。「你家公子是？」

「永平侯府二公子，唐韞修。」

無言之餘，趙瑾接過信，一打開，裡面只有一句話——殿下想見草民嗎？

小廝完成任務後便恭敬地向趙瑾告退，迅速離開了。

看著信上那幾個字，趙瑾嗤笑一聲，隨口自言自語道：「無聊。我說想見，還能真立刻出現不成？」

話音未落，她身後的圍牆上便傳來一句。「殿下。」

趙瑾轉過頭。不出意外，牆上站著一道相當眼熟的身影。

唐韞修翩然落地，沒驚動任何人。

趙瑾大部分時間喜歡獨處，此刻就連紫韻也沒跟著，於是她再度面臨唐二公子不請自來的狀況。

「唐二公子拿本宮這兒當成來去自如的地方了？」

唐韞修聞言，一雙丹鳳眼略帶笑意。「殿下若是想扣下草民不給走，也不是不行。」

趙瑾無語。當她是什麼女流氓嗎？

「唐二公子，」趙瑾的語氣稍微嚴肅了些。「你是否有些踰矩？」

唐韞修來到趙瑾面前，隨後在她的注視下立刻蹲下，仰頭看著她道：「殿下願意，便不算踰矩；殿下不願意，那才算踰矩。」

「你怎知本宮願不願意？」

「對啊，草民不知，」唐韞修垂眸，嘴角弧度上揚。「草民這不是來找殿下確認了嗎？」

有那麼一瞬間，趙瑾確實被這張臉的主人蠱惑了，但下一刻她隨即清醒。「唐二公子，你似乎比其他人都要著急些？」

「殿下，並非草民比其他人著急，」唐韞修輕聲回答趙瑾的話。「而是其他人沒草民豁得出去，他們太循規蹈矩，殿下若是和他們在一起，想必生活會很無趣。」

唐韞修肆無忌憚地又拉踩了競爭對手一波，而後又膽大包天地握住趙瑾放在膝上的手。

「殿下應同草民是一類人才對。」

這般言行，似乎是在試探趙瑾對他的容忍度。

唐韞修口中的「一類人」，是指他與趙瑾都受夠了那些世俗的條條框框。

趙瑾看著自己被握住的手陷入沈默。這個唐韞修是在勾引她？利用美色？

唐二公子的確是這個主意，而眼前這位「美人」讓趙瑾也感到有些棘手了。

「唐二公子，」趙瑾抽出了自己的手。「實話說，目前為止，你還沒有到讓本宮非選不可的程度。」

「草民很清楚，」唐韞修如是說。「所以草民過來讓殿下多認識。」

趙瑾輕嘆一口氣道：「唐二公子還比其他人執著些，這駙馬誰當都可以，你行，其他人也行，你若想當，當時又為何拒絕呢？」

之前趙瑾從沒正面跟唐韞修提起這個話題，當時是不好奇，現在唐韞修一而再、再而三地不請自來，她是真的想不通。

「聖上親妹夫」這個身分，就這麼吃香？

趙瑾的疑問讓唐韞修停頓了片刻，當他再仰起頭時，趙瑾聽見這樣一番話。「當初斗膽抗旨時，草民只想自由自在、隨心所欲地過日子，可之後於茶樓偶然見到一名姑娘時，草民一顆心便被俘虜了。接下來幾日，草民對那姑娘魂牽夢縈、尋之不得，待進宮窺得殿下容顏方知，心繫之人正在眼前。」

公主府處處皆按照趙瑾的喜好布置，這個院落有小亭也有花草，此時微風拂來，衣袂翩躚，落日餘暉落在兩人身上，橙紅色的陽光打在唐韞修臉上，趙瑾低頭看去，正好瞧見夕陽墜入那雙漂亮的丹鳳眼中。

「草民與殿下初見並非在宮中，而是在明月樓，當時草民便對您一見鍾情，失禮之處，望殿下海涵。」

不學無術的浪蕩世家公子，此時單膝跪地，說得情真意摯，彷彿將此生的真情實意都敞露在一人面前。

趙瑾猜想過唐韞修所求之物，不外乎是權勢、錢財或她這張臉。

老實說，趙瑾確實是美人，趙家的基因稱得上優越，因為這一點而被人覬覦也算正常，哪怕她這位公主名聲一般、毛病一堆，也多得是人想當這個駙馬。

只是，她能給的東西當中不包括愛，而唐韞修竟然想要她的心。

愛是多奢侈的東西啊，她貴為天子的皇兄都不敢奢求，因為他深知自己給不起，至於趙瑾，也是一樣。

她大概能猜到唐韞修是什麼時候見過自己，也相信他的話不假，但不對等的交易終究伴隨著失衡的風險，她不太想賭。

況且，以趙瑾對人性的了解，所有口頭承諾都可能成為廢話。

然而眼下，趙瑾仍是稍微遲疑片刻後才道：「唐二公子的意思是……」

唐韞修誠摯地說道：「草民心悅殿下。」

趙瑾愣住了。

覬覦她的身分跟美色，她都忍了，可是這位貌似遊戲人間的年輕人卻說，他想要她的愛。

「唐二公子想要的，本宮不一定能給。」趙瑾說道。

「但求殿下給個機會。」

兩人對視半晌，最後是趙瑾先開了口。「唐二公子先回去吧，本宮考慮考慮。」

「草民等候殿下的好消息。」唐韞修笑了一聲，隨後一躍，很快就消失在趙瑾視線範圍內。

趙瑾看著這轉眼就不見的身影，發出了欣羨的嘆息。

等到紫韻走過來，就瞧見自家公主抬頭仰望天空，一臉惆悵，她便問道：「殿下在想什麼？」

趙瑾脫口而出。「想飛。」

紫韻小姑娘小小的腦袋裡有大大的問號。

趙瑾尋思著自己若是有空，可得找謝統領討個武學的老師。當個柔弱的公主固然不錯，但誰能拒絕會飛的誘惑呢？

聖上給妹妹五日自由，第一日她就從精神層面折磨了相親對象們一番，第二日果然清淨許多。

華爍公主穿著一身低調的青衣出了門，她低調，她的侍女更加低調。

紫韻只當自家公主是想出門逛街買點東西，結果跟著跟著，就見趙瑾左彎右拐，逐漸遠離了繁華的商業街，最後進入一間館子。

這是間規模不小的醫館，進進出出的客人不算少，兩人走進去時，還瞧見有大夫揹著藥箱跟著客人匆匆地出門。

「殿下，咱們來這兒做什麼？」紫韻不解，又忍不住第一時間觀察起了趙瑾。「可是身體不適？」

趙瑾回頭看了她一眼道：「在這兒喚小姐。」

紫韻立刻修正道：「小姐。」

趙瑾逕自走到後門跨了進去，眼前是個開闊的庭院。這裡的格局完全不同，看起來像是個書院。

紫韻露出了沒見過世面的眼神。「小姐，這裡是書院？」

一個醫館與書院連在一起，怎麼看、怎麼奇怪。

趙瑾伸手指了個方向，紫韻順著望了過去，就看到一個木牌上寫著「京師醫學院」五個大字。

紫韻一臉疑惑地問：「小姐，什麼是醫學院？」

「顧名思義，就是學醫的地方，」趙瑾對自己的侍女頗有耐心，她又補充了一句。「宮中的徐太醫便是從這兒出來的。」

徐太醫徐硯是這幾年宮中最受歡迎的醫官，醫術之精湛，已到了聖上次次傳召的程度。

這下紫韻的神色更驚訝了。她自然對醫術一竅不通，但身為宮中之人，她當然聽過徐太醫的大名。徐太醫最擅藥理與調理之術，宮中有幸得他診治的娘娘們也都對他讚不絕口。

這亭臺樓閣確實是書院的模樣，只是裡面的構造與一般書院有所出入，趙瑾來的時候，恰好是授課的時間，最低樓層的課堂裡傳出稚子的朗讀聲。

「一問寒熱二問汗，三問頭身四問便。五問飲食六問胸，七聾八渴俱當辨。九問舊病十問因……」

「紫韻，妳在這兒守著，我去去就回。」

紫韻還沒來得及開口問一句，便看見自家公主推開某扇門走了進去，門很快就合上了。

趙瑾的身影消失不見後，紫韻看向那扇門前面掛著的牌子——院長室。

院長？她家公主該不會真得了什麼疑難雜症吧？

雖然貼身伺候公主，但紫韻卻知道她的主子向來很有獨立的意識，年幼起沐浴更衣時便不喜身邊有人，因此公主若真有什麼難以啟齒的病，她不知道也是正常的。

院長室的門被打開了，裡面坐著一位中年男子，他正低頭在紙上寫著什麼，雖然年紀不算輕，但模樣相當健朗。

「徐老。」趙瑾先開了口。

聽到這一聲，沈浸在自己世界中的中年男子這才如夢初醒般抬起頭，看見趙瑾時，又覺得恍如隔世。

當年那個身高才到他腰間的小姑娘，如今出落得這般亭亭玉立，這樣美麗的容貌、如此高貴的身分，誰也想不到她這些年來做了些什麼。

武朝有此女，乃武朝之大幸。

中年男子從座位上站了起來，而後對走到他面前的趙瑾行禮道：「徐牧洲見過華爍公主。」

「徐老客氣。」趙瑾笑了一聲。「本宮今日閒著無事，便想來看看學院，看來發展得很好。」

「託殿下的福，從學院出去的孩子都有養家餬口的能力。」徐牧洲看趙瑾的眼神，說是崇敬也不為過。

趙瑾此行，是有些事想找徐牧洲。

當年徐牧洲為一方富甲，家中資產頗豐，卻沈迷醫術，四處遊學為人診治，然而在四十歲那年，他不幸醫死了人。

也恰好是那一年，十歲的華爍公主偷偷摸摸地跟著自己的幾個姪子出了宮，無人發現。

徐牧洲賠了大半家產，頹然地坐在衙門對面的街上，一個粉妝玉琢的小姑娘忽然出現，看著他的藥箱，十分天真地問了一句。「你是大夫？」

剛醫死了人，又怎配被人稱為「大夫」？徐牧洲自嘲一笑。

面前的小姑娘看著他，又問：「聽說今日衙門審理了一個大夫醫死人的案子，你就是那個大夫嗎？」

徐牧洲當時只覺得這個小丫頭過於單純，若她真懂得人情世故，又怎可能對一個醫死人的大夫和顏悅色？

「我有幾本醫書，或許能為你解惑。」小姑娘說著，從隨身的包袱中掏出了幾本書放在徐牧洲身旁。

徐牧洲一看，《中醫臨床綱目》、《雜病集》、《婦科大全》、《醫毒傳》，這些醫書對他而言皆是陌生的，聽都沒聽過。

「這些書皆由醫術高明的大夫聯合所著，你若不信，大可透過書中的內容驗證。」

這是趙瑾第一次偷跑出宮，她就給一個醫死過人的大夫送了幾本醫書。

此後，華爍公主定期為徐牧洲送去錢財與新的醫書，錢財用於修建京師醫學院，醫書則成了他們通用的教材。

徐牧洲之後才明白，原來某些草藥長得如此相似，他的藥方沒錯，可當時的藥鋪抓藥時，竟有好些因為相似而遭誤認的藥材，有些沒毒，有些則有毒。

醫書上記載的藥材外表難以區分具體差別，甚至連原作者可能也混淆了。原本流傳下來的醫書中，有不少內容是錯的，然而在治病方面，小錯便可致命。

十年過去，京師醫學院成為炙手可熱、聲名遠播的書院。在這個時代，科舉依舊為上上之選，窮苦人家的孩子來此也能識字讀書，習得一技之長。

除了京城以外，江南也開設了一間江南醫學院，其他地區也不乏這兩間學院的學子開設的大小醫館，在這十年內，醫學這個領域在武朝有了蓬勃發展。

身為其中受益者的聖上更是大手一揮，撥了不少款項下來支持百姓探索醫學，在徐牧洲之子徐硯成為太醫後，京師醫學院更是有了聖上當靠山的意味。可即便是聖上，也不知這一切竟始於他的親妹。

「殿下今日前來，仍不打算告知在下那些醫書的作者為何人嗎？」徐牧洲問道。

這十年來，他並非第一次問趙瑾這個問題，只是每回都得不到解答。

趙瑾輕笑道：「徐老，本宮早已說過，這裡每本書都是許多人長年實踐所得，我也不知他們是誰。」

這些書的研究成果全都屬於後世醫學，也是趙瑾多年學習的內容，她如今生活的武朝，非她所知的歷史上記載的任何一個朝代，因此她才敢傳播這些知識。

相比是否打破這個時代的醫學本該有的發展進程，趙瑾更關心人命。醫學滯緩帶來的後果，是人面臨重大災難時的無措。

趙瑾學了十幾年的醫，若要她在這個朝代當個沒用的公主，浪費自己具備的知識與經驗，她還是有些不甘心的。

「殿下已用這個藉口搪塞多年，讓在下不禁懷疑這些書是否皆出自殿下之手。」

趙瑾先是一頓，隨即笑道：「徐老說笑，初次相見時，本宮才多大啊。」

正因為如此，徐牧洲每每有類似的猜想時，都會覺得荒謬無比。

若十歲的趙瑾能寫下那般傳世的醫書，那她必定不是凡夫俗子，更像是上天賜給武朝的神女。

「聽聞殿下近來正在議親，在下在此先恭喜了。」徐牧洲說著，又忍不住問了句。「駙馬可是選好了？」

什麼樣的男子才能配上這般女子？

趙瑾默不作聲。這話題轉得有點突然了呢。

若不是趙瑾的身分擺在那裡，徐牧洲都想讓她成為自己的兒媳了。只可惜，一介醫者著實配不起堂堂公主。

「徐老不必擔心，本宮自有分寸。」趙瑾實在害怕老一輩這突如其來的「關懷」，她隨口搪塞了過去。

第十四章　出手相救

兩人切入了正題。

徐牧洲說道：「硯兒前些日子歸家時詢問在下，能不能將您請去宮中為聖上診治。」

自己的父親認識一名神醫——這是徐太醫自幼以來的認知，包括他如今會的一切，大部分都來自於那名神秘人。

只是這麼多年來，父親守口如瓶，神秘人又從未出現過，著實讓徐太醫好奇了許久。

「硯兒並未具體提及聖上的身體狀況，只道讓在下聯繫您入宮。」徐牧洲道。

即便是聖上，肯定也不曾想過，他要找的世外高人竟然一直在自己身邊。可以說，徐太醫入宮，是趙瑾在背後一手促成的結果。

不論是身分或經驗，她都不便直接替聖上看診，送一個間接由自己培養出來的醫者入宮，也算是曲折迂迴了。

「本宮明白了。」趙瑾點頭。「若是徐太醫再問起，便說本宮年後進宮。」

徐牧洲又道：「硯兒一直問在下您的身分……」

趙瑾搖頭道：「徐老，不合適。」

一個受寵且招搖的公主，與一個手裡握著不知多少東西的公主比起來，前者有恃無恐，後者易惹禍端。

「還望徐老繼續保密。」

起碼現在還不到能揭開謎底的時候。

身為公主，趙瑾知道她的母后與兄長將能給的榮華富貴都給了她，只是生在這樣一個朝代，只有一個公主的頭銜，實在不能讓人心安。

這條命好不容易才撿回來，螻蟻尚且偷生，她總要為自己防患於未然。

趙瑾離開院長室時，還能聽見周圍傳來的讀書聲，只不過，她留下守在門口的小丫頭不知何時躲在塗著紅漆的柱子後面，神色慌張。

「紫韻，妳躲在那兒做什麼？」趙瑾開口問道。

結果小丫頭伸手一把將她拉了過去，壓低聲音道：「小姐，奴婢方才看見有幾個穿著白袍的人抬著一具屍體進來，扛到一個房間裡去了，他們的表情甚是古怪。」

說到這裡，紫韻又將趙瑾的手拽緊了些。「小姐，這裡肯定有問題，咱們快離開吧。」

小姑娘的神情看起來格外凝重，似乎生怕慢個兩步，自己和趙瑾便會成為方才被抬著的屍體之一。

大概是因為小姑娘看起來有點可愛，趙瑾沒忍住笑出聲了。

紫韻驚恐道：「小姐，您怎麼還笑得出來？」

這間所謂的醫學院處處透著詭異，紫韻可是看見了，在此處學醫的人，男男女女都有。按照她的認知，這世間行醫者多是男子，女子行醫，得揹負多少異樣的眼光？

趙瑾不打算為難小姑娘，她解釋道：「方才妳看見的屍體，是學院向衙門要來的死囚屍體，或是無人認領且死因無疑的屍體，供學院的學子用來學習與探索人體的。」

這個朝代並無「捐贈大體」一說，趙瑾剛開始提出這個構想時，自然沒幾個人願意，反對的聲音占了大部分，只是萬事起頭難，持續努力下去，未必沒有結果。

「小姐，這樣和仵作又有何區別呢？」紫韻實在想像不出來，從這樣寬敞明亮的學院中出來的學子，竟然還要去解剖屍體。

「這種事無高低貴賤之分。」趙瑾輕聲道：「妳想想看，行醫者若是連人體都不摸索清楚，妳的肝在右邊，卻被誤以為在左邊，這會導致什麼結果，妳知道嗎？」

紫韻的神色瞬間迷茫，卻明白趙瑾說的話是對的。

兩人正聊著，又有幾個穿著白袍的人走了過來，往方才搬運屍體的方向前進，他們臉上帶著莫名的興奮，嘴裡唸叨著。

「終於又有新的屍體了！」

「就是啊，這次可是等了一段時間。」

「小姐，您看他們，這都著魔了！」紫韻的聲音聽起來像是要哭了。

趙瑾不禁沈默。如果紫韻在她原本的世界待過，就會明白，這群人不是著魔，而是面對大體老師時的激動。

走出了京師醫學院，回到醫館，裡面正熱鬧著，有位穿金戴銀的孕婦在婢女的攙扶下走了進來，她面露痛苦，另一個婢女忙走到掌櫃跟前，大聲道：「大夫呢？我家夫人羊水破了！」

這婦人的肚子比尋常孕婦還大一些，掌櫃的一看，眼皮子猛然一跳。「敢問夫人懷的可是雙胞胎？」

「正是，快來人給我家夫人接生啊！」

掌櫃的趕緊打發學徒去請人，他則陪著婢女將那名婦人攙扶進醫館一個空房間內。看熱鬧的人群被指揮著空出一條路，趙瑾也跟著停住腳步，紫韻不說話，順著自家公主的目光望了過去。

醫館內因為這位婦人的到來而有些騷動，原本正在學院內授課的醫師走了出來——是位女醫師。

從京師醫學院出來的大夫一律稱為「醫師」，這是趙瑾特地做出來的區別。雖說「醫師眼裡無性別」，可在這種時空背景下，男性醫師為女子診治時仍有諸多限制，為此他們特地培養出女性醫師，否則很多事都不方便。

掌櫃從房間走了出來，上前道：「谷醫師，您快去看看那位夫人，她應當是在外行走時不慎破了羊水，聽說腹中孩兒未足八個月，是雙胞胎，您快給她接生。」
谷醫師便是這醫學院中的婦科權威，京城多數女子生病時都找她。谷醫師曾是位穩婆，後來被徐牧洲請來京師醫學院，訓練多年後才成為醫師。
醫學院的女子忙碌了起來，婦人的叫聲不斷，聲音聽起來卻有點乏力。
別說其他懂醫的人了，就連紫韻在外頭聽著都覺得揪心。「小姐，我們……」要走嗎？
這個時候，婦人的家眷趕到，是她的丈夫與婆婆，還有其他隨從。從穿著打扮上看來，這家人絕對非富即貴。
「月聆！」那男人朝著房間大吼了一聲便要衝進去，被醫學院的人攔下。
男人的母親也同樣攔著他，她對旁邊明顯資歷最深的徐牧洲道：「徐院長，我兒不進去，我安排的穩婆總能進去吧？裡面躺著的可是我兒媳與孫兒！」
徐牧洲的目光往老夫人身後看了眼，不知在看什麼。「老夫人，谷醫師從前也是京城有名的穩婆，您可放心。」
即便徐牧洲這麼說，老夫人依舊堅持讓自己帶的穩婆進去。
過了半晌，徐牧洲道：「老夫人可送自己的人進去，只是若您的人接手，那麼不管產婦出任何事，皆與京師醫學院任何人無關，您可清楚？」
徐牧洲這急著撇清關係的模樣讓老夫人臉色一變，但兒媳從房間傳出來的聲音越發虛弱，她來不及多想，將自己的人送了進去。

沒多久，谷醫師黑著一張臉出來。

徐牧洲上前小聲詢問情況，谷明雪顧及家眷在場，只輕輕搖了搖頭，低聲道：「難。」

只是她沒想到，這麼小聲的一個字，還是被一旁的男人聽見了，他猛然轉過身來。「大夫，您說什麼？我夫人的情況到底如何？」

谷明雪被嚇了一跳，但還是照實說道：「夫人早產，又受到驚嚇，且胎位似乎不正，此番生產，凶險難料。」

男人還未回話，他的母親便迅速走上前，一副凶神惡煞的模樣道：「妳這大夫胡說八道什麼呢！我兒媳還在裡面生孩子，少給我說些晦氣的話！」

徐牧洲將谷醫師拉到自己身後護著。「老夫人冷靜。」

男人也勸自己的母親不要激動。

整個過程中，身為路人的趙瑾主僕兩人站在忙碌的人群中，無人注意。

像是印證谷醫師的話般，一個時辰過去了，婦人的嗓音從嚎叫到哀號再到低叫，剛開始有些盛氣凌人的老夫人手中的帕子都快被揪爛了。

女人生產向來是一道鬼門關，幾個時辰生不出來也是常事，然而這時候，他們心裡真的沒底了。

趙瑾看見了不知何時走到自己身邊的徐牧洲。

「紫韻，我想吃城西的栗子酥，妳去給我買一份回來。」趙瑾突然道。

紫韻愣了一下。雖不明白這種場面下自家公主怎麼還有心情想吃的，但她仍舊二話不說去買了。

城西那家店遠著呢，要是再慢一點，栗子酥說不定都賣光了。

紫韻不知道，她離開之後片刻，她的主子便跟著徐牧洲去了一處偏僻角落。

「殿下願意出手救人嗎？」徐牧洲問。

房內的婦人凶多吉少，這是他們的共識，從她的聲音便能判斷出她生得有多艱難，再這樣下去，母子皆難安。

沒等到趙瑾回答，房門突然被打開，兩個穩婆滿手鮮血、慌慌張張地跑了出來，其中一個喊道：「老夫人、老夫人……孩子生不出來，夫人出了好多血……」

那老夫人一看見穩婆手上的血，立刻就倒下了。

「母親！」男人扶起母親，卻又掛念妻子。「月聆！」

他轉頭看向谷醫師的方向道：「大夫，求您救救我的妻兒！」

谷明雪自然是不忍，她正要進去時，身邊突然走過一道身影，來人蒙住了臉與腦袋，只露出一雙眼睛，身上套著白色長袍，看得出是名女子。

「谷醫師，隨我進來。」那人說道。

谷明雪下意識地看向徐牧洲，徐牧洲道：「谷醫師，妳給玄明醫師打下手。」

玄明。

谷醫師不禁愣住了。

他們這間醫館就叫玄明。她早知道，玄明醫館與京師醫學院背後，還有一位從未露面的神醫。

所以……她就是那位神醫?!

門再度合上後，生與死的那道坎，以及人世間的悲歡離合，暫且都隔絕在外，裡面的人，正在與死神賽跑。

趙瑾一瞧見那差不多快昏過去、明顯出了許多血的婦人，便快速走上前檢查起她的脈搏和體溫。

說起來，這還要感謝她那個多年不孕的便宜大哥，秉持著現在靠大哥、以後靠姪子的念頭，趙瑾在為聖上哥哥調理身體方面著實下了一番苦心，研究著、研究著，將自己研究成了半個婦產科專家……說不定還是男科專家。

趙瑾原本認定婦人懷的是雙胞胎，稍微努力一下還有機會順產，然而這鮮紅的血液以及婦人臉上的表情都在告訴她——太危險了。

她的雙手輕輕覆在婦人肚皮上，不信邪地重新把一次脈，片刻後轉頭對谷醫師道：「做好準備，可能不只雙胞胎。」

谷明雪一臉震驚。不只兩個？一個都不一定能生出來，三個……

趙瑾在這時候對著尚有意識的婦人輕聲道：「夫人，能聽見我說話嗎？妳放心，我會盡全力救妳，放鬆，妳會沒事的，但等一下妳可能會暫時失去意識，醒來後就能看見妳的孩子們了。」

奚月聆艱難地點了點頭。她何嘗不知道今日凶多吉少？

張了張口，奚月聆正欲說點什麼，結果眼前的人沒給她這個機會，只見趙瑾面無表情道：「不論等會兒出了什麼事，我都會先救妳，其次才是妳的孩子。」

奚月聆愣住了，這時候，趙瑾已經將一條熱毛巾覆蓋在她口鼻處，溫熱的觸感讓人第一時間放鬆了警戒，片刻後她便意識模糊，直至昏迷。

趙瑾轉過身去，身後的谷醫師以及其他女醫師看著她的舉動愣神。

「把刀給我。」

趙瑾口中的刀，自然不是尋常的刀。她在外面訂製了兩套刀具，一套放在她的寢殿內，另一套則一直都放在京師醫學院。

一名女醫師將各種形狀古怪的器具呈上後，忍不住抬眸看了趙瑾一眼，不只是她，所有人都看著趙瑾，想知道她意圖為何。

「徐老曾讓妳們剖開過屍體嗎？」趙瑾忽然問道。

她的問題令人猝不及防，除了谷醫師，其他人都搖起頭來。

不合格的環境、不專門的工具以及不專業的助手，若是從前，趙瑾絕對不會在這種情況下動手術，只是如今沒得選，若任由這婦人自然產，有八成的機率一屍四命。

谷明雪似乎察覺到了什麼，她開口問道：「您要做什麼？」

這樣年輕的嗓音，真是她猜測的那個人嗎？

「剖腹。」

這兩個字一出口，立刻有人驚道：「這如何使得？腹部被剖開，人還能活嗎？」

趙瑾沒時間對她們解釋，只道：「聽我吩咐行事。」

在身穿白袍的趙瑾進去房間之後不久，裡面便再無聲響。

哪怕是再鎮定自若的人也不免提心弔膽起來，原本受到嚴重打擊而暈過去的老夫人不知何時醒了過來，她轉頭張望了一下，周圍卻不見她安排的兩個穩婆。

見眾人安安靜靜的不吭聲，又見那扇房門緊閉，老夫人以為兒媳與孫兒皆出了意外，一時之間號哭起來。

「母親，先冷靜，大夫還在裡面沒出來呢。」男人連忙安慰她。「月聆會沒事的，徐院長說裡面的人是玄明醫師。」

玄明醫師名氣不大，但玄明醫館的名聲卻在，所有人都默認徐牧洲便是醫館中資歷與能耐最高之人，少有人想過背後竟還有一個玄明。

即便自己的兒子這麼說，老夫人依舊滿臉絕望道：「哪有女人生子毫無動靜的，這裡面究竟如何了？」

徐牧洲走上前來道：「老夫人且放寬心。」

只是這句話的作用並不大，老夫人三番兩次想進去看，都被醫館的人攔了回來。

「我就是進去看看我兒媳如何，絕不打擾。」說著，她再次上前。

只不過，任憑老夫人說什麼，醫館的人都沒讓她進入房間。

這家人明顯是富貴人家，那男人看起來也像是當官的，他的母親見醫館的人油鹽不進，便想搬出自己兒子的身分施壓，只為進去察看兒媳的生產狀況。

「我兒乃是……」

她話還沒說出口，就被男人給制止了。「母親，不要打擾大夫救人，月聆還在裡面，您不是大夫，進去又能做什麼？」

話雖如此，他的臉色看起來反而比老夫人的還要蒼白幾分。

一群人在房間裡面不知道關了多久，兩、三個時辰就這麼過去了，醫館有不少人不肯離去，還有人雙掌合十幫忙祈禱的。

這段期間，原本被打發去買栗子酥的紫韻都回來了，誰知到處找不到自家公主，正要找人詢問時，被徐牧洲攔下，說趙瑾有事先行離去，讓她在醫館等候。

紫韻半信半疑，奈何房內婦人的狀況實在是令人揪心，外面的家眷與醫館的人各種對峙又讓人八卦心高漲，她就站在那裡跟著等，手裡揣著給趙瑾買的栗子酥。

在場等候的眾人不知，徐牧洲卻曉得裡面正在進行什麼事，若今日能成，那當初趙瑾對他所說的「剖腹產子」將成為事實，那些因難產而一屍兩命、甚至一屍數命的慘劇將大大減少。

徐牧洲的表情越是沈著，心中的悸動就越按捺不住，此時此刻，房內安靜，反而是好事。

就在所有人都要沈不住氣時，一聲嬰啼打破了這壓抑的氛圍。

大夥兒喜出望外。

「生了、生了！」

「恭喜啊！」

「總算是生了！」

傳出第一聲啼哭後，房門仍久久未開，大家滿是喜悅的歡呼很快又低了下去。過了約莫半炷香的時間，裡面才傳出另一道稍微虛弱的啼哭聲，外面的人終於又笑了。

那對母子像是忽然回魂般，臉上終於有了其他表情。

他們等啊等，等了許久都只聽見嬰孩一聲接一聲的啼哭，卻遲遲未見孩子被抱出來，也不見房門被打開。

「怎麼還不開門？」老夫人問道。

第十五章 急搶聖旨

徐牧洲應付起他們已是得心應手，他道：「老夫人莫急，這麼久都等了，還差一時半刻嗎？」

嬰孩的啼哭聲讓人安心，老夫人點點頭，自言自語道：「不急不急，不差這會兒、不差這會兒。」

只是此時，徐牧洲從嬰孩的啼哭聲中聽出了些門道，他猛然一頓，神色訝異了些。

身旁的男人一直在觀察他的神色，他忙問道：「徐院長，可是我妻兒有什麼問題？」

徐牧洲搖頭道：「沒有，只是……似有三道嬰孩啼哭聲。」

「三道？」男人一臉疑惑，他問：「不是雙胞胎嗎，怎又多了一個？那月聆她……」

話未說完，門已被推開，谷醫師領著幾個端著血水盆的姑娘走出來，無人抱著孩子。她身上也沾染了不少血跡，但疲憊的神色中帶著幾分喜意。

谷明雪道：「恭喜，兩兒一女，四人均安。」

天上砸餡餅般，一胎得了三個兒女，且都平安。

男人與其母想進去探望，被谷明雪攔住。「夫人還未醒來，需要休息，孩子們早產，此時需要好好看護，只能一人進去，勿出聲打擾夫人。」

只能一人進去，家眷難免有些意見，只是這裡是醫館，並非他們的府邸，既然人已經從鬼門關被救回來，他們倒也不再堅持。

老夫人自然想進去，只是她意識到自己的兒子才是一家之主、孩子的父親，於是主動退讓。「我去讓人準備些吃食給月聆，她受罪了，要好好補補。」

谷明雪立刻道：「夫人今日最好只吃流食，煮些米湯送來最好。」

老夫人想說些什麼，又聽谷明雪繼續道：「老夫人可讓人收拾些換洗衣物過來，夫人與孩子皆須在醫館待七日後才可離開。」

「為何要留七日之久？」

「孩子由玄明醫館接生，我們必須保證夫人與孩子毫無問題才能放心。」

提到「玄明」兩字，男人這才注意到關鍵人物不在。「玄明醫師呢？」

「神醫已經離開。」谷明雪道。

另一頭，等候許久的紫韻很想看看傳說中的三胞胎是何模樣，這時候卻有人拍了一下她的背。「走了。」

「小姐！」紫韻轉頭一看。「您去哪兒了？」

趙瑾噓了一聲，說道：「別問。」

紫韻不禁嘀咕道：「栗子酥都涼了。」

趙瑾接過紫韻手上的栗子酥，隨口回了一句。「沒事，我喜歡涼的。」

「小姐，聽聞那婦人生了三胞胎……」

「知道了，每個都是兩隻眼睛、兩隻耳朵、一個鼻子……」

「小姐，您身上怎麼有股奇怪的味道？藥味？」

「嗯……剛去試了一下新熏香。」

出宮的五日當中的第二日夜裡，華爍公主筋疲力盡地往床上一躺，這一躺就躺到第三日夕陽西下，紫韻一度怕她睡死或餓死在床上。

華爍公主的相親對象們前來求見時，紫韻一律用「殿下身體不適」搪塞過去。

前世猝死的教訓實在太刻骨銘心，趙瑾如今相當珍愛自己的小命，能休息的話絕不客氣。

第四日，宮中來人詢問公主的身體狀況，並且讓她決定駙馬，宮人甚至非常巧妙地轉述了聖上的意思——駙馬可先定下，若不喜，其他世家公子可做公主入幕之賓。

入幕之賓。養面首說得這麼委婉，令趙瑾嘆為觀止，心想職場黑話算是被這群宦官玩得明明白白。看來三妻四妾確實非男子專享，有權有勢就能為所欲為。

「公主殿下可是還未想好？」傳話的太監道：「奴才可明日再來。」

雖然還有一天期限，趙瑾卻道：「本宮選好了。」

她在紙上寫下一個名字塞入信封，遞給那名太監道：「請公公轉告皇兄，讓他吩咐禮部早日準備好，本宮下個月就要成親。」

送走太監之後，紫韻問道：「殿下，您何時挑好了駙馬？」

怎麼一點預兆都沒有呢……紫韻有種說不出的惆悵。自己陪伴著長大的公主，就這樣一聲不響地挑好了駙馬，而她身為貼身侍女，竟然全程都沒看出公主屬意的人選是誰。

是文武雙全的高大人？或是科舉出身的莊大人？抑或是頗通音律的薛公子？還是生得最為出眾的唐二公子？

趙瑾同樣十分惆悵地回道：「紫韻，明日就要回宮了，我還真有幾分不捨。」

見她不正面回答問題，紫韻有些無奈地說：「殿下，下個月成親之後，您想回宮可沒那麼容易了。」

趙瑾心道：哦，這皇宮，誰愛回誰回吧。

紫韻身為一名宮女，興許察覺不到，這偌大的皇宮，隨著趙瑾年紀增長、太后與聖上日漸衰老，開始浮現越來越多矛盾。

不管是為謀求一條生路還是為了榮華富貴，總會有人冒出水面，那不是趙瑾應該摻和的事。與她如今的身分無關，而是她來自遙遠的時空，既未胸懷大志，便該明哲保身。

回給聖上的書信用不了幾個時辰的時間就能到達御書房，既然華爍公主急著成親，賜婚的聖旨想必很快就會下來。

然而，沒等到賜婚的聖旨下來，趙瑾也還在公主府享受著最後一晚的安寧時，外面關於駙馬的傳聞卻是傳得沸沸揚揚了。

入夜後，四下靜謐，華爍公主正在自己的浴間內沐浴。

重活一世，生在皇室勛貴之家，趙瑾算是驕奢淫逸許久，但在保留個人空間這點上，她始終有自己的堅持。沐浴這種事，自然是親力親為的好，哪怕紫韻再貼心，趙瑾也沒讓她在裡面伺候。

公主府的侍衛不算多，一來趙瑾尚未真正入住，二來巡邏的侍衛一般會先讓趙瑾過目，畢竟她是給錢的老闆，不過她還沒時間做這件事，這些人都是聖上先撥下來的。

然而，這並不意味著她這公主府是無人之境，當意識到浴間的門被打開時，趙瑾沒有多想，這種時候有可能進來的，就只有紫韻一人。

她碰巧洗完，便隨口說了一句。「紫韻，將我的衣服遞過來。」

空氣中一片沈寂，片刻後，趙瑾感覺身後似乎有人靠近，遞上了衣物。趙瑾看也不看便將衣物抓過來，鬆垮垮地套在身上。

剛剛沐浴完，趙瑾身上水氣未消，方才她不慎將髮梢打濕，便吩咐道：「紫韻，過來給我擦一下頭髮。」

沒多久，她的頭髮被人提起，小心翼翼地擦拭著，但依舊無人開口。

到了這時，趙瑾終於察覺到不對勁，她緩緩轉過頭，映入眼簾的是一張格外英俊的臉龐，除此之外，這張臉的主人雙目緊閉、耳根微紅——還知道非禮勿視。

趙瑾低頭看了自己一眼，雖然穿得不太行，但該遮的都遮了，就是不知剛才未穿衣裳前，這人都瞧見了什麼。

「誰讓你進來的？」趙瑾冷聲道：「滾出去。」

唐韞修沒動。前幾次見面都相當浪蕩的公子哥兒，此刻卻有幾分說不清、道不明的青澀，對於趙瑾來說，年僅十八的唐韞修確實是個弟弟。

「草民此時出去，殿下的名聲便說不清楚了。」唐韞修道。

趙瑾嗤笑一聲，說道：「唐二公子難道覺得本宮在意這個名聲？既是深夜來訪，還闖入本宮的浴間，唐二公子若不說清楚，本宮就只能報官了。」

這可不是什麼恐嚇，趙瑾說到做到。

「殿下，」面前的男人垂眸，輕聲道：「草民只是有話想問殿下，聽說殿下已經選好駙馬，草民只能過來做最後的努力。」

趙瑾道：「你倒是積極。」

「聽聞賜婚的聖旨已經在路上，外面眾說紛紜，殿下難道不知？」

趙瑾疑惑道：「賜婚的聖旨？」

有個離譜的猜想浮現在趙瑾心頭，她下意識問了句。「聖旨往哪一家去了？」

「殿下親自挑選的駙馬，自己也不知聖旨往哪家去了？」

趙瑾想過有人會在選駙馬這件事情上動手腳，但她千算萬算，就是沒算到這一齣。她塞給太監的那個信封內，寫的並非是駙馬的名字，而是她自己的。在這種情況下，聖旨居然還下來了，不知是哪個環節出了問題，也不知是哪方人換了她的信。

只要聖旨一下，不管趙瑾原本屬意的駙馬是誰都不再有意義，君無戲言，一旦當眾宣旨，便再無更改的可能。

趙瑾可以容忍封建王朝對公主的束縛，畢竟她自出生起便因此受到各種禮遇、過著養尊處優的生活，但她絕不允許自己被當成傻子利用。

拋開公主這個頭銜，她是個活生生的人，雖然改變不了世界，可她起碼得將她的命運掌握在手裡。

急火攻心不過數秒而已，趙瑾很快便冷靜下來，道：「現下已入夜，皇兄怎還會頒聖旨？」

「殿下不信草民說的話嗎？」

眼前這張臉十分能獲取他人信任，即便趙瑾再理智，也很難對這張臉生出太大的懷疑。說句實話，如果非要找一個睡在同一張床上的男人，她情願找皮囊夠好看的。

趙瑾垂眸道：「唐韞修，你就這麼想當這個駙馬？」

唐韞修輕笑了一聲。「殿下，草民若是不想，那麼您這時候見到的人又是誰呢？」

人生不如意事十之八九，每個人隨時隨地都可能落下遺憾，不過唐韞修偏偏活在當下。

當初驚鴻一瞥，他便知道若是錯過，此生再也不會遇上這樣一個人了。

「若是想當駙馬，那你便自己想辦法將聖旨攔下來。」趙瑾說。

既然口口聲聲想成為她的另一半，那總得做出相應的努力，不是嗎？

「殿下的意思是，」唐韞修俯下身，稍微湊近了趙瑾的耳畔，他低聲問：「只要草民將聖旨攔下來，您的駙馬就是草民？」

「唐韞修，就算本宮現在答應了，若是之後反悔，你又能如何？」趙瑾問。

只見唐韞修笑了，說道：「殿下反悔，草民自然不能如何。夜深風大，殿下的衣裳還是穿好些，免得寒氣入體。」

留下這麼幾句話後，不過一個眨眼的工夫，唐二公子便又消失在趙瑾面前。

就在此時，紫韻匆匆地跑進來說：「殿下，奴婢聽聞聖上往高大人家傳下賜婚聖旨了，您選了高大人當駙馬嗎？」

「選什麼選，家都要被人偷了。」趙瑾說了一句讓紫韻聽不懂的話之後，又道：「準備一下，我們回宮。」

華爍公主難得的出宮之旅提前結束，回到宮中時已經是深夜，聖上都快歇下了，卻突然有宮人傳話——華爍公主求見。

今夜侍寢的是去年才入宮的白美人白梅香，生得花容月貌、我見猶憐，與趙瑾同齡，不過二十歲。

聖上的外貌如今雖滄桑了些，但保養得還算不錯，可即便如此，他們兩人無論如何都不像同輩。

「聖上，」白梅香嬌滴滴的聲音流露出幾分哀怨。「公主殿下怎麼這個時候求見？」眾所周知，聖上對這個妹妹有多寵愛，即便是這個時間，聖上也二話不說地從殿內出來。

當趙瑾走到聖上面前時，她對站在他身邊的白美人視若無睹。「臣妹見過皇兄。」

趙臻道：「妳這丫頭，大半夜的進宮做什麼？今日才定下駙馬，晚上妳就來折騰朕了？」

只見趙瑾垂眸道：「皇兄，白日臣妹送入宮中的信中只寫了自己的名字，可是皇兄卻能賜婚，臣妹便只能連夜回宮將事情說清楚了。」

「什麼？」趙臻不禁愣了片刻。「妳只寫了自己的名字？」

認真追究起來，這是件大事，不管信是被掉包或被人偷偷添了字上去，都意味著有人能在聖上身邊下手。

聖上無心再寵幸妃嬪，召了趙瑾去御書房。

說起來，即便是為公主賜婚，原本也不用那麼著急，但這頭趙瑾說下個月成婚，那頭欽天監便算好了良辰吉日，就在下月初十。

今日已是十六，還剩不到一個月的時間能籌辦婚禮。若是旁人就算了，皇室人口稀少，趙瑾又是聖上唯一的同胞妹妹，她的婚禮怎能寒磣？

欽天監白日來了一趟，禮部官員也入宮找聖上商討婚禮細節，從聖上這兒離開後，他們轉頭又去了太后的仁壽宮，可以說是所有人都跟著動起來了。

婚禮不是一朝一夕能操辦起來的，不過按照這件事推進的速度，婚禮前一天再定下駙馬都行。

「給朕說清楚，這究竟是怎麼一回事！」趙臻皺著眉，盯著面前那不讓人省心的妹妹，面無表情道。

趙瑾自然省略了唐韞修夜闖公主府的事，一五一十地說明了情況。

沒多久，白天去找趙瑾的太監便被聖上傳召，然而還沒等到人，李公公便神色慌張地跑了進來。「聖上，那小成子上吊自戕了！」

死了？

趙瑾臉色白了些。那公公的模樣還歷歷在目，結果現在就成了一具屍體，還是「畏罪自殺」的屍體。

這個時間，趕著去頒發聖旨的公公回來覆命，聖上還沒來得及開口，便見那公公直接跪下。「聖上，奴才頒發聖旨的途中，永平侯府的二公子突然衝出來搶走奴才手中的聖旨，此人膽大包天，聖上定要嚴懲啊！」

聖旨被搶了？

趙臻尚未反應過來，又有宮人進來通傳。「稟聖上，唐二公子求見。」

聖上一愣。搶了聖旨還敢進宮？

「讓他進來。」一道女聲冷靜地說道。

聖上又是一愣，轉頭看向他的妹妹。

反了天了，這皇宮究竟是誰作主？

很快的，手中握著聖旨的唐二公子走了進來，面上平靜無波，讓人看不出他內心有何想法。

搶奪聖旨，那可是掉腦袋的罪！

這不是聖上第一次見這位永平侯嫡次子，上回瞧見他時，是永平侯世子出征那日，聖上親自將人送出城門。唐家這位二公子，彼時是個半大的少年郎，與兄長相擁後互相告別。

雖說隨著時間過去，唐韞修的模樣有些不同了，可聖上記得兩兄弟都生了一張不錯的臉，這也是他一開始定下唐韞修為駙馬的原因之一。

誰也沒想到，兜兜轉轉會是這樣一個局面。一場駙馬選秀，最後竟然鬧出了人命。

「草民唐韞修，參見聖上。」唐韞修老實地跪下行禮。

若不是此刻他手中還握著聖旨，聖上都差點信了這就是個溫潤如玉的翩翩公子。然而，尋常公子敢搶聖旨嗎？

「皇兄，這聖旨是臣妹讓他搶的，您要治罪就先治臣妹吧。」趙瑾突然開口。

趙臻先是一頓，才道：「等等，妳是什麼時候讓他搶的？」

趙瑾無語。這重點是怎麼抓的啊？

聖上似乎受到什麼衝擊，半天沒說話，也沒讓唐韞修起來。

「你們兩個……」趙臻看起來像是忍了許久。「將事情給朕都說清楚！」

這不是三言兩語能說清楚的事，中間要省略的細節又豈止一點點？

眼下先是公主的信被動手腳，其次是送信的太監死得不明不白，再是永平侯嫡次子搶聖旨又拿著聖旨入宮，簡直是剪不斷、理還亂。

當然，趙瑾要做的並非是說清整件事情的來龍去脈，而是讓自己置身事外，但她這個算盤注定是落空了。

都有能耐教唆別人搶聖旨了，聖上能忽略她？

第十六章　各懷心思

「妳要哪個人當駙馬就不能直接告訴朕一聲嗎，弄個信做什麼？」趙臻多少有點恨鐵不成鋼。一件單純的事，居然在步驟上讓趙瑾複雜化了。

趙臻冷哼一聲道：「故弄玄虛！」

其實這倒不能怪趙瑾，她著實沒想到，有人居然想對她這個廢柴公主的婚事動手腳。此事牽扯了人命，雖說在聖上眼中，區區一個太監的命根本不值錢，但千不該、萬不該的是，他們無視皇威。

這跟當著聖上的面給他下馬威有何區別？聖上當即下令徹查。

唐韞修搶來的聖旨放回到聖上案前，上面寫著的駙馬人選是高祺越。按道理來說，現在嫌疑最大的，理所應當是高家。

只是現實的問題出來了，如果是高家做的，圖的是什麼？只要查出真相，被治罪的一定是他們。

欺君之罪，誰擔得起？在挑戰皇威這一點上，聖上不可能手下留情。

命案一時半刻查不清楚，那麼焦點就回到趙瑾身上。

趙臻說道：「瑾兒，朕再給妳一次機會，妳屬意的駙馬是誰？」

此刻御書房中，除了聖上、趙瑾跟唐韞修，就剩下一個李公公，李公公悶不吭聲，而唐韞修的目光也看向趙瑾。

這一刻，趙瑾意識到便宜大哥的耐心即將告罄，今夜若沒把握好機會，之後駙馬是誰，就由不得她作主了。

趙瑾垂下眸子，雙手作揖。「回皇兄，臣妹願與唐二公子共結連理。」

此刻，唐韞修心中大石落地，而聖上則是心頭一塞。

他就知道，唐家這兩兄弟的臉就是雙面刃，唐家老大成親後就拐著新婦去邊疆，原本嬌滴滴的一個千金大小姐，聽說現在都能握刀殺敵了；至於這個小的，才幾日啊，便將武朝的嫡長公主也拐走了。

趙瑾見便宜大哥的臉色不太好，還十分貼心地問道：「皇兄，您怎麼了？可要喚太醫？」

誰知趙臻不領情，道：「喚什麼太醫？就算要喚太醫，也是被妳氣的！」

趙瑾沈默。瞧這中氣十足的，她放心了。

從徐老那兒聽來的消息實在太讓人擔憂，趙瑾生怕自己一個不留神，便宜大哥的小命就沒了，到時候她孤苦伶仃的，誰都能上前來踩一腳，這種未來絕不是趙瑾所樂見的。

「瑾兒，確定是他了？」

誰都能聽出聖上語氣裡的嫌棄，還是當著正主的面。

趙瑾沒回答，唐韞修卻道：「聖上儘管放心，韞修一定照顧好公主。」

瞧瞧，膽子都肥了！

聖上一瞧見他，就想到這臭小子給臉不要臉，先拒絕賜婚，之後又眼巴巴地貼上來，怎麼看都不像是靠得住的。

「照顧什麼？朕給她修建的公主府多大你沒看見？她用得著你照顧嗎！」

聖上心道，晦氣。

趙瑾則是想，原來您也知道駙馬就是個裝飾品？

公主這個身分，除了不適合接觸朝堂，幾乎是要風得風、要雨得雨，駙馬就如同雞肋，食之無味，棄之可惜。

顯而易見，唐韞修這個板上釘釘的駙馬不受聖上待見，似乎一看見他，就意味著親眼看著長大的妹妹從此要離開皇宮，也遠離了聖上。

皇家親緣淡薄，唯有母后生下的這一個妹妹，與其他皇室子弟截然不同。

聖上說不清自己是什麼心情，只能說自己曾想定下的駙馬，現在越看越不像樣。

眼下夜已深，外男不可留宿於宮中，哪怕是未來的駙馬，於是趙瑾提出要送唐韞修到宮門。

趙臻又擰起了眉，道：「皇宮裡沒人了是吧，堂堂一個公主，用得著親自將人送出去？」

聞言，趙瑾心裡呵呵笑了兩聲，面上卻露出了羞澀的神態。「皇兄，臣妹送自己的未婚夫出去，合情合理。」

聖上吹鬍子瞪眼，而唐韞修則被這突如其來的「未婚夫」三個字給沖昏了腦袋，久久沒反應過來，只是沈默地跟在趙瑾身後，落後半步的距離跟著走。

趙瑾沒留意到這點，她方才去看了「畏罪自殺」的那個太監一眼，心情很沈重。

她其實對那個公公有印象，不但年輕，為人也算機靈，再過幾年說不定能混得不錯，只可惜在這個時代，不是什麼人都能用上「殺人償命」這四個字的。

趙瑾從未揹負過人命，這還是第一次。

那個太監是不是畏罪自殺，答案很明顯，她不是傻子，聖上同樣不是。他，是因她而遇害。

趙瑾意識到，今日「畏罪自戕」的可以是個太監，明天也可以是她趙瑾，公主這個身分，既是殊榮，也是束縛，手中的權勢，也許遠遠不夠讓她自保。

兩個人安靜地走在皇宮大道上，彼此都沒開口說話，各懷心事，只是頻道差得有些遠。

趙瑾心想：這個世界好危險。

唐韞修心道：她叫我未婚夫耶！

趙瑾將人送到皇宮大門時，還沒開口道別，手就突然被握住了。

「殿下。」這一聲喚得有幾分繾綣。

趙瑾心中並無旖旎，但被這樣一雙深情的眼眸盯著，她不由得多分出了一些注意力。

「殿下今晚的選擇，是什麼時候決定的？」

趙瑾的目光落在自己被抓著的手腕上，道：「很重要嗎？」

「對我來說，很重要。」唐韞修如是說。

在華爍公主面前自稱「我」有那麼點僭越的意思，不過兩人即將成為夫妻，這點改變也不算冒犯。

趙瑾不知該怎麼說。在她看來，選駙馬就像在面試合作夥伴一樣，只能說，唐韞修從幾位競爭對手中脫穎而出。

身為人資主管，除了客觀條件外，更應考慮應聘者的個人素養，不管唐韞修是真的還是裝的，在某種程度上，他確實符合趙瑾的擇偶標準。

她曾是個非常堅定的不婚族，也許需要愛情，可家庭生活卻會招致不必要的繁瑣。

然而，如今家庭的概念似乎又與她認知的有所不同，趙瑾算是對這個時代做出了妥協。

「唐二公子，夜深了，快些回去。」趙瑾輕聲道，沒回答唐韞修的問題。

道別時，趙瑾心中還算平靜，只是她不知，今夜唐二公子將是輾轉反側。

永平侯府這邊眾人的心情起伏很大，永平侯先是聽聞駙馬定為高家公子，還鬆了一口氣呢，結果中間不知發生了什麼事，第二日一早，宮中來人宣讀聖旨，駙馬竟是他兒子！

整個永平侯府都沒反應過來，還是唐韞修自己先接旨謝恩。

這次出宮宣讀聖旨的人是李公公，他昨晚就見過唐韞修，此刻十分和藹地說：「恭喜唐二公子，永平侯府也該為公子的婚事忙起來了，下月初十可是不遠。」

等到永平侯府終於回過神來時，李公公只留下一句「公子看看有什麼需要搬入公主府的，可提前送過去」，接著便揚長而去。

這齣相當於嫁兒子的戲碼，實在是讓永平侯猝不及防，等李公公離開，他看著唐韞修手中的聖旨陷入沈默。

「駙馬不是定了高家的人嗎？」宋敬宇問。

可惜唐韞修並沒什麼慾望回答這個問題，他說：「謠言止於智者。」

宋敬宇心道，這都什麼玩意兒！

不過，駙馬事件的風波仍未止息，聖上下令徹查，首先就是從宮裡的人下手，最後查到的人也讓人跌破眼鏡——是賢妃高麗云。

身為宮中地位最為穩固的妃子之一，賢妃只要安分守己，此生基本無憂，可她偏偏在這件事上犯了糊塗。

唐韞修還在接旨時，高家人就馬不停蹄地進宮認罪去了。他們千算萬算也沒想到，家族裡竟然出了這樣一個蠢貨，敢在聖旨上做手腳。

趙瑾得知這個消息時，還在仁壽宮裡「享受」著太后她老人家的諄諄教誨，太后自身也是女子，自然明白婚姻大事意味著什麼。

若生下兒子，便希望他能有所長進；若生下女兒，便盼望能護住她一世。

即便如此，顧玉蓮也免不得多些考慮。「瑾兒，成親之後便不能再像從前般任性了，妳貴為公主，雖不用侍奉公婆，但也要懂得和駙馬相處……」

趙瑾大致上處於左耳進、右耳出的狀態。

自古公主出嫁，除卻和親，其他世家當然不敢得罪公主，公婆與公主之間，大多是和氣的。

至於趙瑾，兄長健在，她本人也深得聖寵，不管日後如何，起碼現在她是被別人捧著的角色。

「母后說的，兒臣都已銘記於心。」見話聽得差不多了，趙瑾便適時地哄哄太后。「您就別操心了，兒臣知道該如何做。」

顧玉蓮嘆了一口氣道：「瑾兒如今可是嫌母后囉嗦了？等妳日後當了母親，想必就會明白母后今日的心情。」

眼看話題就要往「催生」的方向走，趙瑾立刻打住。「母后，兒臣去看看皇兄送來的首飾。」

華爍公主這些年以來從不缺聖寵，就連宮中的妃嬪也欣羨不已，先不說身分高低，她們哪有當公主的來得瀟灑呢？

賢妃最後得到的處罰是禁足一個月，位分降為正二品，但這消息卻被封鎖了。

高家在這件事上做得聰明，痛快認錯，賢妃又主動承認是自己一時鬼迷心竅，知道自家姪兒心悅華爍公主，想讓他得償所願，因此才在趙瑾送入宮中的信中動了手腳，事後又讓接觸到信的太監「畏罪自戕」，洗刷自己的嫌疑。

只是她小看了趙瑾在聖上心中的地位，也沒想到聖旨被頒下去後，還能在半路上被人給搶了。

那個搶聖旨的人，也就是唐韞修，如今已是板上釘釘的駙馬。

趙瑾聽聞賢妃得到的懲罰時，沈默了許久。面前是聖上讓李公公送來的賞賜，大概是給她的新婚祝賀，又或者是針對賢妃這件事的補償。

所有人都心知肚明，聖上僅育有兩個公主，賢妃身為其中一位公主的生母，只要不犯下滔天大罪，聖上是不可能重懲的。至於太監小成子那條命，除了趙瑾以外無人在意。

倒是賢妃生下的安華公主趙沁，聽聞母妃被降了位分，便急著入宮要找她父皇說情，然而還沒找上聖上，就被賢妃給攔下了。

這件事已被聖上壓了下來，若是公主再去鬧騰，說不定會引起嚴重的後果。

趙瑾感慨了一下人命有多不值錢，然而她沒太多閒暇傷懷，接下來一個月不到的時間，她極為忙碌，包括喜服、首飾、嫁妝、永平侯府送來的聘禮清單，她都一一過目。

畢竟是自身的東西，自己心裡清楚才好。

永平侯府這段日子不太平，自家二公子要尚公主，給的聘禮自然不能寒磣，何況永平侯府是勳貴人家，若在聘禮一事上算計，未免顯得太小家子氣。

生下兩位嫡公子的唐家千金唐知秋已逝，如今的永平侯夫人邵孟芬是妾室扶正，世子成親時，他的聘禮便是自己經手，且世子妃的聘禮中有一大部分是故永平侯夫人留下的。

當年唐知秋出嫁時，陪嫁的是整個唐家的東西，她是唐家孤女，瞧起來可憐，但也是一塊肥肉。唐家家產本就豐厚，多年累計下來不是個小數目，然而，再無用的男人也不能動妻子的嫁妝。

永平侯扶正妾室，生下了其他嫡子女，可無論怎麼被吹枕邊風，對於原配的東西，他從未鬆口過，也不想落個苛待嫡子的名聲。

如今第二個兒子也即將成婚，原配留下的剩餘家產，自然盡數歸唐韞修所有，再由他交給下一任主人。

唐韞修忙著清點聘禮，永平侯夫人看著空了大半的庫房，牙關咬得死緊。

她的女兒宋巧妍在一旁看著搬出來的各種首飾，饞得眼睛都紅了。「母親，您是主母，這些首飾您保管了這麼多年，現在卻要拱手相讓嗎？」

「閉嘴。」邵孟芬冷聲道：「妳是永平侯府的嫡女，別這麼小家子氣，想要首飾，母親買給妳。」

話雖如此，可邵孟芬心裡也明白，外面買的，與從前宮中娘娘們賞賜下來的，哪裡比得上？

唐韞修自然瞧見了這對母女，只是他難得心情好，不嗆人便不錯了。

這唐二公子向來是永平侯府的瘟神，親爹都照嗆不誤，何況是其他人？

「二公子、二公子……」小廝突然跑了過來，喘著粗氣道：「公主府來人了。」

唐韞修終於從清點聘禮禮單的快樂中抬起頭來。「人在何處？」

「就在門口。」

唐韞修道：「還不快請進來。」

接下來，在華燦公主貼身侍女的帶領下，一眾宮女端著東西魚貫而入。

「唐二公子，這是殿下贈予您的禮品。」紫韻絲毫沒有辱沒大宮女的風範，舉手投足間皆是從皇宮出來的氣勢。

「若唐公子願意穿戴，殿下會很高興的。」紫韻說著，帶來了趙瑾的話。「殿下邀唐二公子明日入宮商討喜服。」

待紫韻以及一眾宮女離開，整個永平侯府都沒反應過來，大概是突然成了皇親國戚，還不太習慣。

原本正沈迷清點聘禮禮單的唐二公子看著陳列在自己房中的東西，轉頭問自己的侍從。

「一個女子送衣物和配飾給男子，說明什麼？」

侍從小心翼翼地看了自己的主子一眼，謹慎地開口道：「意味著心悅此男子。」

唐韞修得到滿意的答案，嘴角微揚道：「你也是這麼想的？」

「是、是的……」

唐韞修露出了「孺子可教也」的神情。

看著華爍公主高調將禮品送入永平侯府的人們，各有各的心思，但這並不影響唐韞修的心情。

永平侯府第三位公子隨父姓，姓宋，名韞澤，只比唐二公子小半歲。

因唐韞修一直未成親，宋韞澤這個做弟弟的也沒成婚，甚至沒定下親事——這當中未必沒有永平侯夫人的原因，她實在是過於挑剔。

在永平侯夫人眼裡，她的兒子必須配勛貴人家的嫡女，不如永平侯府的她看不上，比永平侯府好的又看不上這扶正妾室生下來的嫡子。

宋三公子本人倒是不著急，他房中的丫鬟都長得不錯，只要不在成婚前弄出孩子，沒什麼好顧忌的。

這位宋三公子平日喜好附庸風雅，經常和幾位世家公子聚在一起高談闊論，這日正喝著酒，突然被人用手肘頂了一下。「宋三，快看下面。」

趙瑾這些日子出門的次數算是頻繁，尤其是賜婚的聖旨下來後，她外出的次數越來越多，不說有多大搖大擺，起碼光明正大。

宋韞澤往下看了一眼，只見一個明豔的美人瞬間映入眼簾，唇紅齒白，且穿戴不凡，身上的衣裙遮擋不住曼妙的身形，周圍偷偷看她的人不在少數。

這一瞧，宋韞澤心情忍不住盪漾起來，他饒有興致地問了句。「這是哪家千金，怎麼從未見過？」

問出這句話的時候，宋韞澤還在想這是不是哪家養在後院的庶女，若是庶女的話，娶回來做妾可以；若是嫡女，哪怕家世差些，他也能去求母親提親。

這話一出口，他身旁的人便哈哈大笑起來，說道：「宋三，你怎能不認識她？」

說著，那人勾著宋韞澤的脖子道：「那位，可是你的二嫂啊！」

第十七章　試穿喜服

二嫂，這兩個字猛然落入宋韞澤耳中，他難以置信地盯著樓下的女子。「她、她是華爍公主？」

「沒錯。」旁邊的人給了肯定的答案。「你那二哥也算是有福氣，華爍公主居然看上了他。」

唐二公子的名聲在京城內不算好，不少貴女雖然喜歡他那張臉，卻被他的名聲勸退——目無尊長、不學無術又出入不正當的場所，加上永平侯夫人的「推波助瀾」，讓貴女們紛紛望而卻步，唐韞修也落得個清淨。

京城中向來不缺紈袴子弟，然而即便是紈袴，通常也懂得包裝自己，像是宋韞澤，甚至還被讚為「公子世無雙」。

宋韞澤愣住了，喃喃道：「華爍公主……生得這般模樣？」

身旁那人家中與皇室沾親帶故，聞言又笑了。「宋三，你想什麼呢？也不知是誰亂嚼舌根，說華爍公主相貌平平，太后娘娘年輕時可是名動金甌的美人，公主殿下怎會貌醜？雖說華爍公主的脾氣確實差，但不得不說，她這模樣，從前上書房的伴讀們都不敢多看兩眼，深怕自己陷進去了。」

華爍公主貌美，是不爭的事實。

有些事，沒揭開那層薄紗時，看得並不真切。

這日，宋韞澤在外面喝得醉醺醺才歸家，讓伺候他的小廝一個頭、兩個大。「三公子怎麼喝這麼多啊，若是讓侯爺知道，肯定大怒。」

宋韞澤搖搖晃晃的，被小廝扶著回自己的院子，到了門口時便跌坐在地，迷迷糊糊地靠在圓拱門邊上，小廝一個人還拉不太起來。

房裡的丫鬟聽見動靜，連忙出來上前照料，宋韞澤卻一把抓住那丫鬟的手，瞇著眼睛端詳起她來。「妳叫什麼？」

丫鬟垂眸低聲回道：「回三公子，奴婢名喚靜兒。」

「瑾兒？」宋韞澤忽然笑了聲。

「三公子，奴婢是靜兒。」丫鬟道。

「殿下眼光怎如此差？怎麼就看上唐韞修那個廢物……」宋韞澤酒後胡言，一時忘了自己身在何處，他抓著眼前的女子，腦子裡想的卻是另外一張臉。

駙馬……這身分不算稀罕，卻一堆人上趕著搶；上趕著搶便罷了，他卻連搶的機會都沒有。

「三公子在說什麼？奴婢聽不明白……啊！」

丫鬟話還沒說完就尖叫了起來，但發出聲音的人不只她，還有爛醉如泥的宋韞澤。

宋韞澤像個布袋似的被人一把提起，猛然往牆上撞了過去，「砰」的一聲結結實實，隨後又被扔在地上，他上方的人毫不留情地一腳朝他腹部踹了下去。

「唐韞修，你發什麼瘋！」

宋韞澤才喊出這一句，下一刻臉上就挨了一拳，一顆牙伴隨著血水吐了出來。

一旁的丫鬟早就被嚇傻了，反應過來後連忙去喊人過來救命。

「宋韞澤，」一向來笑咪咪的唐韞修又是一腳踹了下去，語氣陰森。「你剛才說的人是誰？」

「唐……」

宋韞澤話沒說出口，又被掐住脖頸摁進一旁的水池，醉得厲害的他，早已失去掙扎的力氣。

永平侯和永平侯夫人遠遠走過來時看見的就是這一幕，唐韞修將宋韞澤的頭摁於水下，彷彿要置他於死地。

「孽障！你在對你弟弟做什麼？」宋敬宇怒斥。

唐韞修終於不緊不慢地將人提了起來，無視親爹的怒容，拍了拍宋韞澤的肩道：「弟弟可是酒醒了？」

何止是酒醒，宋韞澤說不出話，不停地嗆咳，看向唐韞修的眼神中滿是驚懼。

「再讓我知道你肖想不該想的人，」唐韞修勾了勾唇，眼裡沒有一絲笑意，冷若冰霜。「我要你的命。」

不明所以的宋敬宇只覺得一口氣沒能喘上來，他指著唐韞修怒道：「孽障，好端端的，你對你弟弟做了什麼?!」

「父親何必如此動怒？」唐韞修冷聲回道：「您若是知道您的好兒子方才說了什麼話，想必會先擔心自己這個爵位還能不能保住。」

永平侯一愣。

此刻宋韞澤整個人癱倒在地，不知是被打的還是被嚇的。

唐韞修轉身便要離開，卻突然被宋敬宇喊住。「唐韞修你給我站住！你如今是越發無法無天了！」

父權社會中身為大家長的尊嚴無法被忽視，永平侯揚起手來，就要管教自己的兒子。

然而唐韞修卻道：「父親想好了，兒子明日可是要入宮的，這張臉上若是有什麼痕跡，您猜公主看見了會做何感想？」

永平侯的怒氣頓時無處發洩。還沒成婚，就狐假虎威上了？他這個兒子，算是養廢了。

唐韞修那張稜角分明的臉，明顯更像唐家人一些，不只是他，大兒子也這般，只是這些年來，只有唐韞修待在侯府氣人，正因如此，永平侯越發將二兒子的桀驁不馴記在心上。

剛剛唐韞修二話不說便將宋韞澤打了個半死，毫不手下留情，宋韞澤相信，若非丫鬟搬來救星，唐韞修會將他活活淹死在水池裡。

宋韞澤心中一陣害怕。

外面的人只知唐韞修紈袴，但唐韞修何止如此，他簡直就是個瘋子。聽聞唐韞修想當駙馬，他暗暗嗤笑他攀龍附鳳的同時，又忍不住想，唐韞修這個瘋子若是不能得償所願，到底會做出什麼事來。

不知是否驚嚇過度，唐韞修離開後，宋韞澤便徹底陷入昏迷，永平侯夫人哭喊著請了大夫過來，接下來好一段日子，宋韞澤都只能躺在床榻上。

他只是生出旖旎的心思，唐韞修就差點將他給廢了，宋韞澤之後看見那名叫做靜兒的丫鬟時都覺得腦子充血，最後實在受不了，將人調去了其他院子。

在將自己的「好弟弟」修理了一頓之後，唐韞修第二日就入宮去了，還特地換上前一日趙瑾差人送來的衣裳。

華爍公主送的東西自然不會差，唐韞修本就生了一張勾人的臉，而且肩寬腰窄，繫上黑色繡銀紋的腰帶更顯身材。

唐二公子，未來駙馬爺在眾目睽睽下大搖大擺入宮。

他意氣風發，甚至和引路的小太監搭起話來。「我身上這套衣裳好看嗎？」

雖然不太理解唐二公子的用意，但那位小太監是老實人，他毫不吝嗇地稱讚道：「公子的衣裳好看，人也好看。」

唐韞修得到滿意的答案，於是心情很好地告訴小太監。「這是公主殿下賞的衣裳。」很明顯，唐二公子的孔雀尾巴要開屏了，逢人就想炫耀一下，他有多得公主殿下的寵愛。

趙瑾聽聞宮人傳報唐二公子到達時，正坐在太后那邊喝茶，所謂醜媳婦也要見公婆，太后還在一旁，趙瑾實在不好多說什麼。

沒多久，唐韞修的身影出現在殿前。

這樣一個性格招搖的人，在面對太后時卻忽然有了世家公子應有的風範，變得謙和有禮。

「韞修見過太后娘娘、見過公主殿下。」英俊的年輕男子規規矩矩地向座上兩個女人行禮。

太后畢竟尊貴，她連皇后那個位置都坐了許多年，如今面對未來女婿，眼光可說是相當挑剔。

「你便是永平侯府的二公子？」顧玉蓮問道。

「回太后娘娘，正是。」

太后瞥了女兒的方向一眼，見她的視線落在未來駙馬爺身上，心下微動。

罷了，這唐二公子的名聲雖然為人詬病，但只要瑾兒喜歡就好。

所謂的「名聲」，有時候不過是人云亦云，誰也不知真假，起碼眼下太后眼中的唐韞修，模樣端正、舉止有禮。

「抬頭，讓哀家看看你的模樣。」顧玉蓮道。

唐韞修依言抬頭，目光不卑不亢地與太后對上。

半晌後，顧玉蓮輕輕點了一下頭道：「你這模樣，倒是有幾分像你的母親。」

唐家滿門忠烈，當年只剩下唐知秋這麼一位姑娘，先帝曾想過將她納入後宮，如此一來，唐知秋的日子不可能會難過。

然而基於種種考量，包括朝野間的各種雜音，唐知秋最後沒入宮，反而嫁給如今的永平侯，而她父親的爵位，也被女婿繼承。

太后不禁感慨，唐知秋當時若是入宮，笑到最後的人可不一定是自己。

雖說唐韞修與太后心目中的女婿形象有些落差，但她並沒有為難他的意思，既然是唐家人，她還是能忍忍的。

太后有一搭、沒一搭地問唐韞修一些問題，而在趙瑾面前頗為浪蕩的唐二公子，在丈母娘面前卻格外乖巧，每個問題都回得恰到好處。

「母后，」趙瑾終於開口了。「兒臣與唐二公子還有事，就先走一步了。」

被打斷談話，顧玉蓮也沒生氣，她瞋怪地看了女兒一眼道：「都是要成親的人了，怎還這般浮躁？母后又不是不講理之人，你們日後可是要朝夕相處，還差這一時半刻？」

趙瑾無語。行吧，她忍。

太后終究還是放了人，看著兩個年輕人相偕離去的背影，太后身邊的劉嬤嬤笑著道：「公主殿下與駙馬爺走在一起真是般配。」

「唐家的小子倒是生得不錯，」顧玉蓮緩緩道：「就是不知日後和瑾兒磨合得如何。」

「娘娘放心，公主殿下向來明事理，定能經營好自己的日子。」

另一邊，將人帶回自己寢殿的華爍公主倒是不見外。「唐二公子坐吧。」

待唐韞修坐下後，一旁的紫韻為他倒了茶。「唐二公子稍等，殿下稍後便來。」

紫韻說完，和趙瑾一起走到寢殿的屏風之後。

寢殿的大門被關上，外面的光線透過門縫灑了進來，桌上的茶杯被照出了陰影，氛圍有種說不出的靜謐。

唐韞修不知屏風後那兩人在做什麼，秉持著非禮勿視、非禮勿聽的原則，他低著頭，目光落在杯緣那圈光暈上，明暗交界間，杯中水波微漾。

約莫過了一炷香的時間，屏風後走出了一個人，唐韞修下意識抬頭，這一抬，他的視線便挪不開了——

大紅喜服加身，層層疊疊的衣飾讓趙瑾顯得格外動人。

直到趙瑾穿著豔麗的喜服緩步走到面前，唐韞修才如大夢初醒般。「殿下這是？」

「唐二公子忘了，本宮昨日讓紫韻轉告你，今日入宮是為商討喜服一事。」趙瑾道。

唐韞修自然沒忘記這件事，只是他預想中商討喜服的畫面，是和她一起挑好款式，誰知趙瑾的意思卻是直接換給他看。

「你覺得這套好看嗎？」趙瑾抬起雙手，在唐韞修眼前展示。

成親穿的喜服實在過於繁瑣，光是穿上這套便花費了不少時間，趙瑾身後還拖著長長的裙襬，連轉身都難，只能讓唐韞修自己繞著她看。

雖然趙瑾前世沒當過新娘，但現代人試穿西式婚紗應該也是這種感覺吧。

唐韞修再放蕩不羈，也不過是個青澀的年輕人，他耳根微熱。「殿下穿什麼都好看。」

見他的眸光沒落在自己身上，趙瑾蹙眉。她的人設一點都不羞澀，直接用雙手捧住唐韞修的臉，語氣與眼神都格外嚴肅。「唐韞修，裡面還有兩套，你認真看，等一下要選出最好看的那套，成親當日穿。」

唐韞修還沒反應過來，兩人便近距離四目相對，他呼吸一滯，說道：「殿下，我知道了。」

果然，接下來唐韞修看喜服的模樣便認真了許多。

他心頭湧著說不清的悸動，不知是因為面前的心上人，還是即將成親帶來的感受。

唐韞修從未聽說過女子成親前讓未婚夫來觀看試喜服的，他的心情有種說不出的怪異，卻很心動，恨不得今日便完婚。只是，他的聘禮禮單還未清點完……

趙瑾的喜服自是早早就備下了，宮中的繡娘在她十六歲時便開始準備，四年過去，喜服都做了好幾套了，才終於迎來喜事，別說聖上與太后，連繡娘們都覺得感動。

「唐韞修，你覺得哪套好看？」趙瑾換回常服，走出來問唐韞修。

她有些疲累，顯而易見，成親並非一件容易的事。

「殿下穿哪套都好看。」唐韞修說的是實話。

趙瑾換了個問法。「那你喜歡哪一套？」

「第一套，」唐韞修道，又輕聲解釋了一下原因。「上面繡著鴛鴦，殿下穿起來格外美。」

原因：鴛鴦。趙瑾點點頭，隨後對紫韻道：「便選第一套了，讓人再改改。」

唐韞修以為這件事至此便落下帷幕了，結果不出片刻，又有幾個宮女端著盤子走進來。

「既然本宮的選好了，那便來試試你自己的吧。」

見唐韞修一臉疑惑，趙瑾解釋。「這是本宮為你準備的喜服，穿上試試。」

趙瑾說這些話時，格外霸道。

唐韞修說不出那種感覺，只是覺得，他與殿下之間的角色是否對調了？

可惜趙瑾根本沒這個想法，哪怕在父權社會生活了二十年，她也依舊沒將身為女子的自己放在一個低微的地位。

作為公主，她的身分尊貴，而身為擁有自我意識的女性，她絕不將自己當作這個朝代的附屬物。

既然雙方成婚，尚公主本質上又有點入贅的意思，聽聞她這個駙馬在家裡並不受待見，趙瑾當然要多為他想想。

在華燦公主眼中，她的駙馬是個不受家中關注，導致他格外叛逆的小可憐。

在未來駙馬爺略帶羞澀試穿喜服的過程中，公主殿下幾度朝他的喜服「動手動腳」，最後挑好了款式，打算讓宮中的繡娘們修改後再送到侯府。

隔日，趙瑾以籌備婚禮為由光明正大地請旨出宮後，公主府收到駙馬的聘禮了，那一箱箱金銀珠寶往裡搬時，公主府的人都沒能反應過來。

不是沒見過給公主的聘禮，是沒見過這麼豪氣的，這是把半個永平侯府都搬空了吧？

唐二公子入贅是入得徹徹底底，沒話說，他本人甚至巴不得立刻住進公主府。

就算公主府的陳管家再見多識廣，也沒見過這樣的男子。

聘禮送來後，趙瑾對著各種地契、房契以及金銀珠寶陷入沈默。前一日她還認為是小可憐的人，今日就讓她見識到什麼叫深藏不露。

越想越覺得不對，唐韞修這臉、這身材還有這家產，哪裡用得著吃她這碗軟飯？

趙瑾不明白，此人難道真是看上她了？

關於唐韞修之前的表白，趙瑾採信的內容不多，她畢竟是徹頭徹尾的利己主義者，連自己的感情都不一定信得過，何況是別人的？

「殿下清點一下，這些都是唐二公子送來的聘禮，若是沒問題便收進庫房了。」

當陳管家提到這件事時，趙瑾才後知後覺地意識到，她說不定還得騰出一個空庫房來裝唐韞修的聘禮……也不知道是聘禮還是嫁妝。

見趙瑾有點頭疼，陳管家又道：「殿下，這是唐二公子特地送來的飾品，說是希望您喜歡。」

趙瑾打開那個首飾盒，一眼便看出裡面的首飾都是上了年紀的，倒不是飾品陳舊，翡翠手鐲依舊泛著剔透的光澤，玉釵的成色也很好，只是款式是十幾年前的老工匠打出來的，有些甚至連宮裡也見不到了。

不難猜測，這盒首飾來自那位早逝的故永平侯夫人。

「殿下，這盒首飾放置何處？」紫韻問道。

趙瑾想了想，道：「就放……我梳妝檯上吧。」

第十八章　培養感情

華爍公主的首飾大部分是太后或皇后置辦的，還有就是宮中定期送來的分額，這些東西已是多得勉強塞在梳妝檯上了，如今又添了唐韞修的聘禮首飾，就有不少得收進庫房去才行。

總而言之，唐韞修這聘禮送得是滿城皆知。

一般人都曉得，尚公主與入贅區別不大，當上駙馬便意味著與官場無緣，尤其是公主顯赫時，駙馬及駙馬身後的家族，都不可能將宗婦的要求強加於公主身上。

得知永平侯府大手大腳地送出聘禮，整個京城的富家千金都有些說不出的羨慕。她們前腳剛笑華爍公主千挑萬選，最後選了個名聲一般的紈褲子弟，後腳她們眼中的浪蕩子就送出了天價的聘禮。

送給公主的聘禮雖然不能寒磣，但也沒有哪家會像這樣把家底掏空似的送，相較起來，她們所謂家底殷實、才華出眾的丈夫，當初送的就不算起眼。

一個名聲不怎樣的紈褲子弟尚且有這般誠意，其他人呢？連紈褲都不如。

有幾位已經出嫁的女子，家中曾試探著想與永平侯府結親，結果沒趕上世子，又看不上二公子，如今心裡都不太是滋味。

永平侯府雖然還有一個尚未成婚的嫡子，可大家心裡都清楚，當初永平侯世子娶世子妃時送聘禮也是如此盛況，用腦子想想就該知道，這家產必定是當年唐家留下來的。

如今的永平侯府，也就是宋家，將來再娶兒媳哪裡出得起這樣的聘禮？就算出得起，永平侯夫人捨得嗎？

自從定下婚事之後，趙瑾的行動自由了許多，出宮的限制也放寬不少，然而她出宮的頻率實在過於頻繁，連聖上都有意見了。

「這丫頭下月就成婚了，到時候不就能在宮外住了，結果現在就開始不回家了。」

聖上畢竟是看著趙瑾長大的，他雖為兄長，卻與妹妹的年紀相差甚遠，「長兄如父」這個詞，套在他身上倒是一點也不奇怪。

李公公低頭輕聲道：「公主殿下要成婚，準備事宜頗多，聖上若是想見殿下，可召殿下前來。」

「朕召她做甚？」趙臻矢口否認自己內心的失落。「這丫頭再不成婚都成老姑娘了，就算是公主也不能這般任性，朕巴不得她即刻出嫁呢。」

李公公真的不曉得該怎麼回話。

下了賜婚聖旨後這幾日，聖上不是給仁壽宮送東西，就是從自己的私庫中搬大件的送到公主府上，連公主府的盆栽都是御賜的，這還叫巴不得妹妹出嫁啊？

李公公實在無法理解。誰不知道華爍公主比聖上的親女兒還要受寵？若非公主是女子，按照聖上如今膝下無子的情況，怕是早就立其為儲君了。

關於這一點，所有人都無法否認，若趙瑾真是男子，眼下朝中眾人的心思便不會如此浮躁了。

趙臻才剛說完話，轉頭又像是突然想起什麼般，對李公公說道：「朕的庫房裡好像有一對玉如意是吧？」

「回聖上，正是，庫房中有對去年江南送來的上好玉如意。」

「給華爍公主送去。」

李公公無語。「口是心非」這一套，算是被聖上玩得明明白白。

待在公主府的趙瑾，遇上了一位不速之客。

不知道是不是學武的人全都這般任性，放著好好的大門口不走，不通傳，非要爬牆進來。

趙瑾認真考慮加強公主府的巡邏了。

來人一身玄衣，身形輕盈、長髮束起，一張姣好的臉蛋盡顯英氣。

然而，這樣一位英氣逼人的姑娘，在面對趙瑾時，只能憋屈地說出兩個字。「小姨。」

趙瑾在一開始的驚嚇過後，笑咪咪地說了句。「外甥女來了。」

是的，眼前不請自來的姑娘，也是趙瑾冤家外甥中的一員，嘉成郡主周玥。

趙瑾當然不是和每個晚輩都認識，周玥身為郡主，並未像其他公主的兒子一樣進上書房讀書，她與趙瑾的碰面實屬偶然。

那是趙瑾當年瞞著所有人偷跑出宮的緣分，過程略過不提。

年少的嘉成郡主當初已是持刀弄棒的颯爽女娘，而周家在永陽公主的駙馬從戰場退下來後，再也沒有實力足以上戰場的子孫。周玥身為女子，恰好有這個能耐，可多年來卻被那種「女不如男」的氛圍限制住了，無法施展。

三年前，嘉成郡主得以參軍的背後，其實有趙瑾的推波助瀾。

「今日怎麼有心情過來探望妳的小姨我了？」趙瑾逗趣般強調自己的長輩身分，隨後如願以償地看見外甥女臉黑了。

周玥面無表情地放下手中的東西，發出「啪」的一聲。「新婚禮。」

趙瑾挑眉道：「妳今日倒是孝順得讓小姨有些受寵若驚。」

有沒有受寵若驚不知道，反正趙瑾看起來就是一副為老不尊的模樣——雖然這兩位姨甥之間年紀相仿。

趙瑾看著包裹嚴實、長條狀的禮物，隨口問了句。「這是什麼？」

她心中有猜測，但打開後還是愣了一下。這是一把配有玄色劍鞘的銀劍，劍刃肉眼可見的鋒利，散發著駭人的銀光。

趙瑾抬頭看著站得筆直的外甥女，真誠發問。「周玥，妳這是要讓我棄文從武？」這個問題換來一個略顯輕蔑的眼神，眼裡明明白白兩個字：就妳？

「小姨何時能文過？」嘉成郡主不給面子地拆臺道。

趙瑾語塞。這也太看不起人了。

「此劍送給小姨防身用。」周玥終於慢悠悠地說了句人話。

雖然在她看來，趙瑾手不能提、肩不能扛，送劍的用處不大，但總歸是份心意。

趙瑾還是第一次見到有人新婚禮送劍的，該怎麼說呢，十分……別致。

「妳現在便將禮物送過來，是不打算參加婚禮了？」趙瑾問。

「不了，我已啟奏舅舅，明日離京。」

周玥當初從聖上那兒求得了從軍的恩典，箇中滋味只有她自己明瞭，三年下來，如今聖上不需要趙瑾說服，便願意給這外甥女一個機會。

女子，未嘗不能成為一把鋒利的劍；嘉成郡主，未必不能如話本上所寫，當一名真正的女將軍。

有聖上為她撐腰，永陽公主自然不可能逼著女兒成婚，所謂父母之命、媒妁之言，不過是空話。

趙瑾並未強求，但對自己的新婚禮還是頗有微詞。「下次回來帶點特產吧，聽聞邊疆好東西不少。」

周玥沈默了。有這個小姨，也不知是不是她的福氣。

來公主府送了東西，周玥便要離開——當然沒有要走正門的意思。

趙瑾看得眼饞，在周玥離開之前問道：「周玥，妳可認識輕功好的江湖大俠？」

周玥看著自家極為嬌弱的小姨，眉心一跳。

從外甥女那邊得來了一些江湖俠客的消息後，趙瑾大大方方地放人離開，反倒是周玥有些不放心地囑咐。「小姨，您若是想學輕功，找唐二公子也可以。」

若是他，想必相當樂意。

有關唐韞修追求華爍公主的事蹟，京城中流傳著各種離譜的版本，有說唐二公子攀龍附鳳想當皇親國戚的，也有華爍公主對唐二公子見色起意、死纏爛打的。

然而，公主想挑誰當駙馬隨她決定，聖上跟太后都同意了，其他人的意見便不重要。

趙瑾當了二十年的公主，社交需求並不高，也沒有閨中密友，因此眾人對她的認知都是從各種離譜的謠言得來的。

她那幾個姪子跟外甥的水準實在不行，小時候還知道有話說話，長大了以後就只會耍陰的了。

周玥離開之後，趙瑾依舊對那抹飄逸地從她家牆頭飛出去的身影念念不忘，想著要去請個一對一輕功輔導老師。

雖然江湖俠客來無影、去無蹤，但華爍公主堅信沒人能拒絕金錢的誘惑，除非對方比她有錢。

「殿下，」紫韻恰好走進來通傳。「唐二公子來了。」

今日他們兩人無約，但是身為未婚夫，唐韞修當然擁有來找趙瑾增進感情的權力。

秉持待客之道，趙瑾讓人準備了茶水和點心，大概是這輩子活得富貴，她不可避免地沾染上了些挑剔的毛病。

茶要喝上好的碧螺春，做點心的師傅是資深御廚，但有一說一，御廚的手藝確實需要增進了。吃了這麼多年，樣式都沒見怎麼創新，就這樣的競爭力，她若是聖上，早就將人炒魷魚了。

「唐二公子今日怎麼有興致來找本宮？」趙瑾這是明知故問。

唐韞修穿了一身藍色的長袍，襟領間是金色的紋路，腰間掛著暖玉，閒庭信步走來，目光落在趙瑾身上，他輕笑了一聲道：「殿下不掛念我，我自然要主動些。」

這話……曖昧，也不曖昧。

唐韞修入座，與趙瑾面對面，一臉從容。紫韻在一旁為兩人倒茶，眼尾餘光瞥見自家公主與未來駙馬爺的臉，心裡感慨了一句「般配」。

小姑娘畢竟懂事，她倒完茶後就尋了個理由往外走了，給他們留下獨處的空間。

「聽聞殿下平日喜歡聽戲曲，」唐韞修提起了第一個話題。「不知您還有什麼喜好？」

這倒是將堂堂的華爍公主給問倒了，她沈默了半晌，最後答道：「本宮的喜好，唐二公子應該明白，那日帶了你們去的。」

唐韞修的回憶輕而易舉地被勾了起來，就在不久前，趙瑾帶著自己的幾位相親對象逛了一回青樓。

饒是唐韞修的境界再高，也還是第一次見到像趙瑾這樣的姑娘，真是這世間獨一無二的瑰寶。她整個人連靈魂都透出了「有趣」兩個字，讓他十分心動。

唐韞修不像其他男子一聽到女子逛青樓便蹙眉，他十分理解地說道：「殿下之後若是想去，可喊我作陪。」

趙瑾撐著腦袋笑了聲，道：「本宮更愛去南風館。」

尋常富貴人家的公子哥兒十三、四歲興許就有通房丫鬟，有的十五、六歲便當了爹，唐韞修這個年紀，當然明白趙瑾口中的南風館是什麼地方，他忽然湊得近了些，眸光與趙瑾相對。

「殿下覺得，南風館的小倌好看，還是我好看？」

這是個沒什麼懸念的問題。唐二公子這張臉趙瑾看得上，她若是再膚淺些，看臉下飯的話，駙馬的人選早就定下了，用不著折騰這麼久。

「唐二公子好看，」趙瑾張口就是不要錢的好話。「難道沒人因為你這張臉上門求過親？」

不是沒有，還挺多的，甚至有傻姑娘覺得唐韞修從小生活在繼母的陰影下，十分可憐，願意貼錢嫁給他。

這世道，有些姑娘之所以被騙，原因就在於太容易自我感動。

只是唐二公子十分有原則，喜歡的早就喜歡了，不喜歡的勉強喜歡上也是徒勞，但這個準則在茶樓那驚鴻一瞥後便成了廢話。

唐韞修尚公主，不僅掏空了自己的家底，就連禮部那邊，他也想插一手。

禮部的人從未見過如此熱衷於籌備婚禮的駙馬，唐韞修雖無官位與爵位加身，但人家親爹是永平侯，親哥手握兵權，聖上對唐家又尊重，禮部的人只能捏著鼻子認了。難得今日唐韞修不去察看婚禮籌備進度，讓禮部所有人都鬆了口氣。

「殿下是因為這張臉才選我嗎？」

趙瑾被反問了一句。這個嘛……她遲疑了一瞬。

這個遲疑說明了很多問題，也讓唐韞修意識到自己這張臉的優勢，他輕笑了一聲，不說話，那雙眼睛直勾勾地看人，哪怕他是個啞巴，也同樣能讓人神魂顛倒。

趙瑾沒辦法否認這一點，但她選擇唐韞修，不只是這個原因。

「唐二公子，」趙瑾也不是個客氣的人，她探手摸上了那張近在咫尺的臉。「你生得好看，但本宮也不差，所以你並不虧。」

「殿下誤會我的意思了。」唐韞修說著又湊近了些，語氣裡聽不出心情如何。「我是想問殿下，日後我能憑著這張臉恃寵而驕嗎？」

恃寵而驕，前提是有寵。

趙瑾聽出了這話裡的暗示，笑了聲。「看唐二公子的表現。」

兩人湊得極近，唐韞修的眼神並不曖昧，反而清明得讓趙瑾反省起自己是不是思想齷齪了。

實不相瞞，她覺得未婚夫在勾引她。

然而她想什麼不重要，對方不可能會讀心術，這樣近的距離，倒是讓趙瑾看到了唐韞修右眉上方藏著一顆小小的痣。

不知從哪裡聽過這樣一個說法：男人右眉眉上長痣，宜妻。

人都有些不為人知的小愛好，趙瑾曾經很無聊地研究過人臉上各個部位長痣代表的意義，雖然知道有點扯，但如今看見唐韞修右眉上這顆痣，她還是忍不住好奇。

唐韞修不知華爍公主被他臉上哪裡勾走了注意力，他本該出口提醒，卻又下意識地屏住了呼吸，微鬈的睫毛不受控制地微微顫動著。

他察覺到兩人的呼吸隱約交纏在一起，甚至能嗅到她身上的香味，不知是搽了什麼，抑或是身上戴了香囊……

一聲驚呼打斷了趙瑾的專注。

清純的紫韻小姑娘哪裡見過這樣的場面，她毫無防備地走了進來，就瞧見自家公主和未來駙馬爺湊在一起，那個距離、那個姿態，還有那個氛圍……誰不多想，誰是傻子。

紫韻懷疑自己是不是壞了公主的好事，忙低頭閉著眼睛道：「公主殿下恕罪，奴婢進來時忘記通傳了。」

通傳什麼？平日通傳這活兒都是紫韻幹的，她進個院子又哪裡需要通傳？

何況光天化日的，又是毫無遮掩的院落，一男一女就算獨處，也不能……至少不應該吧。

可惜紫韻小姑娘不會從自家公主身上找原因，她只會覺得自己不對。

本來沒什麼的，這一道歉，就顯得有那麼點什麼了。

「何事？」趙瑾選擇忽略方才的事。

「禮部兩位大人前來和殿下商議大婚一事。」

公主與駙馬大婚的細節，本該和聖上或太后商討，再怎麼樣都輪不到趙瑾這個當事人。像趙瑾那兩個姪女安悅公主與安華公主出嫁，皆由其母妃商定主要事宜，再由聖上定奪。

只是華爍公主地位畢竟特殊，禮部的人想和聖上商議，聖上卻直接讓他們來找公主，他們也只能跑這一趟了。

趙瑾聞言，點頭道：「請他們進來吧。」

剛好唐韞修也在，趙瑾可以拉他一起討論，免得自己過於獨斷。

其實要商議的事情不多，無非是走一些流程。公主出嫁不比民間貴女，公主代表皇室，即便是最不受寵的公主，在出嫁這件事情上，該有的禮數絕不能少。

聽禮部兩位大人說了半天，趙瑾最後聽到這樣一句話。「殿下對大婚事宜可還有不清楚或不滿意之處？」

趙瑾頷首道：「確有不滿。」

第十九章　不懷好意

禮部兩位大人一聽，心跟著提了起來。聖上早已親口吩咐過要好好操辦華爍公主的大婚，他們怎麼敢吝嗇？

如今的預算已是上限，公主殿下若是再不滿意，他們怕是又得頭疼。

結果，他們聽見這位嬌生慣養的公主殿下道：「兩位大人不覺得這婚禮辦得過於鋪張浪費了嗎？」

兩人原本還打算與華爍公主討價還價，可剛一張嘴便猛然頓住。

什麼？他們的耳朵出問題了嗎？

大概是趙瑾見過的世面少吧，她不太能理解，皇室成婚的各種禮節已經夠繁瑣了，還要繼續在上頭大費周章，有必要嗎？再說了，新娘頭戴鳳冠戴這麼久，難道不會累？

「殿下的意思是……」其中一位大人有些遲疑地開口說道。

趙瑾閉了閉眼，抬手輕聲道：「兩位大人，禮節以及花銷方面，一切從簡。」

兩位年過半百的大人算是看著趙瑾長大的。華爍公主年幼的時候，聖上便抱著她上朝，朝中官員皆表不滿，若是皇子便罷，一個公主得此寵愛，日後不知會養成如何驕縱的性子。

不出所料，華爍公主長大後的名聲確實不怎麼樣。

然而今日這位驕縱的公主殿下居然說出「過於鋪張浪費」、讓他們「一切從簡」這種話，彷彿像是從小不看好的孩子忽然在一夜之間長大了。

這讓兩位大人有股老淚縱橫的衝動，內心不禁感慨公主殿下終於懂事了。

趙瑾被他們含著淚光的眼神看得心裡直發毛。

正是這個時候，她意識到自己方才說話時似乎忘了一個人，於是轉頭問道：「唐二公子怎麼看？」

「都聽殿下的。」唐韞修道。

兩位大人聽著他們說話，華爍公主的語氣倒是正常，就是這唐二公子怎麼聽、怎麼怪……膩膩歪歪的。

年紀大了，見不得年輕人秀恩愛，錢的問題既然解決，兩位大人便俐落地滾蛋，順便操心地對趙瑾囉嗦了兩句「聖上對殿下真好」。

這個便宜哥哥對自己好不好，趙瑾當然心知肚明。只是啊，這世間最難揣測的就是人心，少些好奇、少點期盼、不要奢求，便不會有失望的時候。

「殿下不喜繁瑣？」

「不喜。」趙瑾倒是夠直接，她盯著唐韞修的雙眸，忽然輕笑了一聲。「若是可以，本宮倒希望能直接跳到最後一步，省得麻煩。」

最後一步，洞房花燭夜。

向來對任何事都游刃有餘的唐二公子眼皮子一跳，眸光閃爍了一下，腦子裡不知閃過什麼畫面，目光看起來有點心虛。

他耳朵紅了。

趙瑾將一切看在眼裡，內心嗤笑了一聲；倒不是她戴著有色眼鏡看人，認真說起來，她的年紀……算了，這個不提也罷。

總之，這位看起來風流倜儻的永平侯嫡次子，在趙瑾眼裡真的只是個弟弟。

不得不說，年輕的身體加上養尊處優這麼多年，讓趙瑾有種錯覺——自己的精神世界其實沒變老。

然而，這不過是自欺欺人。

唐韞修安靜了許久，從趙瑾的角度看來，他像是在思考著什麼嚴肅的問題。

紫韻站在一旁，原本期待著他們接下來的對談，誰知兩人忽然間沈默了，她只得乾站著。

未來駙馬爺這一坐，太陽便漸漸偏西，茶壺也空了，華爍公主下了逐客令。

唐韞修沒有繼續逗留的道理，即便是未婚夫，也不能無視禮教，他站起身來，待紫韻上前一步準備帶路時，他卻忽然頓住腳步。

他的視線落在趙瑾身上，像是想了許久般，糾結著開口道：「殿下說的，我同意。」

還沒等趙瑾反應過來，他又補充一句。「若要試婚，我也只能接受殿下一人。」

這句話說完，他便不看趙瑾，彷彿那些話玷污了他潔身自好多年的珍貴軀體及精神。

「試婚」這兩個字一說出來，趙瑾才意識到，她的小未婚夫方才腦補到何等離譜的程度，也正是如此，趙瑾才想起皇室還有個荒謬的制度。

公主成婚之前，可挑選侍女送過去驗駙馬的身，侍女翌日回稟，若是可以，這親照成不誤；若是不行，那就難說了。至於那位送過去的侍女，會在公主大婚後成為駙馬的侍妾。

眼下，未來駙馬爺站得筆直，目光不看公主，沈默地表達著自己對「試婚」的抗拒，似乎生怕趙瑾執意讓別人毀了他的清白。

趙瑾不明白，她就是單純逗一下小弟弟，怎麼就讓他想到試婚了？

「行了，不試。」華爍公主像是順毛般安撫道。

比她高出一個頭的未來駙馬爺得到承諾後，彷彿鬆了口氣，但下一刻又怕趙瑾誤會般，強調道：「殿下，我身體很好。」

趙瑾點頭道：「嗯。」

看得出來，小夥子的氣血有些旺盛。

她答得過於隨意，反而不像是被說服的樣子，而是敷衍。

唐韞修無語。這種感覺，真是說不出的憋屈啊。

有時候，男人在某種事上確實容不得質疑，在唐二公子這裡呢，別人怎麼想不重要，枕邊人卻不能生出半點誤會。

可惜，趙瑾多少有幾分不解風情。

「明日還來嗎？」唐韞修走出院門之前，趙瑾問了一句。

一句話，問得雲淡風輕，卻讓人心中波濤洶湧。

「殿下歡迎嗎？」若歡迎他，他就來。

趙瑾輕輕笑了聲，道：「來吧。」

簡單兩個字，暖他三冬。

趙瑾算是貼心的，不僅送人出門，還安排馬車將唐韞修載回去。

唐二公子稱得上是邁著輕快的步伐走進家門——永平侯府，他未來的「娘家」。

自從賜婚的聖旨下來後，宋敬宇就沒見過二兒子在府上多留一些時間，他多少有點恨鐵不成鋼，這會兒再看見唐韞修歡喜的模樣，氣頓時不打一處來。「唐韞修！」

未來駙馬爺轉過身來看他的親爹，眉梢上的喜意就這樣淡去。「父親有何貴幹？」

「你這副表情給誰看呢，我就這麼不受你待見？」宋敬宇實在氣極。

相較於大兒子，他這個二兒子簡直冥頑不靈。

「父親心知肚明便好，何必說出來讓人笑話？」唐韞修直言不諱。「父親若是想在兒子這裡找一家之主的威嚴，算是找錯地方了。」

永平侯一口氣又無處發洩了。

如今這個逆子打不得、罵不得，人人稱華爍公主不會是個好兒媳，如今卻成了唐韞修的護身符，他看他這個逆子是恨不得立刻入住公主府。

聖上寵愛胞妹，容不得她受半點委屈，只要華爍公主喜歡這個駙馬，她便是唐韞修的靠山，怪不得他有恃無恐。

「父親若是無事，兒子先回院子了，省得惹您老人家心煩。」

唐韞修的院子是永平侯府最好的院子之一，宋韞澤跟宋巧妍兩個人都眼饞過這個院子，只是耍的那些心計，對唐韞修來說都不痛不癢，畢竟人無德便無所縛。

世子的院子當然也好，只是這永平侯府未來都是世子的，無人敢造次。

唐韞修一踏入自己的院子，便察覺到了不對勁的地方，平日他這院子皆是小廝打掃居多，就算有女子，也是些上了年紀的婆子，今夜卻多了些年輕丫鬟的身影。

這些唐韞修尚能當作沒看見，永平侯府不缺年輕的丫鬟，雖然沒有婆子手腳俐落，但也能忍受。

他隨手逮著一個小廝，讓人去放熱水，他要沐浴。

小廝低著腦袋，滿口應承。

沒多久，唐韞修踏入自己的浴間，白霧般的水蒸氣升騰而起，他的身軀在其中若隱若現。

浴間響起輕微的水聲，隨後門口傳來一道溫柔的女聲。「二公子，要添熱水嗎？」

天並不涼，桶裡的熱水也未冷卻，唐韞修閉目蹙眉道：「不用。」

誰知不出片刻，外頭竟傳來推門的「吱呀」聲。

唐韞修睜開了雙眼，透過屏風瞧見一個女子的身影。

「誰讓妳進來的，滾出去！」面對親爹都能滿臉笑容、陰陽怪氣的唐韞修冷下了語氣。

進來的丫鬟瑟縮了一下，但到底招架不住對榮華富貴的嚮往。「二公子，夫人讓我來伺候您。」

眼看丫鬟走近，隱約能見到她正在寬衣解帶，唐韞修徹底失去耐心，他抓過屏風上的衣服套在身上，隨後光腳走出去。

那丫鬟已脫去外衫，露出圓潤的肩頭，她看見唐韞修時，迅速露出了我見猶憐的神態。

然而唐韞修無心欣賞，他逕自繞過丫鬟打開門，就發現自己院中的人被調走得乾乾淨淨。

唐韞修冷笑了一聲。

這一聲冷笑，意味著永平侯府今夜不得安寧。

亥時一刻，永平侯府卻是燈火通明，永平侯今夜恰好宿在永平侯夫人的院子裡，聽聞動靜時，整個院子已是吵吵嚷嚷。

房門被拍得極響，夫妻兩人從睡夢中驚醒。

宋敬宇滿肚子怒氣爬起身來，開門一見著唐韞修，怒火一下子到達頂峰。「唐韞修，你這是在做什麼?!」

他身後的永平侯夫人邵孟芬披著衣服走到門邊，看見唐韞修的臉色時，她心裡咯噔了一下。

不過邵孟芬面上不顯，仍舊溫和道：「韞修，有什麼事不能明日再說嗎，你父親已經歇下，明日還得上朝呢。」

唐韞修面色不變地道：「父親醒著，其他人自然也不能睡。」

他說話的時候，院子外又湧入了不少人，分別是永平侯其他侍妾及庶子女們，他們同樣不明所以，眼神茫然。

這些人當中，有個丫鬟跪在地上，她梨花帶雨、不斷抽泣，眾人皆忍不住將目光落在她身上，不知她怎麼得罪二公子這尊瘟神了。

「既然父親氣醒了，那就順便定奪一下吧。」唐韞修當著所有人的面，瞪著永平侯身旁的女人，目光冰涼。「堂堂永平侯夫人，這麼喜歡往別人房中塞女人，和青樓老鴇有何區別，您說呢？」

一句話，讓永平侯夫人臉色變得煞白。

在場眾人幾乎都知道現任永平侯夫人的來歷，她從前也是官家小姐，只是後來父親犯了事，家中男眷充軍，女眷入教坊司。

當時繼承了唐家爵位的宋敬宇與邵家有交情，便在教坊司中護其一時——說是護，其實是包養。

唐韞修出生、唐知秋身體最虛弱時，宋敬宇提出要將邵孟芬接回來，因為她有了身孕。後來她生下永平侯府第三子，也就是宋韞澤。

原來的永平侯夫人唐知秋為此越發憔悴，不知是認為自己辱沒了唐家的風骨，還是怨恨這世間男人的薄情，她離世前便不再見永平侯。

唐知秋過世三年後，邵孟芬這個妾室扶正，但大家都曉得，如今的永平侯夫人是從教坊司出來的。

別人在不在意無所謂，可對現在的永平侯夫人而言，在教坊司的那段時日，就像是將她整個人釘在恥辱柱上一般。

十幾年來，永平侯府多得是骯髒的戲碼，能忍的、不能忍的，唐韞修都沒忍，唐韞錦這個世子當然也沒忍。

唐家雖然沒了，但唐家這兩兄弟卻不需要父親做靠山，聖上看重世子，唐韞修當然安心得很。

永平侯夫人想在他們兄弟面前擺嫡母的架子，還遠遠不夠格。

過了小半晌，永平侯才反應過來，他先是瞥了在地上哭得傷心的丫鬟一眼，又見二兒子臉上收起了平日的浪蕩，冷漠得像是換了個人般。

他轉頭看向自己的夫人，輕聲道：「妳給他院子送了人？」

邵孟芬這會兒總算回過了神，她慣用某些伎倆，知道怎樣能讓男人心軟，哪怕不年輕了，她也擺出示弱的神態道：「老爺，妾身是想到韞修下個月便要成親，這麼多年來他房中都沒個丫鬟，若是尋常貴女便罷，可尚公主有『試婚』這麼個流程，妾身也是怕到時讓公主殿下不滿意……」

話說到這個分上已夠明白，她是擔心唐韞修沒碰過女人，伺候不好公主，或者在試婚那一步便遭侍女嫌棄，所以「好心」送人來指導。

唐韞修嗤笑一聲道：「說了這麼多，究竟是誰給妳的膽子，敢往我的院子裡塞人?!」

這話算是一點面子都沒給邵孟芬留，當然，也沒將他的親爹放在眼裡。

宋敬宇縱然明白此事是自己夫人不對，但威嚴不能就這麼被兒子踐踏，不禁說道：「唐韞修，你這是什麼態度？你的嫡母也是一片好心！」

嫡母？好心？唐韞修一時不知該先笑哪個。

但是他沒有暴怒，反而冷靜下來道：「我嫡母，她也配？」

他可是唐家正經八百的外孫，一個靠耍心機上位的教坊司女子，也敢稱是他的嫡母？

「唐韞修！」宋敬宇語氣裡帶了怒意。「一點小事，你大晚上的召集全府的人過來看笑話，到底有沒有將我放在眼裡？」

唐韞修冷笑道：「父親覺得呢？兒子若不將您放在眼裡，這會兒就該入宮了。」

宋敬宇不明白他的意思，問道：「入宮做什麼？」

接著他就聽見他這個不孝的二兒子說：「讓太后娘娘以及公主殿下聽聽，您這夫人有多貼心。」

宋敬宇兩眼圓睜道：「你敢?!」

「兒子有什麼不敢的？」唐韞修似笑非笑，昏黃的燭光灑在他臉上，卻沒半點暖意。「這樣的德行，也就您覺得配當正室，太后娘娘卻未必這麼想。」

永平侯沒回嘴，他身旁的永平侯夫人臉色卻更白了。

她過去不敢招惹世子，耍的心計也不夠看，如今唐韞修這麼個不學無術的，竟然也攀上了高枝。華爍公主再差，也是太后娘娘高齡產下的女兒，太后娘娘愛屋及烏，自然也能成為唐韞修的靠山。

若是太后娘娘插手，她這永平侯夫人的位置，確實不一定能坐穩；然而這個當下，她又怎能當著滿院的妾室、庶子女以及下人面前承認自己的錯誤？

於是邵孟芬開口說道：「韞修若是不喜，此女我收回便是，是我好心做壞事了。」

這麼輕飄飄的一句話，連永平侯都認為這件事該就此打住了，只可惜唐韞修不是息事寧人的性子，他笑了一聲道：「此女進了我的院子，怕是日後名聲也受損，不好尋人家，姨娘既然認定自己是好心做了壞事，那不如好人做到底。」

聞言，永平侯夫人忽然生出了不好的預感。

接下來就聽見唐韞修噙著笑道：「父親後院的妾多一個不多、少一個不少，不如將她收了如何？」

此話一出，周圍一片死寂。院中的妾室們終於發現，今晚似乎不是看好戲那麼簡單了。

只見永平侯的視線落在那個哭得惹人憐愛的丫鬟身上，一時之間沒說話。

永平侯夫人的心裡不禁打了個突。這回，怕是搬石頭砸自己腳了。

第二十章　反將一軍

「怎麼，現在不想好心了？」唐韞修嘴角含笑反問。

子女插手管父親後院的事近乎聞所未聞，唐韞修的荒謬可見一斑，他不好惹的形象，再次深植人心。

哪怕是跪在地上的丫鬟再招人憐惜，永平侯也不可能讓兒子插手自己的後院，所以下不了臺的，只有永平侯夫人一個。

唐韞修不再多說廢話，只道：「要是再有下次，別怪我不客氣。」

眾人心想，還能比這次更不客氣？

唐韞修一走，其他人面對臉色陰沈的永平侯夫妻，當然不敢多逗留，紛紛尋了話頭離開。明面上沒人說什麼，可背地裡，永平侯夫人的面子全掃地了，就這手段和心胸，實在不夠看。

這世道對男女的束縛本就不同，尋常女子若是不敬長輩，大半夜在府上鬧出這麼一番動靜，還有什麼名聲可言，早讓人敬而遠之。

可唐韞修身為男子，世人的評價也不好，卻能在這麼多世家公子中脫穎而出，被華爍公主看上，即將成為聖上的親妹夫。

他憑什麼？難道就憑華爍公主不長眼？

院子裡的人走得差不多了，永平侯沒心思再留宿夫人的房間，今夜這齣到底影響了他的心情，不過永平侯夫人畢竟為他生下一雙兒女，他沒多說什麼，只讓她日後莫要再管束唐韞修。

身為當家主母，卻不讓她管束某個人，這件事的背後意味著什麼，永平侯夫人還拿不准，但她卻能察覺永平侯語氣中的變化。

此時此刻，邵孟芬不能說半句挽留的話，只能露出個溫婉的笑容道：「侯爺早些歇息。」

永平侯走出院子時忽然下起了雨，他打算去書房窩一晚，結果雨幕中有一雙纖細的手猛然抓住了他。

雨水灑落，配合著打雷閃電，那被打濕的衣裳，以及忽明忽暗的夜色中淚光閃閃、嬌弱無助的神情，讓人不禁停下腳步。

丫鬟微紅的眼眶瞧起來楚楚可憐。「奴婢求侯爺垂憐。」

這一刻，永平侯不知在想什麼，而像抓住一根救命稻草的丫鬟卻想起二公子那陰鷙的眼神。

他說：「妳若是想活，便自己去爭。」

計劃失敗，夫人怎麼可能讓她活下去呢？若想活，便只能與夫人為敵。

後院不外乎是另一個後宮，男人若是想挑動女人之間的戰爭，其實沒那麼困難。

唐韞修之所以這麼做，就只有一個理由——他想給他那位父親找點事做。

既然這麼多情，那就看看這個特質能讓他的後院變得多熱鬧。

唐韞修不是好人，好人在這個宅院裡是活不下去的。

永平侯府鬧出這麼大的動靜，哪怕是下令讓人閉口不談，也沒人能管住唐二公子的嘴，他要入宮告狀，輕而易舉。

只是這麼一齣戲，用不著唐韞修親自告狀，也有人捅到趙瑾那邊。她是個受寵的公主，這些日子送禮的人不少，當然有人想順帶在她面前賣個好。

趙瑾聽了這離譜的情況，終於意識到，自己這個駙馬在後院長大的過程中怕是吃了不少虧。

繼室給原配的兒子房中塞女人這種事，趙瑾聽得多了，然而一個和她沒什麼關係的女人堂而皇之地找這種碴，無異於自己往槍桿子上撞。

封建朝代的公主也有威嚴，皇室中人之事，輪不到別的阿貓阿狗插手。不管是為了保全生存之道，還是為了其他理由，趙瑾都不允許有人這樣挑戰她的威嚴。

趙瑾自認公平，不會沒事找事，她道：「既然永平侯夫人這麼閒，那便找點事給她做吧。」

聽聞永平侯的三公子正在議親，趙瑾於是向未來駙馬爺打聽了一下，他那個便宜弟弟是否有什麼不太光彩的事跡。

未來駙馬爺聞言，沒急著告狀，反而問了一句。「殿下想替我出氣？」

趙瑾回道：「主要是替本宮自己。」

唐韞修不在意這麼點細節，他娓娓道來，讓趙瑾吃瓜吃到差點捧不住瓜，直呼年輕人的生活真精彩。

兩天後，華爍公主難得參加一個貴女們的宴會，席上眾人皆祝賀華爍公主好事將近。

平日不參加宴會的華爍公主在席上談笑風生，在一眾貴女間游刃有餘，直到有人祝她「早生貴子」，華爍公主忽然羞澀一笑，說道：「生孩子得看緣分，本宮是喜歡孩子，那日見著駙馬的姪兒時，便覺得可愛得緊。」

趙瑾說出這句話後，四周忽然安靜下來。

駙馬的姪兒？

未來駙馬爺唐韞修的兄長是世子唐韞錦，他與世子妃藍亦璇成婚後不久便駐守邊疆，能讓華爍公主在京城見上一面的姪兒，自然是唐韞修其他弟弟的孩子。

首先讓人聯想到的，便是永平侯的三公子，宋韞澤。

近來正在與永平侯府接觸的幾位女眷當場黑了臉。

趙瑾畢竟是個「懂事」的人，只有點到為止。

這種宴席上，向來是家醜不外揚，哪怕是其中有人在考慮趙瑾這番話的真實性，也不可能在大庭廣眾下問是不是宋韞澤，不過旁敲側擊的倒是不少。

趙瑾當然表現出一副什麼都不知道的模樣，語言是門藝術，她有得是辦法透露她想讓對方知道的訊息，哪怕是封建朝代，輿論的力量也不容易被削弱。

她同樣不是什麼好人，但並不喜歡造謠，搞事也要來點真的。

趙瑾這點操守放在前世，也許能稱作是新聞工作者對真實性的執著與追求，但眼下她就像是特意來害人的，之後也沒人敢找她麻煩。

只不過，沒人找她麻煩，不代表沒人找永平侯府麻煩。

那可是個活生生的孩子啊，怎麼可能毫無聲息呢？

最近藉著唐韞修尚公主的機會，永平侯夫人為兒子物色起了妻子，唐韞修與家中關係如何並不重要，反正他一日是永平侯的兒子，永平侯就是皇親國戚，有鑑於此，永平侯夫人挑剔的本事是更上一層樓。

目前她有兩位看好的人選。

一個是京城新貴的妹妹。聽說那位何靳坤大人被聖上外派到臨城多年，如今全家一同返京，深受聖上器重。前不久何家還新添了孩子，據聞是難得一見的三胞胎，全府上下都喜氣洋洋。

另一個則是御史大夫高峰之女。放在平日，永平侯可攀不上賢妃的姪女，然而高家前不久才因為賢妃幹的蠢事招致聖上厭棄，這時候永平侯府主動上門求親，倒顯得雪中送炭。

然而，華爍公主一出手，有些事情就浮出水面了，若是假的，怎麼都真不了，可若是真的，自然不可能憑空消失。

何家人最先將事情捅出來，何靳坤可不是只會動筆的文官，他一查便發現，那位正與自己妹妹議親的宋三公子，真有了孩子。

不只是他，連宋韞澤以及永平侯都是從別人口中得知，他們竟各自有了兒子跟孫子。

永平侯夫人這次算是攤上了大事。

事情還要說回兩年前，永平侯夫人給自己的寶貝兒子安排了通房，年輕人食髓知味，有些不自制，幾乎到了夜夜笙歌的程度。

待她兒子對那丫鬟的勁頭過去，永平侯夫人便將人送走，不料那丫鬟懷上了，被查出時已有五個月身孕。

永平侯夫人本該神不知、鬼不覺地將那丫鬟處理掉，可是丫鬟苦苦哀求，加上大夫診斷出腹中胎兒是個男孩，永平侯夫人便將她送到莊子上，如今孩子都一歲多了。

接下來，永平侯府注定不太平。

永平侯府鬧得天翻地覆，罪魁禍首華爍公主卻為了哄未來駙馬爺開心，帶他去看花燈。

雖然今日不是元宵節，但民間若是想搞點活動，也能用上花燈，更何況有趙瑾這個富婆在。

趙瑾總覺得這婚不能結得太隨便，雖然只剩下不到半個月的時間，但培養一下感情還是來得及。

於是就有了今夜這麼一齣——華爍公主帶唐二公子看星星、望月亮，從詩詞歌賦談到人生哲學……假的。

一開始的確是這樣沒錯，不過沒多久，趙瑾的注意力就被高臺上奏樂的姑娘給勾去了。愛美之心，人皆有之，哪管對方是男是女？

唐韞修站在趙瑾身旁，目光落在她身上，那眸裡閃爍的光，多少顯得有幾分不值錢。

「殿下喜歡看這種的？」這道男聲很輕柔，語氣又有那麼一絲絲曖昧。

兩人如今的身分是未婚夫妻，然而趙瑾觀念裡的未婚夫妻，在踏入婚姻殿堂前得百分百將對方全身上下摸索透澈才算得上，她沒想過有朝一日要和認識不到一個月的相親對象成婚。

趙瑾笑了聲，道：「你不喜歡？」

唐韞修幾乎是目不斜視地道：「不喜歡。」

不錯，比她有定力多了。趙瑾發出了驚嘆且讚許的聲音。

「殿下若喜歡聽琴聲，明日我可去公主府彈給殿下聽。」唐韞修道。

趙瑾不知道唐韞修的水準如何，可據她所知，世家子弟只要用點心去學習，音律方面總不會太差，連平日只會持刀弄棒的周玥都能彈出一曲〈鳳求凰〉。

華爍公主一度因為音律不及格而讓宮中的女官們惶恐不安——她那手只適合握手術刀，彈琴奏樂就算了。

唐韞修垂眸說著自薦的話，又對趙瑾道：「若是殿下喜歡其他的，我也能奉陪。」

話裡話外就一個意思——他並不比過去任何一名競爭對手差。

趙瑾聽懂了，她象徵性地鼓勵了一句。「明日靜候唐二公子大駕。」

說走就走，說彈就彈，這兩個人不到半個月便要成婚，卻過得比別人都悠閒。

趙瑾並不關心自己的婚禮是否夠氣派，也不關心駙馬有幾個家眷，甚至對駙馬本人也抱持著一種無所謂的態度——起碼在唐韞修看來是這樣。

他心動的人是高高在上的公主，是聖上的親妹妹，他曾差點因為自己的傲慢而與她錯過，即便如今得償所願，也不見得能笑到最後。這世間，人心最難得。

兩人對視之際，橋上的天空放起了煙花，五彩斑斕的絢麗光輝，似乎顯示著盛世之下的一派祥和。

當今聖上治理下的武朝，在衰敗過後又迎來了一個小小的興盛期，只是若追溯到武朝開國之初，便會明白那才真正稱得上是繁榮。

趙瑾感慨著，沒有戰爭使人流離失所的世間，確實令人容易心生觸動。

唐二公子是個說到做到的人，第二日公主府內不時傳出陣陣樂聲，住得近的某位王爺，甚至懷疑他這個不怎麼見面的妹妹是不是府上新請了樂師，樂曲竟彈奏得如此美妙，讓人難以忘懷。

另一頭的華爍公主本人則是說不出話了，只能鼓掌。

毫不知情的宸王趙恆派手底下的人去打聽，想知道皇妹究竟從哪兒請來這般傑出的樂師。

和公主府的下人稱兄道弟地打探消息過後，宸王的人回道：「稟王爺，是唐二公子在彈奏。」

唐二公子。

突然聽到這麼個名號的趙恆愣了一下，最後反應過來。「那個新駙馬？」

「正是。」

現在的駙馬為了哄公主開心，到底能做到什麼程度？

聽聞他這個妹妹前幾日還替駙馬出氣去了，這姓唐的可真有本事，大的讓聖上器重，小的直接當了聖上妹夫。

「王爺，您這是打算……」下人有些摸不透主子的意思。

就在這個時候，宸王府的靖允世子碰巧走了過來。「兒子見過父親。」
趙恆看著年滿二十的嫡子，想起他待在上書房那些年時趙瑾也在，便順口問了一句。「還記得你那個小姑姑嗎，華爍公主。」
殊不知，這句話像是觸動了什麼開關一樣，靖允世子趙景舟猛然往後退了一步，露出警戒的神情。
「父親，好端端的，您怎麼會提起……」這麼個煞星來了？
後面的話世子沒說出口，他的父親也沒能理解這未盡之語背後的深意。
「沒什麼，就是忽然想起這些年來沒怎麼見過面，公主府離這兒不遠，說不定日後抬頭不見低頭見。」
「抬頭不見低頭見」這幾個字讓趙景舟忽感一陣窒息，他緩緩問道：「父親，王府能搬嗎？」
惹不起還躲不起嗎？
宸王一臉疑惑，不明白兒子這是什麼意思。
趙景舟除了年屆二十仍不娶妻這點讓宸王始終不太滿意以外，其餘的他都做得相當不錯，是個可以扛起王府未來的人選。
可宸王不知，在他這兒子去上書房認識了他的小姑姑之後，三觀就發生了翻天覆地的變化。

能去上書房的，無非是皇子、皇孫以及伴讀們，宮中無皇子，聖上便塞了個公主作為宮中代表。

小丫頭片子一個，加上一些刻板印象，大家對華爍公主這個長輩的態度多少有點令人玩味，讓趙瑾自己來形容，那叫大男人主義，她面對的是一群大男人主義的幼年群體。

那還能怎麼樣，當然是一口一聲「小朋友」啦！

靖允世子與華爍公主同齡，還比她大上幾個月，剛入上書房那會兒只是個小豆丁，小豆丁被矮他半個頭的小姑姑按著腦袋教導：男子若過早收通房丫鬟，會導致各種彼時靖允世子還聽不懂的毛病，總結起來就是會「不行」。

在過早的年紀被洗腦，讓靖允世子二十歲了男德仍舊保持及格的成績。

有些紈袴會嘲笑靖允世子是童子雞，但秉持著嚴謹的科學精神，靖允世子發現，他那些泛泛之交、十幾歲便在女人身上醉生夢死且動不動便對酒當歌的公子哥兒們，身體情況確實呈現逐年變差的趨勢。

察覺到了這個事實的靖允世子，決定繼續默默遵守男德。

想到這裡，他不禁看向妻妾成群的父親。

宸王夜裡自然是忙碌的，後院除了世子的母妃，有位分的妾室有十幾人，若是雨露均霑，那可得按表操課，難怪有時見他父親早晨起來腳步都是虛浮的。

這話，靖允世子自然不敢說出來，然而這些觀察習慣無疑說明他那個小姑姑給他帶來的陰影之深。

那頭還沈浸在未來駙馬爺琴聲中的華爍公主，當然不知道自己某個冤家姪子已經開始想著如何徹底遠離她了。

經過這一日，趙瑾算是相信了唐韞修之前說的話，他在才華方面並不比他任何一位對手差。

不論家世、相貌、身材還是才藝，他都不遺餘力地展示。

「殿下覺得我相比其他人如何？」

趙瑾保持沈默。倒是沒見過這麼愛比較的，她有時都不得不懷疑，自己究竟是選了個人還是隻孔雀當駙馬。

這樣的懷疑沒能持續多久，因為華爍公主未出嫁便在公主府裡過起了逍遙生活，終究招致了聖上的「嫉妒」，被迫收假回宮備婚，也就是坐牢……

第二十一章　皇家親情

太后為趙瑾準備了一個嬤嬤，她擔心女兒對成親之後的事一無所知，又怕她初為人婦，處理不好公主府上的事，便讓嬤嬤在旁協助——趙瑾是這麼理解的。

然而太后不知道的是，她這千嬌萬寵長大的女兒很懂男女之事。雖然是知識上的巨人、行動上的矮子，但在教材與理論知識方面，曾歷經網路世界充分薰陶的趙瑾可以大言不慚地說：在座的各位，都是弟弟！

趙瑾，一個前世可以面無表情動刀給人掏腸子的女人，對那方面的事情，真的不值一提。

可惜太后愛女心切，她一面清楚地意識到終究要放女兒出宮，甚至還認為皇儲一事需要女兒顧全大局；一面又覺得她還小，從來沒獨當一面，日後若為人婦，只怕會受委屈。

這種矛盾的情緒，最終演變成一種權衡。

太后的天平早在許多年前便已傾斜，所以此時此刻，不管她有再多猶豫跟心疼，也不會影響她的決定。

用趙瑾的話來說，大概就是有點母愛，但不多。畢竟是上一屆宮鬥冠軍，趙瑾能理解。

在這種境況下，人太過清醒不是件好事，趙瑾很難對太后那雙「慈愛」的眼睛產生太多情緒上的波動，這也讓她產生了一種與母親有些離心的感覺。

自從被勒令回宮之後，趙瑾終於意識到自己是該關心一下全年無休的冤大頭哥哥了。

聖上這個位置確實不太好坐，於是華爍公主久違地給便宜大哥送去了慰問的雞湯。

「聖上，華爍公主來了。」李公公低聲道。

正在批閱奏章的趙臻不為所動，只是哼了一聲道：「她來這兒煩朕做什麼？」

李公公突然被他給整得不知如何反應了。

難道不是您自己下令將公主殿下帶回來的嗎？人家現在主動上門了，您還傲嬌著呢！

然而李公公是趙瑾眼中最有職業操守的人，他恭恭敬敬地說道：「聖上，公主殿下說多日未見您，甚是想念。」

「朕信她才怪。」

李公公還沒來得及再說句什麼，就聽見他的主子故作平靜地道：「讓那丫頭給朕滾進來。」

一時之間，「口是心非」這四個字在李公公腦子裡迴盪。

華爍公主端著個托盤進來，今日她難得打扮了一番，頭上插了些金燦燦的飾品，穿的也是橘紅色的長裙，算是有了些嫡長公主的模樣，那張臉的優勢在此時展現得徹徹底底。

「趙瑾參見皇兄。」她規規矩矩地端著東西跪下行禮。

趙臻揮了揮手，說道：「行了，既然端著東西就趕緊起來，等一下摔了有妳哭的。」

趙瑾隨口應了一聲，獻殷勤般將手中的托盤送到桌上。「皇兄，這是臣妹特地為您熬的湯，快嚐嚐。」

會不會說話啊，便宜大哥！

聞言，趙臻手上的動作一頓。「妳熬的？」

華爍公主沒來得及回答，便宜大哥便掀了掀眼皮子，與她有幾分相似的眸子帶著質疑。「現在是不折騰朕了，直接下毒？」

趙瑾立刻伸手捂住便宜大哥的嘴，隨後警戒地看了四周一眼。

只見趙臻緩緩拉開那隻無法無天的手，道：「妳做什麼？」

趙瑾也老實，她說：「臣妹怕您的暗衛突然出現，將臣妹當作刺客。」

聽到這句話，趙臻冷笑了一聲。「呵。」

「皇兄，」趙瑾回到正題上。「這湯臣妹可是熬了許久，絕對好喝。」

說起喝湯，趙臻倒是憶起了往昔，儘管他嚐遍了山珍海味，可依舊懷念當初小小的妹妹捧著湯找他一起喝這件事。

蓋子被打開了，滿屋子瞬間瀰漫著清香。

趙瑾是整鍋湯一起端來的，拿勺子舀了你一碗、我一碗。

她自己率先喝了一口，喝得發出了聲響，被聖上批評沒有貴女風範，隨後當著她的面優雅地喝了起來。

趙瑾心想，早知道這湯爛鍋裡算了。

從兩、三年前開始，聖上的身體狀況越發差了，具體表現在食慾不振以及畏寒、畏熱上，這幾年來他吃東西只為飽腹，可今日這湯，倒是勾起了他的食慾。

聖上喝了這湯當然會有食慾，這本就是趙瑾花心思為他弄出來的藥膳湯，雖然沒藥味，但花了趙瑾不知多少心思改善。

「這湯當真是妳自己煮的？」趙臻喝完了一碗，還是抱持著懷疑的態度。

趙瑾說道：「如果御廚幫忙料理了食材也算的話……」

哦，聖上懂了。也就是說，並非親力親為。

趙瑾當然不能這麼做，她若是全都自己來的話，御廚們怎麼會知道這湯的工序？

「皇兄下次若是想喝的話，可直接讓御廚煮。」說著，趙瑾又補充了一句。「但一個月四次便足夠，喝太多也不好。」

正所謂物極必反。

聖上自然沒明白妹妹的意思，這話聽起來像是在質疑他的自制力，於是他又是一聲冷笑。

趙瑾無言。這人怎麼年紀越大，越讓人捉摸不透？

這頭趙瑾在關心自己的便宜大哥，那頭未來駙馬爺也入宮了，只是他沒有求見公主，而是去見太后。

唐二公子慣會推銷自己，他若是願意，可以嘴甜，也可以討人喜歡，在趙瑾面前尚且能游刃有餘，更何況是在丈母娘跟前。

他給太后帶了禮物，又十分貼心地陪著太后坐了半天，期間更是句句不離公主，起碼在表面工夫上，對這個駙馬實在說不得半句不好。

等趙瑾從御書房回到仁壽宮後，察覺母后殿內歡聲笑語，差點以為自己回錯地方。她的駙馬穿著她送的衣裳，和她母后相談甚歡，氛圍融洽到趙瑾以為這是她母后另一個兒子。

事實證明，唐二公子在社交方面和華爍公主也有相似之處，他們都可以成為人群中最耀眼的社牛，對此，趙瑾是非常欣賞的。

「瑾兒，過來。」顧玉蓮眼尖瞅見了女兒。

趙瑾懂事地坐到太后另一邊，這會兒和唐韞修對視一眼，對方那雙丹鳳眼裡閃爍著笑意，讓人生出一種含情脈脈的錯覺。

「韞修陪哀家聊好久了，你們大婚上可還需要什麼？若是有喜歡的，儘管提出來。」

趙瑾垂眸道：「母后不必憂心此事，兒臣自己會辦好，聽嬤嬤說您近來有些睡不好，兒臣喚了徐太醫給您調理，他等一下便過來了。」

徐太醫是宮中的紅人，一手精湛的醫術讓他年紀輕輕便得到聖上的器重，平日除了聖上、皇后以及太后，其他妃嬪想喚他診治，他還不一定有時間，畢竟他大多只照顧聖上一人。

「徐太醫這般忙，喚他來做什麼？」顧玉蓮嗔怪道。

趙瑾點頭道：「皇兄給了俸祿，他該幹點活。」

「妳這孩子說什麼話呢？」顧玉蓮道。

誰不知徐太醫在宮裡稀罕到什麼程度啊，醫師哪裡是這麼好培養的？

趙瑾花錢創辦京師醫學院這麼多年來，也就出了一個徐太醫，距離趙瑾想要的醫學盛世還差得很遠。

人要活命，首先得確保溫飽，可在古代，莊稼的產量遠遠不及後世，加上賦稅在身，尋常百姓家都有吃不飽的時候，既然民生問題沒獲得解決，誰有心思去琢磨前途？

前世趙瑾學醫已耗費了多年工夫，此番重生成養尊處優的公主，哪有心思去學什麼農。現在想來，當初還是草率了，應該再逼一逼自己的，醫都學了，還怕多掉那麼一點頭髮？若能挑燈夜讀，她如今該成為半個驚天動地的偉人了。

可惜，夢能作，現實卻依舊殘酷。

趙瑾只能砸錢給願意在農業方面鑽研的人才，然而缺乏數千年後的專業知識，這條路不知還要走多久。

徐硯在日落前終於趕抵仁壽宮，一到就趕緊告罪。「臣參見太后娘娘，方才在鑽研藥方，一時入迷忘了時間，請娘娘恕罪。」

這番話說得忐忑，不過顧玉蓮今日心情還不錯，畢竟女兒跟女婿都在身側陪伴著，她「嗯」了一聲道：「徐太醫年輕有為，凡事先緊著聖上便行。」

年輕的太醫一聽這話，內心更加不安，他低著頭，不知該回些什麼才好時，顧玉蓮便道：「平身吧。」

徐太醫上前為太后診脈，她身旁那對年輕的男女，儼然是即將大婚的公主與駙馬，徐太醫不過匆匆一瞥，隨後便全身心投入自己的工作當中。

傳聞華爍公主身體極為虛弱，然而徐太醫入宮當值這麼久以來，各宮娘娘都想喊他去調理一番，而這位「病弱」的華爍公主卻始終沒召過他。今日這一齣，也是將他叫來給太后診脈。

不過徐硯沒多想，只是在診脈之後囑咐太后道：「太后娘娘近來有些上火，臣給娘娘開些方子。」

顧玉蓮一聽見這話便蹙眉。「哀家最近吃不得苦。」

「是藥三分毒」這句話暫且不提，反正只要是藥，就沒有好喝的。

太后年紀大了，雖有健康意識，在飲食方面注重清淡，卻是極懼藥味。

徐太醫原本還指望華爍公主能勸太后兩句，結果這位主兒不僅沒勸，甚至還道：「那便給母后開些不苦的藥來。」

這便是強人所難了。徐太醫心裡默默嘆了口氣。

公主大婚確實是要緊，加上可能是宮中太久沒辦過喜事，趙瑾的婚事雖然操辦得匆忙，卻沒少花一點心思，可在其中花心思的人，並不包括沒心的華爍公主。

若是不出意外，這輩子說不定就這次大婚，出了意外的話可能還有第二、三、四、五……次。

趙瑾對公主的命運掌控得還算準確，就目前來說，她之後會不會倒楣，取決於兩點，一是她的便宜大哥活得久些，二是仰仗她的便宜大哥再多疼惜一下自己的親妹，不要搞事。

這日從皇宮出去時，唐韞修掏出了一支簪花。「不知殿下喜歡什麼款式，這支茶花簪是今早偶然在街上看見的，覺得與殿下氣質還算般配，望殿下笑納。」

趙瑾的目光落在那支紅色茶花簪上。

她不太愛研究這些飾品，但不代表一竅不通，這簪花上面有個金色的小印記，是京城某家著名首飾鋪專屬的記號。

偶然在街上看見的？趙瑾輕聲笑了聲，沒有點破，反而大大方方地接下。「那便謝過唐二公子。」

她又不是什麼千年萬年的鐵樹，就算她是好了，面對這樣看起來對自己處處用心的「美人」，鐵樹也該開花了。

然而唐韞修遠比趙瑾想像中更主動，他說道：「殿下什麼時候能給我換個稱謂？」

不拐彎抹角，想要什麼就直接說，這一記直球實在打得又準又狠。

趙瑾聞言，眸光在他身上流轉了一番，而後道：「只剩不到半個月，唐二公子也等不及了？」

還是唐二公子。

唐韞修倒不是缺耐心，感情這件事本就不能操之過急，他懂得循序漸進，只是趙瑾的心思，著實讓他捉摸不透。

貴為公主，她為了給他出氣，特地去參加宴席給那幾個人添堵，然而瞧著他的目光裡，又似乎沒出現過其他情緒——她不喜歡他。

唐韞修名聲一般，但真正見過他的姑娘，沒幾個是不動些旖旎心思的，如今華爍公主倒是個例外。

「殿下是覺得半個月太短了嗎？」唐韞修稍微湊近了趙瑾一些，道：「可按我看來，日子還是過得太慢了。」

趙瑾沒想過聽年紀比自己小的男人說情話是這種感覺，果然富婆能享有的快樂令人心動。

「就差半個月而已。」她道。

帥與能不能抱上啃一口，還是有點區別的，趙瑾想著想著，對上了唐韞修那張稍微有些蠱惑人的臉……

算了，她可以。

公主府是他們日後生活的地方，這幾年趙瑾深居簡出，這個嫡長公主的頭銜有跟沒有區別不大，可等到籌辦起婚禮事宜時，受寵程度的不同便展現出來了。

當朝未婚的公主就她這麼一個寶貝疙瘩，聖上寵愛、太后疼惜，就連皇后這個嫂子也待她不錯。

就好像歪打正著般，她還挑了個有錢的駙馬爺，夫妻兩人在財務方面沒有任何壓力，「貧賤夫妻百事哀」這句話注定和他們兩人扯不上關係。

大婚的日子一天天逼近，成親當日的鳳冠霞帔和各種物品擺滿了趙瑾的寢殿，她不緊張，倒是周圍的人都忙得團團轉。

唐韞修這幾日也不進宮了，一來趙瑾給了他出入公主府的自由，讓他有需要置辦的就隨時上門，或是吩咐陳管家；二來是聖上覺得不成體統。他嘴上說著未出閣的姑娘哪能日日見外男，實際上趙瑾合理懷疑他是見不得年輕人談戀愛。

是的，根據華爍公主的判斷，她與未來駙馬爺如今應該是踏入了戀愛階段，雖只是牽過小手的交情，卻純情得連她自己都有些春心萌動。

越是臨近婚禮，便宜大哥送來的東西也就越多，趙瑾都懷疑他是不是將自己的私庫給搬空了，這可不行。

當今聖上的後宮人數相比先帝那時少了許多，然而聖上在位超過二十年，就算每年只納一個妃嬪，也不是個小數目，每年不說晉升位分，好歹也該送點東西，何況他出手怎麼樣都不能寒磣。

從前趙瑾看後宮時難免會有些膈應，畢竟前世接受的教育深入骨髓，且身為醫師，她總會下意識思考，一男多女的搭配方式，真的不會得病嗎？

後來她想開了，別看後宮幾十個人，有的妃子就像被打入冷宮般，一年都見不著聖上幾次。說到底，宮妃像是份工作，位分越高、工資越高，趙瑾在打聽過幾位娘娘的固定工資後，也生不出「她們好可憐，居然要爭一個男人」的錯覺了。

建立在聖上膝下只有女兒的前提下，爭寵，不過是妃嬪工作的形式之一。趙瑾本就不太穩固的三觀，突然有了落腳之地。

有鑑於趙瑾這便宜大哥對妃嬪還算大方，秉持著「怕哥哥送不出東西」的想法，她委婉地提醒了一下聖上。

然而哪怕她再委婉，聖上始終是聖上，親哥也始終是親哥，他一下子就聽懂了趙瑾的弦外之音。

「怎麼，這是怕朕窮了？還是怕朕給不起公主府的俸祿？」
這話說得多傷兄妹感情啊！
趙瑾嬉皮笑臉道：「皇兄，臣妹是覺得送來的東西太多了，到時候不好搬去公主府。」
這句話說完，只聽見「啪」的一聲，聖上將手中的毛筆拍在桌上，毛筆上的墨水將宣紙染上了黑色的星星點點。
「怎麼，不過是成個婚，皇宮便不是妳的娘家了？日後也不打算回來小住？東西擱在仁壽宮不成嗎？」
不是趙瑾想找碴，可放眼望去，有幾個出閣的公主有事沒事就回宮住的？
便宜大哥這話，有些情緒勒索了。
從前倒是不覺得他這麼盼望自己這個妹妹留在宮裡，若不是被催婚，趙瑾如今還應當在甘華寺過著單身貴族的生活呢。
「皇兄，日後若是有機會，臣妹當然會回宮陪您和母后。」
不就是畫餅嗎，說得誰不會一樣？
抬眸間，趙瑾恍然發現，自己這個便宜大哥髮間越發花白了。
聖上已經不再年輕——這個認知忽然出現在她腦子裡。

第二十二章　大婚前夕

趙瑾並非不明白，皇家雖然一向薄情，但這些年來，任憑趙瑾從哪方面想，她這個便宜大哥都沒虧待過她。

君心難測，聖上心中哪怕有溫情，也不會太多，可就是這麼一點，便讓趙瑾過得極其舒心。

待趙瑾離開，李公公上前為聖上添茶，就聽到他像是自言自語又像是在問他般道：「你說這丫頭是喜歡她的駙馬還是不喜歡？」

李公公斟酌著該怎麼回答才好。

這管得寬了些啊聖上。早些時候還好說，可如今賜婚聖旨已下，婚禮也快到了，除非駙馬出了什麼事，不然這婚照成不誤。

李公公還在思考，抬眸發現聖上的神色有些陰鷙，內心不禁咯噔了一下，心道聖上該不會是臨時反悔，打算讓駙馬出點事吧？

說實話，聖上待華爍公主，確實比對自己的親生女兒要好上許多，可對華爍公主的夫婿不一定同樣好啊……

他還沒想個清楚，就聽到聖上說：「唐韞錦給朕傳了密詔，說長兄如父，想回來看弟弟成婚。你說他們的爹還沒死呢，怎麼就長兄如父了？」

李公公低下頭，不敢說話。

聖上向來看重唐家，雖然原本的唐家不復存在，但只要世子一直受聖上器重，也不是不可能出現第二個唐家，何況如今永平侯的爵位，將來會是世子的。

聖上在考慮要不要讓世子回京。

這當然不是兄長參加弟弟的婚禮那麼簡單，唐韞錦手握兵權，若是回京，自然不可能偷偷摸摸，必然是浩浩蕩蕩，才合乎情理。

然而眼下距離大婚沒幾日了，唐韞錦就算是快馬加鞭，也不可能率領著這麼大一群人回京，就是他自己和幾個親信而已。

李公公沒開口搭腔，聖上也不需要別人出謀劃策，御書房便漸漸安靜了下去。

到最後，李公公也不知道聖上究竟有沒有准許永平侯府世子回京。

大婚前兩日，趙瑾聽聞出閣的安悅公主與安華公主回宮，她們倆分別是德妃與賢妃的女兒。

賢妃前些日子招致聖上厭棄，身為女兒的安華公主因此入宮求情，只是她連她父皇的面都沒見上。

聖上當然知道這個女兒是想替她母妃說話，所以乾脆直接不見。

他不見歸不見，倒是讓他的冤家妹妹揹了黑鍋。

「母妃，父皇他怎麼能因為趙瑾如此待您？」安華公主趙沁抱怨著，言語間不見對姑姑的敬意。「難不成妹妹比女兒更親？」

這話一說出口，原本已經將事情放下的賢妃再次握緊了拳頭。她自然比自己的女兒知道得多一些，譬如太后那邊的打算，多好的如意算盤啊！

後宮妃嬪至今仍未誕下皇子，卻無人會責怪聖上，可如果真要從宗室中挑選儲君，為何外甥可以，外孫卻不行呢？

賢妃高麗云看著育有一子的女兒，眼神堅定道：「沁兒，明年崢兒便滿三歲，屆時送來上書房，讓妳父皇好好看著。」

這是賢妃自己的打算。哪怕同為公主生母，不同的人，心思也不一樣。

只比安華公主大一歲的安悅公主趙潔帶著自己三歲的女兒入宮，此時正在德妃這裡。

「母妃，小姑姑即將出閣，兒臣此番回宮，需要去仁壽宮問候一下嗎？」

母女兩人要談事情，便將小郡主交給宮人照看。

「妳既回宮，就算不去見妳父皇，也該去拜見一下太后。」德妃衛欣說著。「至於妳小姑姑，母妃準備了些禮物，妳一併送過去，賀她大婚。」

安悅公主沒意見，她雖然比自己的小姑姑大好幾歲，可對方畢竟是長輩。從前就算同在後宮，也不能時常見著，這位小姑姑似乎不大愛見人，加上有父皇和皇祖母寵愛，地位確實比她們兩個公主要高一些。

德妃向來不考慮儲君這位置花落誰家，她不是後宮裡最受寵的那一個，也深知自己絕無再生育的可能，儲君一事，聖上自有決斷，此時此刻對皇儲有興趣的，到頭來說不定會竹籃打水一場空。

母妃不爭不搶，安悅公主也明白自己不是那塊料，母女倆說著近些日子來的各種生活瑣事，倒是平靜悠閒。

此刻的仁壽宮內，即將出閣的華爍公主不僅沒有半點要出嫁的自覺，她甚至不顧自己貴為公主，就那麼蹲在牆邊逗野貓。

說是野貓，也不是真的野貓，好歹華爍公主已經餵了牠幾年。

之前這貓不知從哪兒冒出來，小小的一隻，瘦得皮包骨，無意間竄入仁壽宮，宮人們嚇得半死，生怕牠衝撞貴人，結果趙瑾恰好看見，沒讓人趕，反而讓宮女拿了生肉過來，餵了一段時間。

野貓是隻小三花，趙瑾餵了幾個月後開始發福，後來摸熟了地界，知道這兒有個能白吃白喝的地方，小三花也跟著姓趙了。

趙瑾雖然沒給牠取名，但有不少人都知道，這是華爍公主養出來的貓。

當趙瑾在甘華寺時，宮人們也沒落下牠一頓，今年開春，從一隻貓變成了五隻——生了三隻，還給趙瑾帶回來一個女婿。

女婿挺好看的，白花花的一團，圓潤的臉蛋、綠油油的圓眼睛，生下的崽子裡面，有一隻複製的小三花、一隻小白貓跟一隻小黑貓。

趙瑾逗著小貓玩，如今日光正好，一排小貓咪齊齊曬著太陽，大的小的養得毛髮蓬鬆，時不時還走過來蹭一下趙瑾的腳踝，然後躺平要摸摸。

這時候，耳邊響起了一陣細微的鈴鐺聲，趙瑾循聲看過去，就看見小三花崽子用自己的尾巴釣來了一個人類幼崽。

小姑娘腦袋上紮著兩個小髻，雖然不是過年，但穿得也算喜慶，小臉蛋粉嫩白皙，滴溜溜的大眼睛，正蹲著想伸手去摸貓崽子。

趙瑾看了周圍一眼，沒瞧見其他宮的宮女或太監，這麼個小孩，雖說沒穿金戴銀，但那節肉乎乎的手腕上戴的鐲子，一看就知道不是尋常人家出來的；再者，尋常人家的孩子也混不進皇宮。

思索間，那小三花崽子猛地竄到趙瑾腳邊，小姑娘也跟著往前一撲——沒撲到貓崽子，反而撲到一雙繡花鞋跟前，一抬頭，對上一雙漂亮又帶著打量的眼睛。

「小姑娘，妳是誰家的？」趙瑾開口問道。

小姑娘頂著一張人畜無害的可愛臉蛋，奶聲奶氣地答非所問。「我叫恬恬。」

甜甜？

趙瑾面無表情地盯著跟前的幼崽……看著是挺甜的，但在她印象中，不記得有哪家的幼崽叫「甜甜」的。

「甜甜，」趙瑾從袖子裡拿出了一顆糖。「過來。」

孩子很好拐，小姑娘就這樣懵懵懂懂地被一顆糖和一個長得漂亮的怪姊姊騙了過去。

趙瑾許久沒接觸過小孩了，最近的一次還是去上書房逗姪子跟外甥們，都是些男孩，精力充沛得不得了，吵鬧得很。現在忽然有個粉裝玉琢的小姑娘送上門來，她怎麼可能不逗逗？

隨手打發了宮女去打聽哪個宮丟了孩子，趙瑾提起將小姑娘釣來的小三花崽子，放到小姑娘懷裡。

「貓貓！」恬恬欣喜地抱著小貓崽。

小三花是牠三個兄弟姊妹裡最溫順的一個，從不抓人或咬人，她不必擔心貓將小姑娘給傷了。

然而，事實證明趙瑾原先有些多慮了。貓在對待人類幼崽上有點雙標，不僅是小三花，沒一會兒，小白貓、小黑貓還有牠們的爹娘全圍住了小姑娘，溫馴地供她摸摸。

趙瑾無語。行，就逮著年輕力壯的使勁作怪是吧？

仁壽宮的庭院裡沒幾個宮人守著，有一大一小兩個小姑娘、幾隻花色與姿態各異的貓貓，在花草圍繞下玩得開心，日光照射、微風輕拂，儼然一幅格外動人的畫卷。

聖上散步到仁壽宮時，看到的便是這樣的畫面：姑娘和小姑娘似乎倦了，大的抱著小的在美人榻上小憩，美人榻旁邊的地上，橫七豎八地躺了幾隻圓潤的貓。

這樣溫馨的一幕，讓聖上的腳步不由得一頓，抬手攔住正要通傳的太監，太監張了張嘴，又在轉瞬間閉上了。

在這靜謐的午後，聖上放輕了步伐，一步步走到庭院中間，貓咪被他的腳步聲驚醒，卻沒有動彈，只小小地喵了一聲，又轉過頭去閉上眼睛，絲毫不將九五之尊放在眼裡。

聖上無言。這畜牲怎麼有些看不起人？

就在這個時候，在美人榻上窩著的小姑娘睜開了眼睛，不偏不倚地和聖上的視線對上了。

那雙滴溜溜的眼睛看著聖上，直勾勾地將他從頭到尾打量了一番，最後忽然彎了一下眸子。

「皇祖父！」

趙瑾被這一聲驚醒了，一睜眼就看見便宜大哥站在旁邊，更讓她錯愕的是懷裡這小姑娘喊出來的稱呼。

皇祖父啊……這是哪個公主的孩子？

顯然趙臻自己也愣住了，他問趙瑾。「妳從哪兒找來的孩子？」

趙瑾一臉問號。她喊你皇祖父耶，你問我？

她雖沒開口，但眼神已經譴責起了自己這個便宜大哥。

在胞妹責怪的目光下，趙臻搜索起了腦內的記憶，所幸不過兩個女兒，他很快就想起來了。「朕記得安悅的女兒應該就這般大。」

安悅公主？德妃的女兒啊。知道了幼崽的身分後，趙瑾低頭捏了小姑娘嬌嫩的臉。「那我豈不是妳的姑祖母？」

幼崽一臉懵懂地仰頭看著趙瑾，歪了一下腦袋喊道：「姊姊？」

趙瑾差點沒了呼吸。被人類幼崽的可愛攻擊到了。

一旁的趙臻低頭看著自己的外孫女。「妳如何知道朕是妳的皇祖父？」

小姑娘又看向聖上，奶聲奶氣道：「母親說，宮中穿黃色衣服的就是皇祖父。」

非常簡單粗暴的認法。

趙瑾憐愛地看著懷裡的孩子，不由得說出心裡的話。「真可愛，該送來唸書。」

「妳拐安悅的孩子過來做什麼？」趙臻問。

「不是我拐的。」趙瑾抬了一下下巴，對聖上道：「是貓拐的。」

聖上看著圓滾滾、毛茸茸的小貓崽，心想還真有可能，小姑娘就喜歡這玩意兒。

他轉頭問李公公。「今日安悅進宮了？」

李公公垂眸道：「回聖上，安悅公主與安華公主都進宮來了。」

「哦。」趙臻不太關心這些，他對李公公道：「派人給德妃和安悅說一聲，說郡主在仁壽宮。」

李公公領命而去，聖上與妹妹還有三歲的小姑娘大眼瞪起了小眼。

「姊姊……」恬恬剛開口喊了聲，便被打斷。

趙臻道：「喊姑祖母，憑什麼她是姊姊，朕是皇祖父？」

這話讓趙瑾微微挑眉。您老人家比我還大三十歲呢您說為什麼？

聖上威嚴的形象深植人心，哪怕是個三歲小孩也沒能忽略。

小姑娘一看皇祖父嚴肅的臉色，眼眶裡立刻有淚光打轉，趙瑾馬上用眼神怪起了便宜大哥。

趙臻乾咳一聲，欲蓋彌彰道：「這孩子倒是沒妳小時候膽子大。」

眾所周知，華爍公主小時候拿玉璽當玩具，別說怕不怕聖上，她那舉動看起來就像是要誅九族的……哦，誅不成。

「別哭了，皇祖父帶妳玩。」沒多少照顧孩子經驗的趙臻生疏地哄著小姑娘。

大概是因為聖上這張臉年輕時也曾經顛倒眾生過，恬恬逐漸收斂了淚光，怯生生地抬眸看著聖上道：「皇祖父？」

面對外孫女有些期盼的目光，還有妹妹直勾勾的眼神，聖上頓時騎虎難下。

德妃和安悅公主匆匆地趕到仁壽宮時，便見到了駭人的一幕。

她們眼中威嚴的君王揹著一個小姑娘上下顛著，庭院裡充滿了小姑娘清脆的笑聲，華爍公主則是躺在美人榻上，有一隻圓滾滾的三花貓窩在她身旁。

「臣妾參見聖上。」

「兒臣參見父皇。」

這麼一行禮，便打斷了爺孫之間的互動，趙臻朝她們看了過去，語氣平淡，聽不出責怪與否。「怎麼讓孩子自己一個人在宮中亂跑？」

此話一出，德妃與安悅公主兩人馬上跪下，身後的宮人們也跪了一片。

德妃衛欣道：「請聖上恕罪，是臣妾一時疏忽，沒看好恬兒。」

安悅公主趙潔自然維護自己的母妃。「父皇，是兒臣沒顧好女兒。」

聖上沈默地看著她們兩人，半晌沒說話，直到趙瑾從美人榻上站起身，提醒道：「皇兄。」

趙臻乾咳一聲道：「都起來吧，這次是跑來仁壽宮，下次再亂跑，出了什麼意外可不是小事。」

德妃與安悅公主自然害怕，負責照顧小郡主的宮人一個不留神的工夫，孩子就不知從何處鑽走了。德妃宮中的人全都出動，卻是半天沒找著小郡主，直到聖上身邊的李公公跑來告知，母女倆才終於鬆了一口氣。

仔細一看，安悅公主的髮鬢間略顯凌亂，顯然是急著找女兒導致的。

聖上放下背上的外孫女，小姑娘立刻撲回安悅公主懷裡，然後探出腦袋看向聖上與趙瑾兩人，滴溜溜的眼睛在他們身上打轉。

衛欣上前一步道：「今日臣妾與安悅恰巧想去給太后娘娘請安，此番正好……」

她正想告退，趙臻便開口道：「朕剛好也要去給母后請安，一起。」

一群人都要去見太后，剩下的便是趙瑾，她坐回美人榻上，打了個哈欠道：「那你們去吧。」

她再躺會兒。

誰知趙臻卻道：「給朕起來，站沒站相、坐沒坐相，走出去丟朕的臉！」

趙瑾張口想說句什麼，又忍不住打了個哈欠。

見狀，趙臻終於忍無可忍道：「要睡滾回妳的寢殿睡！」

趙瑾點頭道：「哦，那皇兄，臣妹告退。」

一邊的德妃和安悅公主簡直嘆為觀止，大概是從未見過有人敢如此和聖上說話，心中震撼。

華爍公主受寵，絕非虛言，只是若這份恩寵落在她們身上，她們也敢這樣放肆嗎？

她們不敢。

這日一過，華爍公主的大婚便近在眼前。趙瑾作為主角，也知道當新娘可不是個簡單的活兒，尤其這還是公主出嫁。

趙瑾不知自己是什麼時辰被人從床上挖起來的，先是漱洗，後是換衣裳。自食其力許多年的華爍公主在換喜服這方面終究放棄了自己的執著，任憑其他人擺布。

好不容易穿上喜服，接著不知道有多少雙手在她臉上忙碌，宮女們途中幾次稱讚公主的花容月貌，趙瑾卻是累得敷衍點頭，睏到睜不開眼睛。

公主自宮中出嫁，有些流程定不可免，等腦袋戴上鳳冠，趙瑾也成了個苦瓜臉。

「殿下，大喜之日，切忌哭喪著臉。」紫韻在旁邊提醒道。

從起床到現在，趙瑾還沒吃東西。身為新娘，她今日的吃食也有講究，加上天沒亮就被折騰起來，她現在沒什麼胃口，隨便應付著吃了兩口，就被抹上唇脂，成了個「啞巴新娘」。

很漂亮的啞巴新娘，宮女與太監看見了，都驚為天人。

第二十三章　宮內婚儀

華爍公主貌美是事實，只是今日她一襲紅衣，嫁衣上繡有金色與黑色相間的鴛鴦紋路，額間一點紅，紅唇輕揚，一雙杏眸波光瀲灩，似有千言萬語，更顯嬌美。

光憑這般美貌，只怕她盯著某個人看時，對方便願將天下拱手相讓，做個烽火戲諸侯的昏君。

所幸，她是皇室尊貴的嫡長公主，而非後宮爭奇鬥豔的一朵花。

「殿下，」劉嬤嬤走進來向她行禮。「時候不早，太后娘娘已經等著了。」

不僅是太后，駙馬爺也一早便出現在仁壽宮外。

唐二公子一改往日浪蕩不羈的模樣，穿著與趙瑾配對的喜服，紅、黑、金色交織，襯托得他整個人格外英俊，深邃的五官和清晰的下頷線，讓宮人不禁暗暗感慨，果真是郎才女貌。

不僅是外貌，駙馬爺這肩、腰、臀，可不是那些文弱書生能比的。挑駙馬嘛，又不是挑一國棟梁，既好看又得公主喜歡，不就夠了嗎？

眾人的原則與挑剔，在此時拋棄得乾乾淨淨。

在周圍驚嘆的目光流連時，唐韞修似有所感，他抬起頭來，一道紅豔的身影頓時映入眼簾。

身著嫁衣的華爍公主手執綴著金色流蘇的團扇，半遮臉龐，緩緩跨過宮殿前那道門檻，往唐韞修的方向走來。

在那雙明媚的眸子朝他投來視線時，心理素質向來不錯的唐韞修心跳猝不及防地漏了一拍，再反應過來時，趙瑾已經走到他面前伸出了手。

公主出嫁，首先要去拜見太后，不管太后是不是其生母。

太后今日看起來格外有精神，尤其是看見自己的女兒與駙馬緩步走進宮殿，再慢慢走到她眼前時。

「兒臣參見母后。」

「兒臣參見母后。」

兩道聲音。太后的心情頗為複雜，她曾經無比盼望女兒覓得良人，可大婚這日，她又覺得自此身邊再無貼心之人。

「瑾兒，往後府上事務皆需妳自己操持，若有不明白之處，可先問過姜嬤嬤。」

姜嬤嬤是太后為女兒準備的，為她日後遇上各種事時提供解決的方案。送上門來的人，趙瑾不可能推辭。

「母后放心，兒臣會照顧好自己。」趙瑾垂眸。「也請母后在宮中照顧好自己，勿要憂心兒臣。」

顧玉蓮怎麼可能不憂心，只是此刻……她看向即將和女兒共度一生的年輕人。「駙馬，哀家今日將女兒託付於你，還望你們能相互扶持，和和美美過一輩子。」

唐韞修雙手作揖道：「兒臣謹遵母后囑咐。」

在仁壽宮沒耗多少時間，趙瑾與唐韞修便去拜見聖上。

嫁衣的裙襬不短，但凡稍微不注意，都有可能將自己絆著，平日穿不慣這些的趙瑾，今日倒是全程端莊，標準的公主模樣。

唐韞修低頭輕聲問了一句。「腦袋重不重？」

怎麼可能不重呢？趙瑾強忍著不適，沒給他一個白眼。

顯然唐韞修也清楚自己問了廢話，他垂下眸子，目光落在兩人交握的手上。「再忍忍，等會兒擺宴席時，我帶殿下去休息。」

公主下嫁，連宴席也設在皇宮內。這裡是趙瑾的地盤，唐韞修當然沒有她熟，只是他說出這句話時，倒是讓趙瑾覺得窩心。

保和殿之內，一身金黃龍袍的君主端坐於首座，下方滿是皇親國戚、眾大臣以及永平侯府的族人。

賓客自然多得很，除了想見見宮內目前最後一位公主出嫁的盛況，他們對華爍公主本人也抱持著好奇的態度。

一襲紅衣的公主與駙馬相偕走來，踏上階梯，在宮人的指引下步入大殿，到了殿中央，兩人停下腳步，齊齊跪下。

「臣妹參見皇兄。」

「臣唐韞修參見聖上。」

聖上瞧見盛裝打扮的妹妹，眼底的情緒不露半分，可在這樣喜慶的日子裡，倒是真讓人察覺到他的一絲不捨。

「平身。」

「謝皇兄。」

「謝聖上。」

聖上看著兩位新人，開口道：「朕許你兩人今日成婚，今後望駙馬疼惜公主，朕就這麼個親妹妹，若是她受了委屈，朕定不饒你。」

趙瑾心想，雖然不知其中有多少作戲的成分，但便宜大哥今日說話倒是中聽。

武朝皇室成親的禮節不少，除了聖上坐在上面，其他人皆站在一旁準備觀禮。

聖上給李公公一個眼神，他便立即會過意，揚聲道：「吉時已到，新人行禮——」

趙瑾與唐韞修依照指令進行儀式，待李公公口中說出「禮成——」兩個字之後，聖上開口了。「入席吧。」

眾人入座後，宮人、樂隊魚貫而入，一時之間，保和殿內響起琴瑟之聲，祝賀之語不斷，菜餚一一被端上。

唐韞修還記掛著趙瑾腦袋上沈重的鳳冠，想伸手為她扶著時卻被攔下，只見趙瑾低聲說：「等一下還要去坤寧宮拜見皇嫂，先忍忍吧。」

聞言，唐韞修將肩膀湊了過去。「殿下不如靠著我？」

說著他虛摟了一下趙瑾，她便下意識地往他那邊靠去，耳邊響起首飾碰撞的聲音，她腦袋上一半的重量都壓在他的肩膀上。

趙瑾內心掙扎了一會兒，最後還是任由自己稍微「不成體統」。

沒辦法，她這腦袋上戴的是真金白銀，也是真重，一天下來，她這脖子還要不要了？

這場宴席的主角雖然是他們兩位，但兩位主角似乎沒將大家當外人，直接當著眾人的面前膩歪，大夥兒眼裡的情景是這樣的：公主與駙馬挨得極近，小倆口說著悄悄話呢。

聖上當然不瞎，他也看見了，但這本就是他們的大婚之日，雖是靠得近了些，但新婚夫妻靠近說話無可指謫，就是礙眼了點，看著就讓人想賜和離。

宴席上吃好喝好的人絕對不包括兩位主角，身為駙馬，唐韞修不得不經歷這樣一個流程——被敬酒。

別說他，趙瑾自己都喝了幾杯下肚。

最後駙馬的臉頰染上了薄粉，一副要醉不醉的模樣，而上來敬酒的人已經換了一批，輪到年輕人了。所謂年輕人，不過是與趙瑾年紀相仿的冤家姪子、外甥們，也就是世子跟郡王那些。

唐韞修並沒得罪過這些人，得罪他們的人是趙瑾。上書房的仇記到了現在，趙瑾一度懷疑他們幾個的心眼加起來還沒一粒米大。

「今逢小姑姑和姑父大喜之日，我等作為後輩，理應敬姑父一杯。」

說這話的是聿榮世子趙勳，洛王之子，比趙瑾大上五、六歲。

洛王在他們那輩排行第十一，但孩子卻生得極早，聿榮世子當初在上書房稱得上是最想當大哥的那個，甚至不知死活地欺負自己的小姑姑，然後就被制裁了。

華爍公主用幾滴眼淚換來他被太傅打手板，接著公主有空沒空便纏著聖上，讓聖上在早朝時找他爹告狀。

洛王是聖上幾個還活著的弟弟當中難得胸無大志、只想混吃等死的，聖上待他不薄，結果兒子竟欺負了聖上親妹妹？

聿榮世子再次喜提一頓打。

當然，不是誰被打了幾頓後腦子都能拐過彎來，聿榮世子屬於「知難而上」的類型，可惜老天給他的復仇機會不夠多。

他在這個小姑姑手底下吃過這麼多虧，可她已經長大，他不得不止在一個「不能欺負女人」的禮節上，何況這還是個有靠山的女人。

行，不欺負她，就欺負她男人，於是駙馬爺似乎難逃被灌醉的命運。

就在此時，新娘開口了。「想敬酒，不如敬本宮？」

周圍一陣寂靜。

為首的聿榮世子趙勳扯了一下嘴角。「小姑姑今日大喜，怎麼，還捨不得駙馬喝杯酒嗎？」

這就有點道德綁架的意思了。

趙瑾輕笑道：「你也知道誰是你姑姑，本宮不配讓你敬酒嗎？」

論起道德綁架，誰不會？

聿榮世子硬著頭皮給趙瑾敬了一杯酒，就看到那位從前「柔弱不能自理」的小姑姑一口乾了，又說：「再來。」

一連幾杯酒下肚，新娘清醒得很，絲毫沒有要醉的意思，甚至還饒有興致地看著後面幾個原本也想搞事的姪子跟外甥。

當她的目光掃到宸王府的靖允世子趙景舟時，他目光閃躲，下意識地後退了些。想到日後彼此要當鄰居，且抬頭不見低頭見的情況，他決定認慫，說了幾句吉祥話便逃之夭夭。

至於其他人，除了被灌醉的聿榮世子，其他人全都點到為止。他們沒想到趙瑾這麼護著自己的駙馬，也沒料到她這般能喝。

宴席即將結束時，永平侯府的人終於走了過來。

世子唐韞錦尚未回京，來到宮中參加宴席的，除了永平侯與族人，還有他的第三子，宋韞澤。

永平侯夫人自然也想來，只是這種場合，她想以唐韞修的嫡母自居，那是萬萬不可能的。

宋韞澤的目光落在趙瑾臉上，盛裝打扮的美人因為喝了酒而眸光瀲灩，似迷離又似清明，兩頰透著薄粉，更讓人驚豔。

然而那日被唐韞修一頓整治之後，宋三公子便沒再生出些不該有的心思，就連多看幾眼也不敢。

唐二公子，華爍公主的駙馬，瞇起眼睛看他，不動聲色地接下了對方並不真心的祝賀。

「弟弟年紀不小，今日看來也算是會說句人話了。」

宋韞澤無語。說句不好聽的，按照唐韞修如今的能耐，什麼時候弄死他都不知道，上次當著父親的面，唐韞修都敢將他揍個半死，如今陰影算是真正烙下。

宴席上，新晉駙馬並未多給自己親爹幾道眼神，可永平侯身邊卻圍了不少官員祝賀，畢竟不是誰都能靠娶妻得爵位、靠兒子成皇親國戚的。

他們表面笑著祝賀，背地又是別的心思，或是輕蔑，又或是嫉妒。

宴席結束後，皇后率先回宮，趙瑾與唐韞修兩人隨後前往坤寧宮拜見。

太后尚且健在，皇后不過是嫂子，不太好以長輩的身分自居，她簡單叮嚀了幾句話後就讓他們離去。

至此，華爍公主與駙馬的大婚儀式算是結束。

唐韞修扶著趙瑾上了馬車，他則牽著駿馬走在馬車旁，身後跟著聖上賞賜下來的奴僕與金銀財寶——這是每個公主出嫁不可缺少的排場。

宮中不允許騎馬，直到抵達宮門之外，唐韞修才跨上了馬。按照一般公主出閣的流程，他們先不回公主府，而是去駙馬家中拜見駙馬雙親。

公主毋須如尋常新婦那般向駙馬雙親下跪行禮，說到底，也沒人家敢讓公主行此大禮。

送親的隊伍緩緩停在永平侯府門口，駙馬牽著公主下馬車，府上眾人皆到門口迎接，穿著嫁衣的公主再度讓眾人驚豔。

「華爍見過永平侯，」趙瑾抬手，手中還握著團扇，她微微一頓，才朝旁邊的人道：「見過永平侯夫人。」

公主的生母乃當今太后，先帝雖已駕崩，但她也是帝姬，除了先帝與太后，無人敢在她面前以父母自稱。

永平侯夫婦雙雙回禮，異口同聲道：「見過華爍公主。」

趙瑾微微點頭，隨後在眾人簇擁下入內。

按道理說，接下來的一小段時間，應當是公主、駙馬與永平侯夫婦應酬的時間，然而這對小夫妻卻逕自往一個院子走去。

「公主殿下，」永平侯夫人邵孟芬突然喊住他們。「大廳在這邊。」

趙瑾微微一笑道：「謝永平侯夫人告知，本宮今日與駙馬給唐氏郡主上炷香便回公主府。」

唐氏郡主。

當年唐知秋出嫁後，聖上問其想要何封號，她只提了「唐氏」兩字，一人便代表一族。

永平侯夫人神情頓時僵硬，趙瑾與唐韞修卻像什麼也沒瞧見，轉身離去。

唐韞修牽著趙瑾的手，雖沒說話，但眸光淡淡掃了邵孟芬一眼，她便啞口了。

這兩人如今不是永平侯府能為難的，永平侯還記得那件被趙瑾宣揚出去的事。

宋三公子被捅出有私生子後，永平侯夫人迫於無奈，只能讓兒子納了生下孩子的丫鬟為妾，而那個孩子則成為庶長子，這使宋三公子在婚嫁市場的價值一貶再貶。

唐氏郡主的牌位被供奉在她生前住的院子裡，這麼多年過去，始終有人打理。唐韞修上前親自點香，表情嚴肅。

趙瑾並未擺什麼公主架子，她從唐韞修手中接過香，雙手持香低頭鞠躬，隨後將香插入香爐內。

「殿下，」唐韞修忽然說道：「謝殿下願意陪我回來。」

趙瑾一臉疑惑。今日成親，她還能缺席不成？

但考慮到這是彼此搭伙過日子的第一天，趙瑾說話稍微客氣了些。「這是本宮應該做的。」

此番，倒更像是她陪媳婦回娘家幫忙撐場面。

上完香，兩人也不多留，直接離開了永平侯府。

唐韞修的東西早就搬入公主府，他似乎壓根兒沒想再回來看這些人的嘴臉。

公主府內張燈結綵，雖然公主府內不設宴，但該有的隆重一點也不缺。

這一日的四處奔波應酬後，暮色將近，晚霞漫天，金黃、橘紅、粉紫各種顏色交錯，格外動人。

頭上沉重的鳳冠終於摘下，趙瑾頓時覺得脖子都不是自己的了。

她忙著讓侍女為自己卸妝漱洗時，從門外進來的紫韻大驚失色道：「殿下，駙馬尚未來，您怎就素面朝天了？」

趙瑾眸色幽幽，忽然想起來接下來的流程……洞房花燭夜來著。

這個步驟確實重要，但有哪個男人配讓她頂著一整日的妝風花雪月？

趙瑾淡淡地道：「本宮乏了，再頂著這些東西，會想殺人。」

她說得輕描淡寫，但畢竟是掌握生殺大權的尊貴身分，這句話仍舊不可避免地令人頭皮一緊，幾個侍女皆加快了手腳。

公主尚且不在意這身嫁衣帶來的儀式感，駙馬自然也不用。

等唐韞修踏入新房時，只覺得房中格外安靜，侍女們全不知去了何處。

紅簾帳外燃著紅燭，香爐中緩緩升起縷縷煙霧，平添幾分曖昧。

再往前走兩步，房內梳妝檯前，坐著一道婀娜身影，她褪去鳳冠霞帔，也摘去了繁重的金銀飾品，一張素淨的臉出現在鏡子裡。

新晉駙馬緩緩走了過去，直到鏡子裡出現自己那張臉。他俯身，雙手撐在梳妝檯邊緣，身體向前傾斜，罩住了坐著的那人。

「殿下今日受累了。」唐韞修伸手撩起了趙瑾一縷秀髮，在指間輕輕打轉纏繞著，語氣低沈。

剛沐浴完的人身上水氣未散，趙瑾輕聲回了一句。「駙馬也辛苦了。」

不是唐二公子了。

這個稱呼似乎讓唐韞修愣了一下，而後他對著鏡子笑了。「殿下。」

「嗯？」

「就寢嗎？」

趙瑾梳髮的動作一頓，像是在思索什麼，眼神透過鏡子與身後的人對視，似乎對一切心知肚明，也像是毫不知情。

「合巹酒沒喝。」趙瑾慢吞吞地提醒了一句。

唐韞修回頭看向擺在桌上的酒瓶與酒杯。

說起來，本該由嬤嬤或侍女在場為他們斟酒，而大紅的喜床上原先也撒著紅棗、花生、桂圓與蓮子，可不管是人還是東西，都一併讓趙瑾給撤下去了，不管這寓意好還是不好，她如今都不想消受。

第二十四章　洞房花燭

唐韞修直起身來，看樣子是想去倒酒，只是片刻之後又彎下腰，手臂繞過趙瑾的裙襬，勾上她的腿窩處，另一隻手則扶著她的背部，輕而易舉地將她抱起來放在床上。「殿下等我。」

趙瑾望過去，只見一襲紅衣的男人拿起桌上的酒瓶，往兩個杯子裡各倒了些酒。他的眉眼在昏黃燭光下被襯托得有幾分朦朧，又多了兩分謫仙般的俊美。

唐韞修緩緩將裝著酒的酒杯遞給趙瑾，自己則在她身旁坐下，兩人目光交會後，趙瑾先笑了。

她確實是黃花閨女第一回上花轎，不過這種流程她不算什麼都不知道，畢竟古裝戲看得可不少。

趙瑾主動勾起唐韞修的手，酒杯隨著兩人交纏的手改變了方向。合巹酒落肚後，空酒杯被隨手放在一邊，無人在意，畢竟公主和駙馬的眼神都要拉絲了。

說起來，趙瑾並非是個慾令智昏的人，雖然在決定成親和挑選好駙馬後也算不上朝夕相處，但唐韞修此人，確實有他的魅力。

唐韞修也是洗去了一身濁氣後才踏入新房的，此時他微微低頭，湊近了些，目光從面前之人的眉眼往下偏移，落在唇上。
雖不如白日抹上唇脂後鮮豔，但在燭火映照下，倒像引人品嚐的櫻果般鮮嫩。
唐韞修的視線落在趙瑾唇上，卻遲遲不見動靜。他猶如沈得住氣的獵人，連趙瑾都察覺不到這目光漸漸生出了侵略之意。
趙瑾不是什麼無知少女，她濃密的睫毛微微顫動一下，主動靠了過去，伸手撫上那張勾人的臉，唇角微揚，往前湊得更近，但始終沒有貼上。
就在這時候，唐韞修忽然輕笑一聲，伸手輕摟一下趙瑾，原本就傾身靠近的人猝不及防，就這樣往前貼上了唐韞修的嘴角。
這片刻的拉扯似乎暫告一段落，安靜的房內只餘細微的喘息聲。
過了一會兒，趙瑾瞇著眼睛仰頭，掌心依舊貼著那張臉，只是上半身靠在對方懷裡。她的聲音略低，帶著點說不清的誘惑道：「伺候本宮？」
唐韞修笑著俯身道：「遵命。」
紅簾帳落下，紅燭燃盡了也不見屋內的動靜停下，門外隔著好一段距離才有人看守，裡面的聲響雖聽得不夠真切，但仍舊令人浮想聯翩。
直到半夜，衣服穿得鬆鬆垮垮的駙馬爺叫了水來，沒讓侍女沾半點手，自己將公主伺候完畢。
紫韻這個貼身侍女除了遞水進門以外，其他半點用處都派不上。

僅僅是開門的那一瞬間，紫韻的視線越過駙馬身後，看到半遮掩著的紅簾帳內，自家公主背對著門口側躺著，被子外的雪白肌膚晃人眼，然而駙馬卻是吝嗇到連一眼都不讓多看，「啪」的一聲，將門關了。

趙瑾當然知道男女之間那點事是怎麼樣，就算沒實踐過，她也能用理論讓對方折服，然而駙馬卻真是將「伺候」兩個字發揮得淋漓盡致。

那唇舌……算了，不能細說，也不能細品。

趙瑾累得眼皮子抬都抬不起來，就那樣睡了過去，迷迷糊糊間，她聽見耳邊似乎有人輕聲問了一句「殿下覺得我伺候得如何」。

濕熱的吻沿著脖子一寸一寸往下，趙瑾慵懶地「嗯」了一聲，接下來便再無記憶。

所謂「春宵一刻值千金」，詩文裡描述的並非全是瞎說。公主與駙馬這一夜，確實算折騰。

第二天，日上三竿時，趙瑾還沒有要起身的意思，她是醒了，可眼皮沈重得抬不起。昨夜荒唐的一些痕跡眼下更是明顯，有人在把玩她的手，一時摸著，一時又湊到嘴邊親一口，只是她沒理會，選擇忽略。

此時此刻，房外的侍女是想進去又不敢進去。

華爍公主從小到大的貼身侍女紫韻處於擺爛的狀態，她根本懶得說話，她的雙眸裡明明白白流露出一種名為「習以為常」的光。

太后指派過來的姜嬤嬤同樣無動於衷——倒不是覺得公主睡懶覺的舉動合乎皇室女子規範，而是她的任務不在這上頭，姜嬤嬤巴不得公主與駙馬鶼鰈情深、夜夜笙歌、早生貴子。

姜嬤嬤代表太后，紫韻在她面前也是晚輩，姜嬤嬤都不發話了，紫韻自然更不會多嘴。不過，即便主子不起，卻不代表她們可以偷懶，侍女們候在房外，等著第一時間伺候兩位主子。

就在這個時候，陳來福走了過來，直接找上資歷最深的人。「姜嬤嬤，永平侯府來了兩位嬤嬤，道是要請公主殿下與駙馬爺去向公婆敬茶。」

新婦進門，隔天自然要向公婆敬茶，讓公婆給紅包又說教一番的。

這一點，即便是公主，也有人遵守了，像當今聖上的姊妹裡，有兩個成親後第二日便向公婆敬了茶。

然而，有特例卻不代表是常態。公主為尊，何須敬茶？駙馬既然尚公主，便算是半個皇家人，讓公主低眉屈膝當個好兒媳，瘋了不成？

姜嬤嬤當場冷下了臉，語氣變得駭人。「人在何處，老身去會會。」

眼看姜嬤嬤一身殺氣地離開了，其他人看著依舊緊閉的房門，沈默不語。

又過了半個時辰，穿戴整齊的駙馬終於打開了門，侍女們魚貫而入。

華爍公主坐在床邊，神色有些說不出的恍惚，似乎還沒清醒過來。

侍女上前為其漱洗時，駙馬一度想自己親自動手，看起來像是想將侍女們的活也搶了。

嫁作人婦，必須綰髮髻，等侍女們退出去後，趙瑾對著鏡子裡的自己，有點不習慣。

倒不是對身分的轉變有什麼認知上的困難，這畢竟是公主府，是她的地盤，就是此後枕邊多了一個人，她還需要一些時間適應。

唐韞修忽然湊了過來，輕聲問：「殿下今日想做什麼？」

經過昨夜，兩人的關係親近了些，曾經的唐二公子、如今的駙馬爺，在某種事上似乎有無師自通的天賦，伺候人方面稱得上是得心應手。

趙瑾對上那雙含笑的丹鳳眼，思考片刻後誠實道：「本宮想躺在床上。」

昨日的勞累不僅是夜裡造成的，白日的奔波勞碌作不了假，現在說她腰痠背痛得厲害，可是一點也不誇張。

唐韞修聞言，臉上的表情忽然變得期待起來。「殿下想和我一起嗎？」

一起躺……這話，倒是含蓄也不含蓄。

就在這時候，外面有些聲響引起了兩人的注意，唐韞修的目光朝門外的方向移去，不覺蹙眉。

他道：「殿下等著，我去看看。」

待唐韞修走出院子外，就見姜嬤嬤與永平侯府兩位嬤嬤及幾位家丁對峙著，他出現時，恰好聽見了這番話。

「……女子新婚之夜都要留落紅帕，老奴身為永平侯夫人派來的人，要落紅帕合情合理，姜嬤嬤雖為太后娘娘的人，也不能如此蠻橫不講理。」

落紅帕，這三個字落在唐韞修耳中，顯得異常諷刺。

他還沒來得及開口，便聽姜嬤嬤冷笑一聲道：「聽說永平侯夫人曾在教坊司小住過一段日子，不知她嫁入永平侯府時，可拿出了落紅帕？」

這話明明白白地在挖苦人。

如今的永平侯夫人當時是大著肚子入門的，哪來的落紅帕？

「華爍公主乃當今聖上胞妹，金枝玉葉，下嫁的也是唐家的公子，你們永平侯夫人並非駙馬爺的生母，教坊司出身的也配檢驗公主殿下的落紅帕？永平侯不嫌，我們公主殿下可不是如此隨便之人！」

字字珠璣，幾句話同時罵了永平侯夫婦兩個人。

姜嬤嬤的戰鬥力讓人嘆為觀止，不愧是太后宮中出來的，這態度跟嘴上功夫就是不一樣。

教坊司出身本就令人詬病，安分守己便罷，非要攞些不屬於自己的譜，還不是送上門挨罵？

此時只有姜嬤嬤在與永平侯府的人爭論，別說其他人了，唐韞修自己也不明白永平侯夫人這招意欲為何，他站在不遠處看著，目光冷了些。

永平侯府的兩個嬤嬤被姜嬤嬤說得面上無光。

公主自然不是那麼好拿捏的，永平侯夫人有可能是記恨趙瑾的多嘴，想以嫡母的身分壓她一下。

女子交出新婚之夜的落紅帕並非稀罕之事，尋常人家的媳婦進門第二日，確實要將落紅帕送去給婆母檢驗。

這種事讓趙瑾覺得荒謬，若不知道便罷，可她清楚得很，所謂以落紅辨別女子是否貞潔本就是場笑話，偏偏世道如此，讓人說不出的有心無力。

唐韞修在這個時候走上前去，那兩位嬤嬤看見了他，便提出另一番說詞，句句不提永平侯夫人，只提女子交出新婚落紅帕乃是老祖宗定下的規矩，哪怕是宮中的妃嬪也要遵守。

「來人，將無關人等給我扔出去。」他面無表情地說了這句話。

這還不算完，唐韞修頓了一下，又補充道：「往後永平侯府來人，不經通傳，不准放進來。」

唐韞修也是公主府的主子，他說的話當然有用。公主府上的侍女大多是宮中出身，小廝則是陳管家找來的，不管唐韞修與永平侯府是什麼關係，主子的話便是命令。

兩位嬤嬤和永平侯府幾位家丁就這樣被驅逐，在他們出去之前，永平侯府的二公子、如今的華爍公主駙馬，淡淡地說道：「回去告訴你們夫人，若是想擺婆母的譜，便讓她的親兒子早日成婚。」

永平侯府派來的人被趕走、華爍公主不好相與的消息在一日內傳遍大街小巷，而永平侯夫人想檢驗落紅帕卻被拒絕的事也被嘴碎的人傳了出去，倒不是說坐實了什麼，只是人心可懼，謠言可畏。

趙瑾穿戴整齊出來，聽聞方才的動靜，忽然意識到了什麼，大概是宮鬥劇與宅鬥劇看太多的後遺症，她頓時有些警醒。

這麼多年了，她的心機在有等於沒有的宮鬥中沒派上用場，現在倒是有可能用了。於是她讓紫韻去打聽一下，坊間有沒有一些離譜的傳聞，結果紫韻一頭霧水地出去，氣急敗壞地歸來。

紫韻說的內容，趙瑾並不特別關心，都出了那些事，有對她不利的流言倒不意外，只要永平侯府沒繼續搗亂便成。

唐韞修彷彿什麼事都沒發生似的為趙瑾挾菜，囑咐著。「殿下多吃點。」

公主府的廚子是花大錢請來的，廚藝無可挑剔，唐韞修這駙馬，可說是善解人意。

趙瑾垂下了眸子，差點忘記此人第二次見面便敢將堂堂公主擄去賭場，膽大包天至此，她很難不猜測他是不是像高祺越那樣另有目的。雖然從未證實過，但她到底不信高祺越對自己是真心的。

「聽說你將永平侯府的人轟出去了？」趙瑾問道。

唐韞修笑了聲，道：「殿下，無關之人罷了。」

趙瑾點點頭，同樣沒將那位永平侯夫人放在心上，就像唐韞修說的，不過是無關之人。

只是昨日……加上昨夜，對她而言實在是過於勞累，她畢竟自幼養尊處優，就算是二十歲的身體也難支撐。昨晚肌膚上的熱度和呼出的氣息彷彿還縈繞在身上，倒真是有種甜蜜蜜的感覺。

華爍公主比駙馬年長兩歲，她比他要懂得節制，不過跟弟弟在一起的快樂，她確實嚐到了。

這頭還在新婚燕爾、曖昧橫生，另一頭，因為華爍公主大婚，宮中忙成一團，如今需要伺候的人少了，當值的人趕緊乘機請假，徐太醫便在這日特地回了一趟京師醫學院。

徐牧洲像往常一般翻閱醫書，有人推開了院長室的門，他腦袋也不抬一下。

「父親。」

徐牧洲沒抬頭，只是低聲「嗯」了一聲，隨後道：「回來了。」

接下來便不再說什麼。

徐牧洲不開口，他那「孝順兒子」卻開門見山地說道：「父親，兒子聽聞前些日子，玄明神醫出現在京城了。」

當年徐家醫術崛起時，徐硯已是個能記事的少年，他當然記得父親醫術精進的理由源於一個人，對方來無影、去無蹤，京師醫學院中眾多醫書大多也來自於此人。

徐牧洲不鹹不淡地又應了一聲，道：「然後呢？」

「兒子只想知道神醫的下落。」

這並不是徐硯第一次向父親提出這樣的疑問，只是向來得不到答案。

他說：「父親可有將兒子的話轉述給神醫？」

徐牧洲道：「你想讓玄明醫師入宮為聖上診治，食君俸祿、為君盡忠，為父無話可說，只是玄明醫師自有她的打算，你回來為難為父也無濟於事。」

聞言，徐硯大步走近桌子，不解地看著自己的父親，刻意壓低了嗓音道：「父親，您也曉得，當今聖上並非昏庸無道之人，兒子多次找您，正是因為明白只有玄明神醫才能幫助聖上，您當真不願意告訴兒子嗎？」

徐牧洲慢吞吞地抬了一下腦袋，目光總算落在自己兒子臉上，他認真看了片刻，很快再度低下腦袋，說道：「玄明醫師會入宮為聖上診治的。」

沒等徐硯問話，他又道：「只是不是現在。」

徐硯來不及開心，便又一臉疑惑，可徐牧洲這回連眼神都不給一個了。「我不知她在何處。」

……才怪。人家才剛大婚，正是濃情密意的時候，誰會不長眼地去打擾？

何況，那九五之尊為其兄長，若真有兄妹的情分在，便用不著他人操心；若沒有，硬請人過去，未必是救人。

徐硯眼見自己的父親油鹽不進，一時之間不知該說些什麼才好，他似是有點氣急敗壞，又有點無奈。

「父親，您以為聖上不知您這兒有消息？」現在來的人是他，以後就說不定是什麼人了。

徐牧洲毫不在意地「哦」了一聲。

要是真有本事，早該挖出玄明是何人了，還用得著來他這兒探消息？

認真論起來，徐牧洲還真不是什麼名不見經傳之人，他身為一名醫師，又是京師醫學院的院長，在京城內救過許多人的命，也教出不少學生。

若不是玄明足夠低調，憑她的身手，別說是京城，聲望早就傳遍武朝各地了。

在徐硯心中，玄明神醫是個偉岸的中年男子，來去無蹤，也許還是個混跡江湖的高手——他不知單方面給對方加上了多少層濾鏡。

徐牧洲瞥了自家兒子一眼，又收回了視線。

嗯，日後有機會，定要讓這小子看看自己現在錯得有多離譜。

「父親，聽聞華爍公主大婚當日，您也給公主府送了禮？」徐硯忽然想起了什麼般，問了一句。「您是何時與公主殿下結識的？」

這事是徐硯剛才進門時聽人說的。

徐牧洲聞言，不知在想些什麼，他的目光落在醫書上。「徐硯，你今日休沐，一回來便質問你的父親，眼下又關心起我何時與別人結識，你真是越發懂事了。」

不用懷疑，是「懂找事」而非懂事，話裡話外，就是在說徐硯這個當兒子的管得太寬。

徐硯再也說不下去了。今日，又是無功而返。

第二十五章　意外遭綁

日子過得不快不慢，轉眼間就到了新婚第三日，駙馬要陪同公主回宮，也就是回門。

這一天趙瑾醒得不算早，起身時侍女們早在房門外等著要為她梳妝打扮，然而今日駙馬卻沒和公主一起睡到日上三竿。

洞房花燭夜之後，連續兩個晚上都格外平靜，駙馬是不是節制之人還難說，起碼公主是。兩人似乎恢復了一種純潔的床伴關係，姜嬤嬤不禁覺得有點不妙。

她是太后派來的人，就算華爍公主是她明面上的主子，可說到底，姜嬤嬤有任務在身，一來是協助公主治家，看好那些有小心思的人；二來則是盼著殿下與駙馬早日得子，華爍公主這肚子，除了太后，背地裡還不知有多少人盯著。

可惜，華爍公主似乎不明白姜嬤嬤的暗示，無論姜嬤嬤怎麼說，她也一副聽不懂的模樣，或者乾脆打起太極來。再怎麼說，她都是主子，姜嬤嬤不可能與她鬧翻臉。

趙瑾醒來的時候臉頰有些癢，睜眼便瞧見唐韞修在玩她的頭髮。

「殿下醒了？」唐韞修問。

「嗯。」她的眼神看起來格外迷茫，即便臉頰素淨，五官卻相當動人，剛醒來時的目光讓人想摟她入懷。

唐韞修是這麼想的，也確實這樣做了。他低頭輕聲問了句。「殿下，今日要入宮，還記得嗎？」

自然記得。只是就算記得，也不代表公主殿下會有動作，賴床時她是什麼德行，太后知道，聖上也清楚，反正這宮什麼時候進，說起來都無傷大雅。

趙瑾在床榻上掙扎半晌後起了身，侍女們終於找著了機會，進屋來為她漱洗打扮。

在這個過程中，唐韞修派不上什麼用場，不過他卻在一旁候著，目光落在紫韻那雙巧手上——她正在幫趙瑾綰髮。

身為公主的貼身侍女，紫韻相當於全能助理，這麼多年培養下來，趙瑾對小姑娘的手藝格外滿意。

唐韞修的視線盯著紫韻的動作，又默默看了自己的手一眼，隨後光明正大地在一旁偷起師來，絲毫不以自己即將跟侍女搶活兒為恥。

唐韞修心想，身為駙馬，一切自然以公主的心情為主，伺候她，不過是盡駙馬的本分罷了。

差不多過了一個時辰，兩人總算一起坐上入宮的馬車，未婚時不能同乘一輛馬車，如今倒是名正言順。

馬車緩緩行駛到皇宮門口，駙馬攙扶著公主下馬車，兩人再一道踏入皇宮內。今日是公主的回門日，宮人走過時紛紛停下朝他們行禮。
這對新婚夫妻的第一站，是仁壽宮。
趙瑾好歹在此處生活了快二十年，哪怕是個吃人不吐骨頭的地方，也不過是剛搬出去幾日而已，還不至於陌生到讓人接受不了。
太后她老人家的作息向來規律，她不年輕了，如今正是少眠的時候，她端坐在大殿上，等著女兒與女婿向自己行禮。
「兒臣參見母后。」
喊出了今日這一聲，駙馬才真真正正屬於皇家人。
「平身吧。」顧玉蓮臉上帶著笑意，她的視線落在他們兩人身上，眸光格外慈祥。
兩人和太后聊了些家常，唐韞修的表現沒讓人失望，言行舉止挑不出任何錯處。
沒多久，太后將唐韞修打發去面聖，殿內頓時只剩下太后母女倆。
「母后？」察覺到氛圍有種說不出的凝滯，趙瑾的語氣帶著些遲疑。
顧玉蓮說道：「哀家聽聞永平侯府的那個樂妓在四處壞妳名聲？」
太后，作為封建王朝中權力最高的女人，這一世，只要聖上活著，就沒人能將她從這個位置上扯下來。她看不起教坊司出身的女人，也瞧不起這樣一個將妾室扶正的侯爺。
這種高高在上的姿態，趙瑾倒是可以理解，她垂下眸子，目光落在自己手上，隨後才抬頭道：「母后不必擔心，兒臣能處理。」

「若是哀家來，」顧玉蓮緩緩道：「永平侯今日便該休妻了。」

妾室扶正，連正經八百的繼室都算不上，還敢在公主面前擺出婆母的架子，在太后這裡，哪怕罪不至死，可既然冒犯了皇室，便該是個死人了。

趙瑾明白太后話裡的意思，但她只能假裝自己聽不懂。「母后何須和這樣的人計較，也不怕有損自己的身分，區區一個跳梁小丑罷了。」

跳梁小丑。這個形容倒是合太后的心意，在她看來，永平侯夫人的所作所為，確實如同跳梁小丑一般。

趙瑾並非什麼循規蹈矩的皇室公主，也不是那些勤勤懇懇、多一事不如少一事的包子，惹她並不是件划算的事。

上一次，永平侯府多了一個庶長子；下一次，就拿不准是什麼事了。

趙瑾生怕太后她老人家將事情弄得複雜，好不容易打消她插手的念頭，才離開了仁壽宮，前往御書房。

新晉駙馬正在覲見聖上。趙瑾抵達時，李公公就守在門外，她有點拿不准裡面是什麼情況，於是悄悄打聽了一下。

「殿下，奴才不曉得聖上與駙馬爺在談些什麼內容，聖上方才便讓奴才們出來了，如今不知情況如何。」

這話說得多少有點讓人心生忐忑。

不過既然趙瑾來了，李公公便開門進去通傳，沒多久，趙瑾被帶了進去。

兩個男人之間的氛圍還算平和，聖上對這個妹夫的態度不太明朗，但也不能說是不滿意，看他的神色，倒像是困惑。

也許是覺得，明明是同一對爹娘生出來的，怎麼兄長與弟弟差了這麼多？真是截然不同的兩個人。

趙瑾瞧見兩人在下棋，她聽見便宜大哥開口問道：「多久沒見過你的兄長了？」

唐韞修頓了片刻，說道：「回聖上，有三年多未見了。」

當年唐韞錦成親之後不久便攜妻北上，多年未歸，唐韞修當然也沒見過他那個據說已有兩歲的小姪子。

「竟然都三年了……」趙臻神情恍惚地說道：「時間果然過得很快。」

唐韞修面色平靜道：「兄長從小志在戍守邊疆，能得聖上看重，兄長自然求之不得。」

就這麼點時間，趙瑾便能明顯察覺到，她這個便宜大哥對唐韞修的態度來了個大轉彎，至於原因，她沒看出來。

「參見皇兄。」趙瑾開口，稍微展現了一下自己的存在感。

趙臻轉過了頭來。「瑾兒來了，過來坐。」

有一說一，這便宜大哥說人話的時候還是挺像人的。

這盤棋還沒下完，但下棋也是門藝術，平時怎麼下是一回事，可眼前的對手是一國之君，趙瑾不禁有點看戲的意思。

她當然記得唐韞修過去薦枕席時講得有多好聽，說是「琴棋書畫樣樣精通」這八個字完全能用在他身上。

趙瑾的棋下得不好，卻看得懂，這會兒她是瞧出來了，他確實會下棋，但聖上也非花拳繡腿，兩人在棋盤上的廝殺頗為精彩。

唐韞修每殺聖上一子，聖上都會稍微挑眉，拚到最後的生死關頭時，駙馬惜敗。

趙臻撫手笑了聲道：「沒想到駙馬的棋藝如此了得，往後可以常入宮同朕下個痛快。」

唐韞修站起身來作揖道：「聖上謬讚，韞修水準有限，難得聖上不嫌棄。」

聖上笑了笑，當他伸手想去拍拍唐韞修的肩膀時，臉色忽然一變，他給李公公使了個眼色，自己則轉過身，大步往簾幕後走去。

李公公連忙走到趙瑾跟唐韞修面前，道：「公主殿下、駙馬爺，聖上身體不適，今日便不再留兩位了，請吧。」

趙瑾張了張嘴，似乎想問點什麼，而後又閉上嘴，保持沈默。

她的目光落在那簾幕後，沒僭越地走過去察看，然而眼前這一幕，無論如何都像是上天無言的警告——聖上龍體有恙。

趙瑾意識到，身處這個朝代，自己必須扮演某種角色，才能讓這種警告暫時平息下去。

唐韞修牽著趙瑾的手走了出去，他什麼都沒問，似乎沒有半點好奇心，怎麼來的就怎麼回去。

兩人出宮的路上，瞧見徐太醫匆匆趕往他們來時的方向。

唐韞修輕聲道：「殿下不要多想，聖上會沒事的。」

事實上，趙瑾不是怕自己多想，相反的，她怕自己想得太少了。

如今聖上這邊根本找不到一個能繼承大統之人，只要他一出事，那些平日看起來安分守己的傢伙便會來爭一杯羹。

別說是自己人，眼下距離外邦使臣來朝不足兩個月了，無論如何，聖上都不能在此時此刻讓自己露出半點破綻，年過五十又膝下無子的聖上，要面臨的挑戰比想像中多。

趙瑾低低「嗯」了一聲，隨後便不再說話，她需要思考許多事情和細節，然而這個表情落在別人眼中，便是充滿愁緒。

宮門外的馬車還在等他們，唐韞修將趙瑾扶上馬車，自己也打算上去，不料皇宮內忽然有個小太監匆匆忙忙地跑了過來。

「駙馬爺留步——」他呼喊著。

唐韞修停下了動作，似乎有些不解，從馬車內探頭出來的趙瑾也不明白是怎麼回事。

「聖上忽然有事要找駙馬爺，請駙馬爺隨奴才回宮。」說著便低下頭，看起來像是剛當值的小太監般謹慎又生疏。
大概是在宮門口，他們又恰好剛從宮裡出來，唐韞修並沒多想，趙瑾也是。
她原本是和唐韞修一道來的，自然該一起回去，然而當她要下馬車時，那小太監又道：「聖上只說讓駙馬爺回去便可，公主殿下可先行回府。」
這話，倒是讓趙瑾聽不明白了。
前不久，聖上還百般嫌棄這個妹夫，現在又一見如故了？何況他身體不適，找唐韞修幹麼？
趙瑾正想說句什麼時，她的駙馬抬眸看過來，輕聲道：「殿下先回去吧，莫要等我。」
既如此，趙瑾也不強求了，她坐回馬車內，等紫韻上了車後，便看著唐韞修再度入宮。
這時候趙瑾還沒將事情想明白，直到馬車循著原路返回時，趙瑾忽然在車內聞到一股異香。
當上公主的這二十年以來，趙瑾對香味的敏感程度更上一層樓。她迅速為自己點了穴位，而後藉著車簾往外瞥了一眼，沒察覺到任何異常。
趙瑾來不及向紫韻說明，見紫韻已經暈了過去，她隨即閉上眼睛假裝自己陷入昏迷，等著對方出招。
馬車漸漸駛向杳無人煙的巷角，途中還有人掀開馬車前面的簾子檢查趙瑾的狀態，見她昏迷不醒、身形隨著馬車顛簸而晃動時，又放下了簾子。

直到又一陣小小的顛簸襲來，馬車緩緩停下後，趙瑾才睜開眼，還來不及觀察情況，便聽見了人聲，她趕緊閉上眼睛。

有人說了些類似於「主子」、「大計」的字眼，趙瑾還沒想明白其中深意，便聽見了「唐將軍」三個字。

若趙瑾的認知無誤，那麼現今整個武朝上上下下，應當只有一個人能被稱為唐將軍——唐韞錦，駙馬的親兄長。

很快的，有人將趙瑾從馬車上扛了下來，動作並不溫柔，而且對方身上的盔甲硌得趙瑾腰背疼，她努力控制住自己的情緒，然而內心卻不得不接受一個事實。

她，當今嫡長公主、聖上胞妹，在皇宮門口被人綁架了，荒謬到傳出去之後御林軍會被笑掉大牙的程度。

她被扔進了一個柴房，待門闔上，趙瑾便瞧見了一旁的紫韻——她仍昏迷不醒。

趙瑾沒猶豫多久，從懷裡掏出一個淺色小瓷瓶，打開湊到紫韻鼻翼下面。

紫韻很快便睜開了雙眼，她看見趙瑾時瞳孔迅速一縮，卻被趙瑾眼明手快地捂住了嘴。

「殿下，」紫韻終於冷靜下來。「我們可是被擄……」

聞言，趙瑾點點頭。被擄對女子來說不是什麼好事，就算清清白白地走回去，也不會有人相信。

趙瑾笑了聲，隨手拍了拍紫韻的腦袋，語氣溫柔中帶著說不出的陰冷。「別怕，本宮能帶妳回去。」

有錢人家的孩子都有被匪徒綁架撕票的可能，趙瑾很清楚這點，但即便她確實是有錢人家的孩子，同時自己也是個小富婆，也不代表她能理解匪徒。

她趴在窗戶前聽了聽外面的動靜——腳步聲很雜，說話的聲音也多，但她方才偷偷瞥見了，那一身的裝扮，有點像是行軍之人。

這就不得不陰謀論一下了。這裡是京城，天子腳下，剛剛還在皇宮大門外，趕馬車的車伕跟隨行的人是什麼時候被換掉的？單純圖財的匪徒可沒這個膽子，也沒這個本事。

趙瑾冷靜地思考，究竟是誰這麼有閒情逸致，將陰謀詭計打到她身上。她不過二十歲，又剛剛成親，才睡了男人不久，就這樣死了，是不是不太划算？

紫韻看著自家殿下不慌不忙地走神發呆，整個人頓時陷入一種「完蛋了」的絕望。人都怕死，這麼想也正常。小姑娘沒見過這種場面，一時之間沒能反應過來。

「殿下，我們……」

紫韻剛想說句什麼，就見趙瑾豎起一根手指放在唇邊，示意她噤口。

趙瑾又仔細觀察了外面的情況，便讓紫韻回到原來的位置上。「妳裝暈吧。」

紫韻為難道：「殿下，怎麼裝啊？」

趙瑾陷入沈默，她意識到自己這個侍女演技可能不太好，然後紫韻就看著公主從懷裡掏出了另一個深色的小瓷瓶放到自己鼻翼下。

片刻後，趙瑾看著又暈過去的小姑娘，自己也隨之倒了下去。

過了一會兒，有人推門而入。

趙瑾被人提拉著手臂順勢扛起來，失重的感覺襲來，她再次覺得胃裡翻湧。周圍傳來各種腳步聲，說這裡有一個山頭的匪徒她都信。

扛著趙瑾的這位大哥腰間掛著一把長劍，絲毫沒有憐香惜玉的想法，到了地點便將人一把扔下，趙瑾覺得自己的五臟六腑都要摔出來了。

興許是覺得這兩個弱女子根本沒有綁起來的必要，趙瑾除了方才摔得不輕以外，倒沒有失去行動能力，但她很快就發現自己還是想得太少了。

被一盆冷冰冰的水潑醒，這種事趙瑾過去也曾幻想過，例如她哥實在生不出兒子，皇位落到別人手中，然後拿她這種前朝皇室成員開刀——若真是如此，被潑水都算輕的了。

然而，趙瑾幻想中的故事背景，並不包括她兄長尚在那個位置上時。眼下她可還是身分尊貴的公主，竟有人敢當眾將她擄走。

事已至此，趙瑾就不得不「醒」了過來，可惜被潑水的人只有她這個倒楣公主，紫韻那丫頭還昏迷著。

「你們是何人？」趙瑾悄悄地開始飆演技，她扮演著一個手無縛雞之力的柔弱公主。

只不過，再怎麼初生之犢不畏虎，她也是個人，怕死。

眼前是個戴著面具的男人，人高馬大，身上的盔甲已經不能用眼熟來形容了，那的確是武朝的軍隊盔甲。

他走到趙瑾跟前蹲下來，伸手掐住她的下巴，冷嗤一聲道：「這便是那聖上捧在手心的嫡長公主？」

——未完，待續，請看文創風1264《廢柴么女勞碌命》2

2024年5月出版

算是劫也是緣

文創風 1261～1262

她這個大俗人是真的不明白，
卜卦神準的國師明明算過與她結親是命定大劫，
最終竟然還是同意皇帝的賜婚？
如果他不是窺得天機的非凡之人，
要麼就是下凡的時候腦子著了地……

縱使知悉天命，終也敵不過有情人／墨脫秘境

大婚之日，新郎官未能親迎，新娘只能與一隻大雁拜堂成親?!
身穿喜服的孟夷光縱有萬般無奈，也只能接受帝王亂點鴛鴦譜。
原以為深居簡出的國師是個又老又醜的，沒想到竟是性情如稚子的美少年，
偌大府邸就他一個主子和兩隨從，雖然上無公婆要伺候、下無妯娌需應對，
但是環顧四周，除了他倆的院落還堪用，其他則荒蕪得像是百廢待興，
更令人吃驚的是，這三個大男人還是妥妥的吃貨，不知柴米油鹽貴，
即使他上繳身家俸祿，她有娘家的十里紅妝陪嫁，也禁不起花銷如流水啊！
孟夷光驚覺結這門親根本是跳入火坑，想過佛系生活根本癡人説夢，
她只能當個俗人，平日看帳冊精打細算，找門路投資鋪面和海船以生財。
一向嫌棄錢為阿堵物的國師也被她賺銀子的熱情所感化，擣鼓起棋攤、書畫，
她正覺孺子可教也，怎料，一日他突地口吐鮮血，就此不省人事。
當初他算過自己有大劫避不過，難道是……她讓他動了凡心鑄成大錯？

2024年5月出版

我們一家不炮灰

文創風 1258～1260

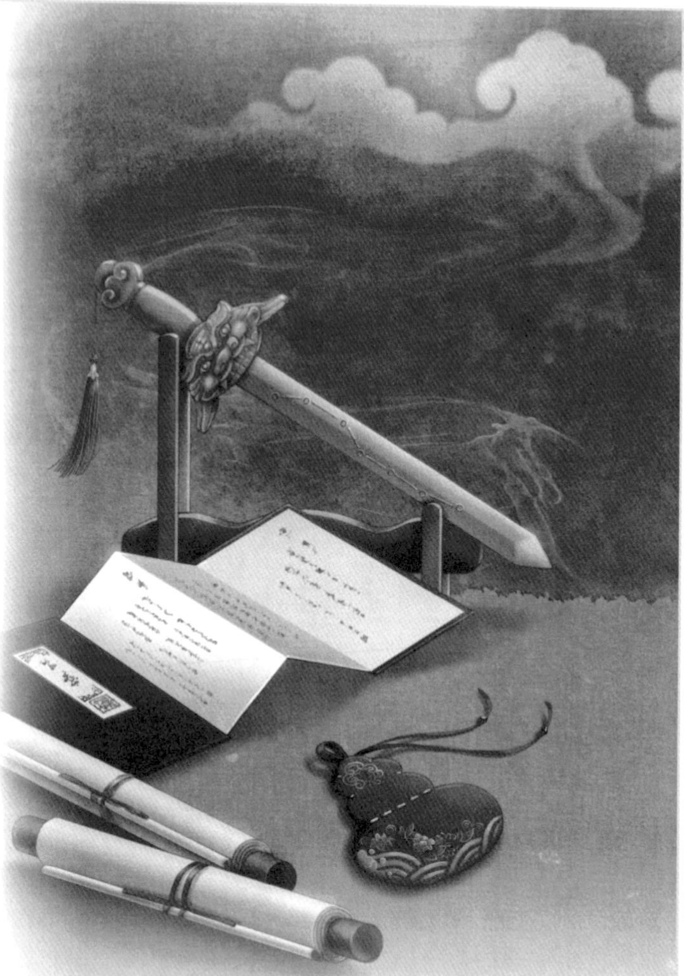

穿成農村小丫頭，親爹受傷瘸腿，娘親越過越糊塗，
她只得自立自強為自家這一房打算，趁早分家免得被其他人拖累！
只是怎麼一切跟計畫的不一樣，各房還搶著照顧他們這一家?!

手足齊心協力發家致富，
全家分工合作造生機／白梨

明明是好好在睡覺，穿越這種事為什麼就輪到自己身上了？
穿成一個農村的六歲小丫頭就算了，偏偏親爹打獵傷了雙腿，
娘親懷著身孕又是個不濟事的，家裡還有一個任性無腦的極品奶奶；
最要命的是，她知道再過幾年，這一家子在故事裡就是炮灰配角，
再怎麼努力怕也是沒用，王晴嵐鬱悶得只想找死穿回去！
為了求生，她打算趁著爹爹受傷的情況，順勢提出分家，
但是……這個原本的極品奶奶怎麼不極品了?!
而且其他各房怎麼還搶著要照顧他們三房?!

2024年5月出版

心有柒柒

文創風 1255～1257

儘管年幼，卻比誰都更加堅忍不拔……
人生嘛，就是看誰能在惡劣的環境下奮戰不懈、尋找出路，
只要留著一口氣，定能等到撥雲見日的一天！

溫馨色彩揮灑高手／素禾

在「吃飽」跟「養一個來路不明又渾身是毛病」的人之間，
柒柒同時選擇了兩者，哪一邊都不打算落下。
先說啊，她可不是看上了慕羽崢過人的俊美外表，
而是深感亂世不易、生命可貴，何況她孤孤單單一個人，
就算他不是條可愛的小奶狗，多個家人也不錯嘛！
為了改善生活條件，柒柒典當母親的遺物、去醫館幹活賺錢，
然而慕羽崢此人的身分似乎有些蹊蹺，
先有追兵搜索，後有神秘的鄰居用心關照，
就在柒柒終於察覺到不對勁的時候，才發現……
她認了多年的「哥哥」，是傳說中手段狠辣的太子殿下！

為流浪貓狗加油 和貓寶貝 狗寶貝 廝守終生(一定要終生喔！)的幸福機會

對人來說，貓寶貝狗寶貝只是生活的一部分，但妳（你）對牠們來說，卻是生活的全部，領養前請一定要考慮清楚——

▲ 憨厚可親的吃貨——麥麥

性　　別：男生
品　　種：米克斯
年　　紀：7～8歲
個　　性：溫和親人
健康狀況：已結紮，已施打預防針，
　　　　　腸胃狀況略不好，若天氣太熱容易拉稀
目前住所：台北市（原中途的工作室）

本期資料來源：瑞芳收容所志工隊

『麥麥』的故事：

麥麥是一隻非常親人的狗狗，微胖、愛吃且不挑食，進食時遇到陌生人或其他動物接近會低吼警告，但建立信任關係後就沒有護食的情況了。

獲得麥麥完全的信任後，牠的脾氣變得非常好也很愛撒嬌，常會伸出牠的「小雞腿」（因右前腳掌缺失）討摸摸，而且笑口常開很討喜。平常的生活就是吃飯、睡覺、出門散步，活動量不大，家裡沒有人在的時候也會自己乖乖睡覺，不吵不鬧。

儘管麥麥右前腳掌缺失，但不影響走路，甚至用三隻腳不僅跳得好也跑得很快，外出散步更不會暴衝，但畢竟只有三隻腳可以承重，加上身形胖，跳著跑著很容易累，約三十分鐘就會趴下來休息喝水，接著再繼續快樂地探索世界。

生活簡單的家庭很適合性情樂天又照顧省心的麥麥加入，既不必揮別原本的步調，又能享受人狗共處的天倫之樂！Aura小姐誠摯歡迎您透過Line ID：aurabooya，為彼此搭起有愛無礙的幸福橋梁。

認養資格：

1. 認養人須年滿20歲，每天必須帶麥麥散步至少1次。
2. 須同意簽認養寵物切結書。
3. 須同意送養人日後之追蹤探訪，對待麥麥不離不棄。

來信請說明：

a. 個人基本資料：姓名、性別、年齡、家庭狀況、職業與經濟來源等。
b. 想認養麥麥的理由。
c. 過去養寵物的經驗，及簡介一下您的飼養環境。
d. 若未來有結婚、懷孕、出國或搬家等計劃，將如何安置麥麥？

文創風 1263

廢柴么女勞碌命 1

國家圖書館出版品預行編目資料

廢柴么女勞碌命 / 雁中亭著. --
初版. -- 臺北市 : 狗屋出版社有限公司, 2024.06
冊 ; 公分. --（文創風 ; 1263-1267）
ISBN 978-986-509-526-0（第1冊 : 平裝）. --

857.7　　113006130

著作者	雁中亭
編輯	連宓均
校對	沈毓萍
發行所	狗屋出版社有限公司
地址	台北市104中山區龍江路71巷15號1樓
電話	02-2776-5889～0
發行字號	局版台業字845號
法律顧問	蕭雄淋律師
總經銷	知遠文化事業有限公司
電話	02-2664-8800
初版	2024年6月
國際書碼	ISBN-13　978-986-509-526-0

本著作物由北京晉江原創網絡科技有限公司授權出版

定價290元
狗屋劃撥帳號：19001626
網址：love.doghouse.com.tw　E-mail：love@doghouse.com.tw